Rainer Dissars-Nygaard, Jahrgang 1949, studierte Betriebswirtschaft und war als Unternehmensberater tätig. Er lebt als freier Autor auf der Insel Nordstrand. Im Emons Verlag erschienen unter dem Pseudonym Hannes Nygaard die Hinterm Deich Krimis »Tod in der Marsch«, »Vom Himmel hoch«, »Mordlicht«, »Tod an der Förde«, »Todeshaus am Deich«, »Küstenfilz«, »Todesküste«, »Tod am Kanal«, »Der Inselkönig«, »Der Tote vom Kliff«, »Sturmtief«, »Schwelbrand«, »Tod im Koog«, »Schwere Wetter«, die Niedersachsen Krimis »Mord an der Leine«, »Niedersachsen Mafia« und »Das Finale« sowie der Kurzkrimiband »Eine Prise Angst«.
www.hannes-nygaard.de

HANNES NYGAARD

Das Finale

NIEDERSACHSEN KRIMI

emons:

Bibliografische Information der Deutschen Nationalbibliothek
Die Deutsche Nationalbibliothek verzeichnet diese Publikation in der Deutschen Nationalbibliografie; detaillierte bibliografische Daten sind im Internet über http://dnb.d-nb.de abrufbar.

MIX
Papier aus verantwortungsvollen Quellen
FSC® C083411

Umschlagmotiv: Heribert Stragholz
Umschlaggestaltung: Tobias Doetsch
Druck und Bindung: CPI – Clausen & Bosse, Leck
Printed in Germany 2012
Erstausgabe 2011
ISBN 978-3-89705-860-6
Niedersachsen Krimi
Originalausgabe

Dieser Roman wurde vermittelt durch die Agentur EDITIO DIALOG, Dr. Michael Wenzel, Lille, Frankreich (www.editio-dialog.com).

Für Margit

Man muss die Tatsachen kennen,
bevor man sie verdrehen kann.
Mark Twain

EINS

Georg hatte sie zu Boden geworfen, als die Schüsse hinter ihr krachten und ins Holz schlugen. Frauke Dobermann, Erste Kriminalhauptkommissarin, hatte den Mann nicht bemerkt, der ihr bis zur Villa in Isernhagen gefolgt sein musste.

Blitzschnell hatte sie ihre Dienstwaffe gezückt und zurückgeschossen. Zwei Mal. Stöhnend war der Mann in der Motorradkluft zusammengebrochen. Frauke hatte ihn erkannt. Necmi Özden, den sie wegen Mordes suchte.

Doch zunächst galt es, Einsatzkräfte zum Tatort zu ordern. Sie forderte den Notarzt und den Rettungsdienst an, dann informierte sie ihre Dienststelle.

»Wo sind Sie?«, fragte der schwergewichtige Hauptkommissar Nathan Madsack ungläubig, der das Gespräch entgegennahm.

»Das habe ich Ihnen eben erklärt, Madsack«, herrschte Frauke ihren Mitarbeiter an. »Und nun sehen Sie zu, dass hier die Routine abgespult wird.«

»Natürlich«, erwiderte Madsack.

Sie sah Georg zu, wie er ohne jede Hast, aber professionell Özdens Schussverletzung versorgte. Er kramte in seiner Arzttasche, holte eine steril verpackte Spritze hervor, suchte nach einer Ampulle und zog die Spritze auf. Dann schob er Özdens Ärmel hoch, desinfizierte mit einem Tupfer die Armbeuge und injizierte das Medikament.

»Was machst du da?«, fragte Frauke erstaunt.

Georg sah kurz auf. »Das Richtige«, antwortete er knapp.

»Bist du Arzt?«

»Hast du meine Frage beantwortet? Die mit der Reihenfolge der Schüsse?« Georg wurde durch Özden abgelenkt, der leise stöhnte. »Ganz ruhig«, sagte er. »Sie werden gleich richtig versorgt.«

»Das sieht aber nicht laienhaft aus, was du gemacht hast.« Sie zeigte auf die Arzttasche. »Und solche Sachen trage ich nicht im Erste-Hilfe-Kästchen mit mir herum. Außerdem ist er ein Berufsmörder.«

»Ich bin kein Richter«, erwiderte Georg. Seine Stimme klang unwirsch.

Frauke beugte sich zu Özden hinunter. »Wer hat Sie beauftragt?«

Ein giftiger Blick streifte sie. »*Fuck you.* Du bist das Opfer«, fluchte der Mann, um erneut aufzustöhnen.

»Die Leute im Hintergrund mögen keine Versager«, sagte Frauke. »Das wird mit dem Tode bestraft. Ein angespitzter Löffel ins Herz ... das sind die Methoden im Gefängnis, mit denen die Bosse Nieten wie Sie umbringen lassen.«

»Schluss!« Das erste Mal erlebte Frauke Georg zornig. »Du treibst deine Spielchen hier nicht.«

»Spielchen?«, erwiderte Frauke scharf. »Das nennst du Spielchen? Der Typ«, dabei zeigte sie auf den am Boden liegenden Özden, »wollte uns beide ermorden.«

»Dich«, entgegnete Georg kühl. »Nur dich. Nicht mich.«

Frauke stemmte die Hände in die Hüften. »Interessant. Wie kommst du darauf? Woher nimmst du deine Gewissheit?«

»Logik, meine Liebe.«

»Ich bin nicht deine Liebe«, sagte Frauke zornig. »Und jetzt möchte ich wissen, wer du bist?«

»Ich bin Georg.« Er lachte sie an.

Sie streckte ihm fordernd die Hand entgegen. »Deine Papiere. Los!«

Er lächelte. Es wirkte überheblich. Dann zuckte er die Schultern und nickte in Richtung Özden. »Wie denn? Du siehst doch, dass ich beschäftigt bin. Das wäre unterlassene Hilfeleistung. Dann hätte ich meinen Erste-Hilfe-Kursus umsonst gemacht.«

Von Weitem näherten sich Signalhörner von Einsatzfahrzeugen. Kurz darauf hielt der erste Streifenwagen mit quietschenden Bremsen vor dem Grundstück. Ein stämmiger Polizist, unter dessen Mütze dichte graue Haare hervorquollen, kam mit gezückter Waffe auf Frauke zu. Der zweite Beamte schien sich in seinem Windschatten zu halten.

»Was ist hier passiert?«, fragte der Große und warf einen schnellen Blick in die Runde.

»Eine Schießerei«, antwortete Frauke. »Ich bin vom LKA.«

»Können Sie sich ausweisen?« Es klang nicht unfreundlich, aber bestimmt.

Frauke zog ihren Dienstausweis hervor. Der Beamte warf einen kurzen Blick auf das Dokument, nickte und sagte zu seinem Begleiter: »Eine Kollegin.« Dann sah er Georg an. »Und wer sind Sie?«

Georg nickte in Fraukes Richtung. »Auf die Hauptkommissarin ist geschossen worden.«

Sie wurden durch den Rettungswagen abgelenkt, der zeitgleich mit dem Notarzt eintraf.

Die Männer in den signalroten Jacken beugten sich zu Özden hinab. »Was hat er?«, fragte der Bärtige mit der Aufschrift »Notarzt« auf dem Rücken.

Georg gab eine kurze Erklärung ab und sagte, was er injiziert hatte.

»Wie kommen Sie dazu?«, fragte der Notarzt mit einem deutlichen Vorwurf in der Stimme.

»Haben Sie einen besseren Vorschlag?«, erwiderte Georg bissig.

Der Notarzt antwortete nicht, sondern erteilte den drei Rettungsassistenten Anweisungen.

»Ist noch jemand im Haus?«, fragte der erste Uniformierte.

»Nein«, sagte Frauke, aber der Beamte wollte sich selbst davon überzeugen. Mit seinem Kollegen trat er in die geräumige Diele, immer noch die Waffe in beiden Händen haltend. Mittlerweile war ein weiterer Streifenwagen eingetroffen, dessen Beamte die Schaulustigen fernhielten. Der Notarzt und die Rettungsassistenten bemühten sich immer noch um Özden, der in einer großen Blutlache auf der Zuwegung zum Haus lag.

»Wo ist der Herr, der die Erstversorgung vorgenommen hat?«, fragte Frauke den Notarzt, nachdem sie Georg nirgends entdecken konnte.

»Ich bin beschäftigt«, schnauzte sie der Mann an.

»Der ist da runter«, half ein Rettungsassistent aus und zeigte in Richtung Garage. »Ich glaube, er ist mit einem Motorrad weg.«

Frauke wandte sich ab. Sie unterdrückte einen Fluch. Für eine die Ermittlungen leitende Beamtin verbot sich so etwas.

»Was auch immer mit ihm geschieht«, sagte Frauke zu dem stämmigen Polizisten und zeigte auf Özden, »das ist ein gefährlicher Mörder. Lassen Sie sich nicht durch die Rotjacken irritieren. Passen Sie auf den Typen auf.«

»Was heißt hier ›Rotjacken‹?«, empörte sich der Notarzt. »Sind Sie hier eine Art weiblicher Wyatt Earp?«

»Schlimmer«, erwiderte Frauke. »Passen Sie lieber auf, dass wir den Killer heil vor ein Gericht stellen können. Er soll uns nicht entwischen. Weder so noch so.«

»Dass er nicht ins Jenseits entwischt ... Das ist mein Job«, sagte der Arzt eine Spur versöhnlicher.

»Und dass er uns nicht auf Erden entfleucht, ist meiner.« Sie wartete die Antwort nicht ab. Es war ein nutzloses Geplänkel. Stattdessen ging sie ins Haus und sah sich um. Es war wie bei ihrem ersten Besuch. Alles war penibel aufgeräumt. Nirgendwo schien ein Staubkorn zu liegen. Auch das Gästeapartment, in dem sie übernachtet hatte, war hergerichtet.

Im Geschirrspüler war grob abgespültes Geschirr eingeräumt: ein Weinglas, ein Teller, Besteck, eine Espressotasse und das Frühstücksgeschirr. Es sah nicht so aus, als hätte Georg am Vorabend Besuch gehabt. Im Kühlschrank fand sie Lebensmittel, die zu einem gehobenen Junggesellenhaushalt passten. Auch die angebrochene Rotweinflasche, aus der Georg vermutlich am Vorabend getrunken hatte, stand in der Bibliothek, in die er sie bei ihrem ersten Besuch geführt hatte. Neu war für sie der private Bereich, in dem Georg geschlafen hatte. Das Schlafzimmer war großzügig. Ein breites Bett, das eher einer Spielwiese glich, jedoch nur mit einer übergroßen Bettdecke ausgestattet war, die akkurat ausgerichtet auf dem Bett lag. Das Kopfkissen war glatt gestrichen. Auf dem Nachttisch lagen mehrere Bücher. Frauke schmunzelte, als sie darunter einen Kriminalroman von P.D. James in der Originalsprache entdeckte.

Sie griff unter die Bettdecke und ertastete einen seidenen Schlafanzug. Vorsichtig hielt sie ihn unter die Nase und hatte für einen kurzen Moment die Illusion, als könne sie Georg erschnuppern.

Die Kleiderschränke hingegen waren eine Enttäuschung. Obwohl sie Platz für eine umfangreiche Wäscheausstattung geboten hätten, fand Frauke nur ein sauber gelegtes Hemd, einen Kaschmirpullover, Socken und eine Garnitur Unterwäsche. Es sah aus, als wäre Georg, sofern es sich um seine Kleidung handelte, nur zu Besuch hier gewesen.

Wieso hat jemand mehrere Bücher auf dem Nachttisch liegen, für deren Lektüre er auch als geübter Leser eine längere Zeit benötigt, aber nur für einen Tag Wäsche im Haus?, überlegte Frauke.

Im Badezimmer fand sie alle Utensilien, die ein Mann für die Körperpflege braucht. In einem aus Peddigrohr geknüpften Korb lagen zwei flauschige Handtücher. Sie wollte das Bad bereits wieder verlassen, als ihr auffiel, dass Georg keinen Rasierapparat besaß. Dafür fand sie alle Mittel, die für eine Nassrasur benötigt wurden.

Frauke suchte gezielt nach einer Tageszeitung oder einem Fernsehprogramm. Nichts. Ebenso wenig fand sich ein Schriftstück. Weder ein Brief, ein Foto noch sonst ein persönliches Dokument. Außergewöhnlich war auch, dass es weder einen Telefonanschluss noch einen Computer gab. Die Rätsel um Georg wurden immer größer.

»Hallo?«, rief eine männliche Stimme aus der Diele. Als sie dorthin zurückkehrte, traf sie auf die drei Beamten der Spurensicherung.

»Vor der Tür wurde auf mich geschossen«, erklärte sie dem Leiter des Teams. »Wir müssen die Geschosse und die Spuren sichern, sehen, wie der Täter hierhergekommen ist, wie –«

»Danke. Sie müssen uns nicht unsere Arbeit erklären«, unterbrach sie der Beamte. »Sonst noch was?«

»Ja.« Sie zeigte mit dem Daumen über die Schulter ins Haus. »Ich möchte, dass Sie dort Spuren aufnehmen. Fingerabdrücke und DNA.«

Der Spurensicherer seufzte. »Geht es ein wenig präziser? Das ist sonst eine Jahresarbeit.«

Sie maß den Mann vom Scheitel bis zur Sohle. »Ich denke, Sie wissen, wie Sie Ihre Arbeit zu erledigen haben«, sagte sie in spitzem Ton und ließ den Polizisten stehen. Was hätte sie ihm sagen können? Sie wusste es selbst nicht. Und den Auftrag »Such nach Spuren von Georg« hätte niemand verstanden.

Kurz darauf trafen Madsack und Putensenf ein, zwei Mitarbeiter aus Fraukes Team. Der schwergewichtige Hauptkommissar schnaufte, als hätte ihn der kurze Weg vom Fahrzeug zum Einsatzort überanstrengt, während Kriminalhauptmeister Jakob Putensenf einen kurzen Blick auf Necmi Özden warf, der vom Arzt und von den Rettungsassistenten so weit stabilisiert worden war, dass er in den Rettungswagen geladen wurde.

»Ist das Rossis Mörder?«, fragte Putensenf und musterte Frauke, als könne er aus ihrem Äußeren den Ablauf der Geschehnisse herauslesen.

»Vermutlich«, sagte Frauke.

Putensenf sah Madsack an. »Ist eine heiße Mutti, unsere Vorturnerin. Wo die auftritt, da knallt es. Ich habe immer gesagt, wenn Frauen sich mit Bohnen beschäftigen, dann sollen es weiße oder grüne sein, aber keine blauen.«

»Sind Sie hier als Dummschwätzer oder als Polizeibeamter engagiert?«, fuhr Frauke Putensenf an.

Der schob demonstrativ seine Hände in die Hosentaschen und baute sich vor Frauke auf. »Schön. Dann erzählen Sie mal, was sich hier abgespielt hat.«

Das war der Augenblick, dem Frauke mit Unbehagen entgegengesehen hatte. »Özden muss mich verfolgt haben«, erklärte sie.

»Und Sie haben das nicht bemerkt?«, unterbrach sie Putensenf und schüttelte missbilligend den Kopf.

»Warum sollte ich?«

Putensenf grinste. »Männer drehen sich öfter um, insbesondere wenn ihnen eine attraktive Frau begegnet. Frauen scheinen in der Fahrschule hingegen gelernt zu haben, dass der Rückspiegel ausschließlich zur Kontrolle von Lippenstift und Make-up dient.«

»Sie scheinen auf der Evolutionsstufe von Adam stehen geblieben zu sein, Putensenf«, erwiderte Frauke. »Sie haben offenbar bis heute nicht begriffen, dass Frauen mehr als eine Rippe sind. Oder ist Ihnen entgangen, dass Gott noch übte, als *sie* den Mann erschuf.«

Nachdem Putensenf keine Reaktion zeigte, ergänzte Frauke: »Das ist einer zum Nachdenken. Lassen Sie die Zahnräder, die Sie in Ihrem mechanisch betriebenen Hirn haben, aber nicht zu sehr rotieren.«

Das hatte gesessen. Putensenf stieg die Zornesröte ins Gesicht.

Seine Miene spiegelte deutlich wider, dass er beleidigt war. Frauke störte es nicht. Wer sich so oft wie Putensenf im Ton vergriff, musste auch einstecken können.

»Darf ich fragen, was Sie hierhergeführt hat?«, versuchte Madsack die Situation zu überspielen.

»Ein vager Verdacht«, wiegelte Frauke ab.

»Das ist mir zu wenig«, legte Putensenf den Finger in die Wunde und zeigte auf das Haus. »Wer wohnt hier? Sie sind nicht zufällig hier aufgekreuzt. War die Tür offen, als Özden den Anschlag auf Sie verübte? Wieso verfolgte er Sie bis an diesen Ort?« Putensenf sah sich um. »Ich habe nur Özden gesehen. Gibt es ein weiteres Opfer? Wer war noch an dem Schusswechsel beteiligt?«

»Es gibt kein weiteres Opfer. Özden hat auf mich geschossen, und ich habe zur Selbstverteidigung zurückgeschossen.«

Putensenf spitzte die Lippen. »Das ist wie in einem guten Western. Der Böse zieht als Erster seinen Colt, und der Sheriff schießt zurück. Mit einer Kugel – Blattschuss. Gratulation.«

»Es waren zwei Schüsse, die ich abgegeben habe. Zuvor einen Warnschuss«, antwortete Frauke.

Putensenf zog die Stirn kraus. Trotz seiner gewöhnungsbedürftigen Umgangsformen war er ein guter Polizist. »Das wird in die Annalen als Wunder von Isernhagen eingehen. Das müssen Sie mir noch einmal genauer erklären. Den Trick würde ich auch gern beherrschen.«

Madsack blickte zum Haus hinüber. »Wen haben Sie hier aufgesucht?«, fragte er fast beiläufig.

»Einen Informanten.«

»Und wie heißt der?«, hakte Putensenf nach.

»Das ist noch vertraulich«, sagte Frauke.

»So geht das nicht«, schimpfte Putensenf. »Dann fragen wir ihn doch nach seinem Namen.« Er sah sich um. »Wo ist der Herr?«

»Weg.«

»Was heißt ›weg‹?«, empörte sich Putensenf. »Sie haben ihn gehen lassen?«

»Nein. Während ich den Rettungseinsatz koordiniert habe und Sie informierte, hat er sich abgesetzt.«

»Soso. Der große Unbekannte. Wie sind Sie an den geraten?«

»Das war anonym.«

»Und dann halten Sie es nicht für notwendig, uns davon in Kenntnis zu setzen?«

»Ich treffe meine Entscheidungen allein«, sagte Frauke mit Bestimmtheit.

»Wem gehört das Haus?«, mischte sich Madsack ein.

»Das ist eine interessante Frage«, erwiderte Frauke. »Können Sie das herausbekommen?«

Der Hauptkommissar nickte, griff in die Tasche seines Sakkos und förderte eine Rolle mit Schweizer Schokolade zutage. Er hielt sie zuerst Frauke, dann Putensenf hin, bevor er sich selbst mehrere Stücke in den Mund schob.

»Organisieren Sie die Befragung der Nachbarn«, wies Frauke Putensenf an. »Hat jemand den Täter gesehen, als er eintraf? War er allein? Wie ist er hierhergekommen? Vermutlich mit einem Motorrad. Haben die Nachbarn beobachtet, wer in diesem Haus ein und aus ging?«

»Das ist ein Job für einen Doofen«, knurrte Putensenf missmutig.

»Dann habe ich den Richtigen ausgewählt«, beendete Frauke den Disput. Sie atmete tief durch, nachdem sie die erste Runde überstanden hatte. Damit war das Thema aber noch nicht erledigt. Dessen war sie sich sicher.

Frauke suchte die Spurensicherer und begann, akribisch in den Räumen, die die Kriminaltechniker untersucht hatten, in den Schränken und Schubladen nach einem Hinweis zu forschen, der ihr Aufschluss über Georgs Identität gegeben hätte. Sie ärgerte sich über sich selbst, dass sie sich so unprofessionell verhalten hatte. Warum hatte Georg seine Identität zu verschleiern versucht? Und warum hatte sie das zugelassen? Es war ein schwacher Moment gewesen, und auch wenn sie es sich selbst nicht eingestehen wollte, hatte sie den Hauch eines romantischen Gefühls verspürt. Das durfte ihr nicht passieren, schalt sie sich.

Nirgendwo im Haus fand sich ein Hinweis auf seine Identität, nicht einmal eine Stromrechnung.

Nach einer halben Stunde kehrte Putensenf zurück. Er zeigte ein breites Grinsen.

»Ein vornehm aussehender Mann war öfter in diesem Haus. Er hat bei den wenigen Gelegenheiten, bei denen er jemandem begegnet ist, freundlich gegrüßt. Man glaubt sich erinnern zu können, dass der Besucher schon seit drei oder vier Jahren sporadisch hier aufgetaucht und immer für eine Weile geblieben ist. Ein fester Rhythmus war aber nicht zu erkennen, das heißt, er ist nicht nur im Sommer hier gewesen und hat den Winter in der Karibik zugebracht. Ein Nachbar konnte sich aber erinnern, dass vor Kurzem eine Frau mit dem Mann hergekommen ist. Als Sozia auf einem Motorrad.« Putensenf kratzte sich den Hinterkopf. »Der Nachbar glaubt, die Frau heute wiedererkannt zu haben. Das Beste wäre, Sie sprechen einmal persönlich mit dem Zeugen.«

»Das ist nicht erforderlich. Ich denke, Sie können solche Aufgaben allein erledigen.«

»Sollen wir ein Phantombild von der Frau anfertigen lassen?«, fragte Putensenf mit lauerndem Unterton.

»Wenn Sie es für richtig halten.«

Eine Spur Enttäuschung zeigte sich auf Putensenfs Antlitz. »Wollen Sie bei dieser Aktion nicht Modell sitzen?«

»Putensenf! Ich ermahne Sie, Ihre Arbeit nicht mit Kaspereien zu begleiten«, wies Frauke ihn zurecht. Es war eine Flucht nach vorn gewesen, da der Kriminalhauptmeister darauf anspielte, dass man Frauke wiedererkannt hatte. Ihr Vorwärtspreschen verunsicherte Putensenf. Mit einer solchen Reaktion hatte er nicht gerechnet.

»Ist schon in Ordnung«, murmelte er und wandte sich ab.

Madsack hatte keinen Zeugen gefunden, der eine ergänzende Aussage hätte liefern können.

Frauke fuhr von Isernhagen über die Kugelfangtrift Richtung Westen. Nomen est omen, dachte sie, da unweit dieser Straße Giancarlo Rossi von Necmi Özden ermordet worden war, jenem Killer, der auch auf sie angesetzt war. Sie durchquerte das äußerlich unaufgeräumt wirkende Industriegebiet beiderseits der Vahrenwalder Straße, das auf dem Areal des alten Flughafens errichtet worden war. Wenig später hatte sie die Justizvollzugsanstalt in der Schulenburger Landstraße erreicht.

Es dauerte eine Weile, bis man Bernd Richter in den Verhörraum gebracht hatte. Mit einer gewissen Genugtuung stellte Frauke fest, dass dem ehemaligen Hauptkommissar die Untersuchungshaft zusetzte. Richter sah bleich aus. Die Augen lagen tief in den Höhlen.

»Gefällt Ihnen die Unterkunft? Es wird für Essen und Trinken gesorgt, der Zimmerservice ist hervorragend, Sie bekommen keine Stromrechnung. Und das Tolle daran ist, dieser Zustand bleibt Ihnen noch viele Jahre erhalten. Hat man schon Vorsorge getroffen, damit Sie hinter Gittern nicht zu einsam sind? Wie wäre es, wenn man jemanden auf Ihre Zelle legt, der dieses Quartier Ihnen verdankt, weil Sie ihn ins Gefängnis gebracht haben? Damals – als Sie noch ein ehrlicher Polizist und kein Mörder waren.«

Richter funkelte sie böse an. »Bei mir verfangen solche Sprüche nicht. Sie können mir keine Angst einjagen.«

»Man mag im geschlossenen Sozialsystem Haftanstalt keine ehemaligen Polizisten. Und schon gar keine Polizistenmörder. Weder das Aufsichtspersonal noch die Insassen können sich für solche Mitbewohner begeistern.« Sie schüttelte den Kopf. »Wie lange wollen Sie sich dem Druck noch widersetzen? Es wäre vorteilhafter, Sie würden mit uns kooperieren. Ich muss Ihnen nicht erklären, dass sich eine solche Haltung immer positiv vor Gericht auswirkt.«

»Sie können mir nichts beweisen. Mein einziges Vergehen ist Ihr Ehrgeiz. Sie wollten meinen Job und haben sich diesen perfiden Plan ausgedacht.«

Frauke lächelte amüsiert. »So schräg kann niemand denken. Man verdächtigt einen Polizeibeamten, um an seine Dienststellung zu gelangen. Richter! Sie waren als Beamter offenbar nicht ausgelastet und haben zu viel freie Zeit mit dem Gucken schlechter amerikanischer Krimis zugebracht. Ich glaube, Ihr Anwalt hat Ihnen diesen Rat nicht erteilt.«

»Ich habe keinen Anwalt. Ich wüsste nicht, wofür.«

»Hat Ihnen Dottore Carretta noch nicht Ihre Vertretung angetragen? Der verteidigt doch alle Straftäter, die wir im Zusammenhang mit der Organisation verhaften.«

»*Mutmaßliche* Straftäter«, belehrte sie Richter.

»Wenn Sie Wert auf diese Kleinigkeit legen … bitte schön. Carretta soll nicht schlecht sein. Ein durchtriebener Fuchs, der sich offenbar auch im Milieu auskennt. Zumindest scheint er über die nötigen Verbindungen zu verfügen. Wenn Sie ihn beauftragen würden, könnten Sie auch auf legalem Weg Kontakt zur Außenwelt pflegen und sich mit den Bossen der Organisation austauschen. So ist es ein wenig schwierig. Man trifft nicht oft auf bestechliche Vollzugsbeamte, die Nachrichten oder Kassiber ins Gefängnis oder hinausschmuggeln. Sicher weiß ich, dass die Mauern nicht undurchlässig sind. Es gibt fast nichts, was nicht in den Knast gelangt.« Frauke streckte die Hand aus und zeigte auf Richter. »Es wird Ihren Nachbarn auf demselben Zellengang nicht behagen, wenn wir in der nächsten Zeit öfter die Zellen durchsuchen werden. Das bringt Unruhe. Man wird Sie dafür verantwortlich machen.«

»Ich werde nicht lange hierbleiben«, sagte Richter. Dabei klang seine Stimme nicht sehr überzeugend.

»Soso. An Ihre Unschuld glauben wir beide nicht.«

»Denken Sie an meine Worte.«

»Glauben Sie wirklich, dass Ihre Freunde Sie hier herausholen werden?«

Richter antwortete mit einem verächtlichen Blick. Frauke beugte sich über den Tisch.

»Haben Sie daran gedacht, dass man Sie womöglich richtig lieb haben wird im Gefängnis?«

Richter zog die Augenbraue hoch, weil er Fraukes Ausführungen offenbar nicht folgen konnte.

»Ich meine ... richtige Liebe. So unter Männern. Wenn man lange genug hinter schwedischen Gardinen sitzt, steigt der Hormonspiegel. Irgendwann wird unter der Dusche auch ein ehemaliger Hauptkommissar ein begehrenswertes Objekt.«

»Sie sind ein durchtriebenes Schwein«, schimpfte Richter.

Frauke sah ihrem Gegenüber an, dass es ihr gelungen war, seine Angst zu schüren. Das hatte sie bezweckt. Sie hatte nicht erwartet, dass Richter den Mord an Lars von Wedell gestehen würde. Noch schwieriger würde es sein, Auskünfte über Kontaktpersonen oder Hintermänner zu erlangen.

Richter musste ihre Absicht erkannt haben.

»Das war dumm von Ihnen«, sagte er plötzlich. »Solche Äußerungen sind unzulässiger Psychoterror. Das hat Folgen für Sie.«

»So? Was habe ich denn gesagt?« Frauke lehnte sich entspannt zurück und verschränkte die Arme vor dem Oberkörper, sodass ihre Brüste auf den Unterarmen zum Liegen kamen. Dann hob sie ein wenig die Arme an. Frauke besaß genug Selbstbewusstsein, um die Wirkung ihrer weiblichen Reize richtig einzuschätzen. Richters Blick blieb an ihrer Oberweite haften. Unwillkürlich fuhr sich der ehemalige Polizist mit der Zungenspitze über die Lippen. Es war nur ein kleiner Augenblick gewesen. Dann legte sie ihre Unterarme wieder auf die Tischkante.

»Sie wollten mir eine Drohung zukommen lassen«, erinnerte sie ihn an seine letzten Ausführungen.

»Sie haben mir gedroht«, sagte Richter, und es klang eine Spur selbstzufrieden.

»Ich? Wann?«

»Eben.«

»Inwiefern?«

»Das ist alles protokolliert.«

»Wo?«

Richter zeigte auf das Mikrofon des Aufnahmegeräts, das zwischen ihnen auf dem Tisch stand. »Da.«

Frauke lächelte. »Oh, Verzeihung.« Wie suchend fuhr ihre schlanke Hand über das Gerät. »Erinnern Sie sich noch an Jakob Putensenf? Der ist der festen Überzeugung, Frauen würden nicht in den Polizeidienst, sondern in die Küche gehören. Ich glaube, Putensenf hat recht. Frauen verstehen nichts von Technik. Da habe ich doch glatt vergessen, das Gerät einzuschalten.«

Richter rieb sich mit der Hand über die Augen. »Sie verfluchtes Miststück«, fuhr er sie an. »Wenn Sie zur Hölle fahren, werde ich dabei sein.«

»Sie meinen, ich soll Sie begleiten, wenn Sie Ihre letzte Reise antreten?« Als würde sie mit einem unartigen Kind reden, schüttelte Frauke den Kopf. »Richter! Was haben Sie für krause Gedanken. Sie hier im Knast und ich … Wissen Sie noch, wie gut ein roter Wein zu einem vorzüglichen Essen schmeckt? Wie die Sonne lacht? Wie herrlich es rund um den Kröpcke duftet? Wie es sich anhört, wenn eine Frau im Seidennegligé ins Schlafzimmer kommt?«

»Sie sind der Teufel in Menschengestalt.« Es klang wie das Zischen einer Schlange. »Sie werden dafür zahlen müssen. Irgendwann.«

Frauke lehnte sich entspannt zurück. »Täuschen Sie sich nicht, Richter. Ich habe genug Wechselgeld dabei. Ich kann herausgeben. Sie und Ihre Mordgesellen werden sich die Zähne ausbeißen. Wir sind hier nicht in Italien, wo Recht und Gesetz manchmal zu kapitulieren scheinen. Und deutsche Polizeibeamte ähneln dem Spargel. Wenn es Ihnen wirklich gelingt, einen Kopf abzuschlagen, wachsen ständig neue nach. So einfach ist das.« Frauke war aufgestanden. »Übrigens ... das sollten Sie Ihrem Anwalt erzählen –«

»Verdammt, ich habe keinen Anwalt!«, rief Richter dazwischen.

»Dottore Carretta wird die Haltung der Polizei sicher interessieren.« Sie wartete die Antwort nicht ab, sondern verließ den Raum. Ihr Ziel, Richter zu provozieren, hatte sie erreicht. Frauke hatte weder Zweifel an seiner Täterschaft noch an seinen Kontakten zur Organisation. Sie wussten noch nicht, welche Stellung Richter dort einnahm. Mit Sicherheit, so vermutete Frauke, war er mehr als ein unbedeutender Handlanger. Dass Richter selbst zum Mörder geworden war, war ein Betriebsunfall, der der Organisation schweren Schaden zugefügt hatte. Als Leiter der Ermittlungsgruppe *gegen* die Organisation saß Richter in der entscheidenden Position. Noch war es nicht gelungen, herauszufinden, ob die Entscheidung, Lars von Wedell zu ermorden, eine Kurzschlusshandlung Richters war oder ob die Organisation auch das Risiko der Entdeckung ihres wichtigsten Mannes bei den Strafverfolgungsbehörden in Kauf nahm. In diesem Fall musste die Polizei der Organisation empfindlich nahe gekommen sein.

Wie gut, dass die Organisation nicht wusste, dass Frauke in dieser Hinsicht noch im Dunkeln tappte. Sie vermied es auch, mit den Mitgliedern des Teams darüber zu sprechen. Es gab zwar keinen direkten Verdacht, der gegen einen ihrer Mitarbeiter gerichtet war, aber auch unbedachte Äußerungen könnten gefährlich sein. Man hatte erkannt, dass Frauke ein gefährlicher Gegner war. Mit Sicherheit würde man nichts unversucht lassen, um sie zu eliminieren.

Frauke fuhr zum Landeskriminalamt zurück. Heute, am Sonnabend, wirkte die Behörde wie ausgestorben.

Sie verbrachte die folgenden Stunden damit, etwas über Georg herauszufinden. Doch es gab zu wenig Anhaltspunkte, an die sie hätte anknüpfen können. Zwischendurch rief sie im Klinikum Nordstadt an. Das Krankenhaus war ein akademisches Lehrkrankenhaus der Medizinischen Hochschule Hannover. Sie fragte nach dem Zustand Özdens, aber man verweigerte ihr die Auskunft.

Ergebnisse der Spurensicherung waren am Wochenende auch nicht zu erwarten, zumal sich die Beamten, die in Isernhagen gewesen waren, sehr zugeknöpft gezeigt hatten, da Frauke ihnen keine klaren Anweisungen erteilen konnte, wonach sie suchen sollten. Sie war froh, dass sich Putensenf nicht mehr meldete. Lediglich Nathan Madsack rief noch einmal an und fragte nach dem Stand der Dinge. Er selbst hatte keine Neuigkeiten.

Resigniert verließ Frauke am Nachmittag ihr Büro. Es war ein wunderbarer Spätsommertag. Mit Sicherheit war die City ebenso voll wie die Wege rund um den Maschsee, die Eilenriede oder die Herrenhäuser Gärten. Sie verspürte aber kein Verlangen, den Rest des Wochenendes in ihrer Wohnung zu verbringen. So raffte sie ein paar Sachen zusammen und fuhr nach Celle, um dort von einem kleinen Hotel aus die alte Residenzstadt zu erkunden. Sie hatte beschlossen, am Montag direkt aus Celle an ihren Schreibtisch zurückzukehren.

ZWEI

Als Frauke im Landeskriminalamt eintraf, waren die Mitarbeiter ihres Teams schon anwesend. Madsack begrüßte sie mit einem distanzierten, aber immerhin freundlichen »Guten Morgen«, Thomas Schwarczer verhielt sich neutral, und Jakob Putensenf schenkte ihr einen mehr geknurrten als gesprochenen Morgengruß.

Noch auf dem Flur wurde sie von Uschi Westerwelle-Schönbuch abgefangen, der Sekretärin von Kriminaloberrat Ehlers.

»Der Chef bittet Sie, zu ihm zu kommen.«

Sie betrat Ehlers' Büro, dessen Tür wie so häufig offen stand.

»Guten Morgen, Frau Dobermann.« Er stand von seinem Platz hinter dem Schreibtisch auf, gab ihr die Hand und ging zur Zimmertür, um sie zu schließen. Das bedeutete, dass das Gespräch einen vertraulichen Charakter haben würde.

»Bitte«, sagte Ehlers, deutete auf den Besucherstuhl vor seinem Schreibtisch und stieg sofort in das Thema ein, ohne sie nach dem Wochenende oder nach ihrem persönlichen Befinden zu fragen. »Was ist vorgestern in Isernhagen geschehen?«

Frauke berichtete von dem Attentat.

»Galt es Ihnen oder dem Mann, den Sie aufgesucht haben?«

»Mir«, sagte Frauke. »Ich habe keine Beweise dafür, bin aber davon überzeugt.«

»Wer war der Mann, den Sie aufgesucht haben? Und warum ist er unerkannt entkommen?«

»Ich kenne den Namen nicht«, erwiderte Frauke. »Es war ein anonymer Hinweis, der mich erreichte. Dem bin ich nachgegangen.«

Ehlers rümpfte die Nase. »Da kommen mir zu viele merkwürdige Zufälle und mangelnde Professionalität zusammen. Um es gleich vorwegzunehmen: Sie sind gefährdet. Und ich trage die Verantwortung für meine Mitarbeiter. Deshalb überlege ich, ob ich Sie von diesem Fall abziehe. Ich habe kein Misstrauen Ihnen gegenüber und bin überzeugt, die Angelegenheit ist bei Ihnen in den besten Händen. Dafür spricht auch, dass man es gezielt auf Sie abgesehen hat. Man fürchtet Sie. Deshalb bin ich enttäuscht, dass Sie sich so leichtfertig in Gefahr begeben und ohne Abstimmung oder Unterstützung einen solchen Termin wahrnehmen. Was haben Sie sich davon versprochen?«

»Wir wissen zu wenig über unsere Gegner. Es ist uns zwar gelungen, in ihre Strukturen einzudringen und Teile davon zu zerschlagen, aber die Organisation ist so aufgebaut, dass wir noch weit von den Hintermännern entfernt sind. Wir erwischen immer nur die Handlanger, und die werden ständig ersetzt. Die Leute scheinen über ein großes Reservoir zu verfügen. Da gibt es nicht nur einen oder zwei gewaltbereite Akteure. So habe ich mir von diesem Termin versprochen, eventuell ein paar Hintergrundinformationen zu erhalten. Die hätten wir nicht bekommen, wenn wir dort mit einem größeren Aufgebot anmarschiert wären. Deshalb bin ich allein zu diesem konspirativ anmutenden Treffen gegangen.«

»Kann es sein, dass der Anschlag nicht Ihnen, sondern Ihrem Gesprächspartner galt? Dass man ihn eliminieren wollte, bevor er aussagt?«

Es hatte keinen Sinn, dem Kriminaloberrat etwas vormachen zu wollen. Ehlers war ein kluger Analytiker.

»Ich bin mir dessen nicht sicher. Tatsache ist, dass der Informant den Attentäter zuerst gesehen und mich zur Seite gestoßen hat. Daher bezweifle ich, dass es eine gegen mich geplante Aktion war. Dann hätte man mich nicht gewarnt. Vor allem wäre das Ganze auch nicht so aufwendig inszeniert worden.«

Ehlers gab sich mit dieser Erklärung zufrieden. Frauke hätte ihm die wahren Gründe, weshalb sie nach Isernhagen gefahren war, nicht erklären können. Das Ganze war zu unglaubwürdig. Sie selbst gestand sich ein, dass sie die Geschichte auch keinem ihrer Mitarbeiter abgenommen hätte.

Ehlers wies auf ein Blatt Papier, das vor ihm lag. »Der Unbekannte hat Erste Hilfe geleistet«, sagte er. Es klang wie eine Feststellung.

Frauke nickte. Georgs sicheres Auftreten und die Arzttasche ließen keinen Zweifel daran, dass Georg Mediziner war. Ein noch so gut ausgebildeter Laie hätte nicht so gehandelt.

»In welchem Zusammenhang könnte der Mann mit der Organisation stehen?«, bohrte der Kriminaloberrat weiter.

»Ich weiß es nicht«, antwortete Frauke. Und das war ehrlich.

»Finden Sie nicht auch, dass das Ganze sehr mysteriös ist?« Ehlers musterte sie über den Rand seiner Brille hinweg nachdenklich.

»Ja«, gab sie zu. Auch das war ehrlich.

»Wie wollen Sie weiter vorgehen?«

»Ich warte auf die Spurenauswertung. Vielleicht finden wir einen Hinweis auf unseren Unbekannten. Zur Fahndung würde ich ihn nicht ausschreiben wollen. Wenn er uns etwas erzählen wollte, dann ist die Suche nach ihm unter Zuhilfenahme des ganzen Apparats der falsche Weg. Wir würden damit unter Umständen Spuren legen, denen auch die Organisation folgen könnte.«

»Ist das alles, was Sie im Köcher haben?« Es klang eine Spur enttäuscht.

»Nein«, sagte Frauke, und zum ersten Mal gelang es ihr, ein wenig zu lächeln. »Wir müssen herausfinden, wem das Haus gehört und in welchem Zusammenhang dieser Mann mit den Eigentümern steht. Er schien mir mit den Örtlichkeiten vertraut.«

»Können Sie das näher erläutern?«, fragte Ehlers misstrauisch dazwischen.

»Das war mein Eindruck, als er die Tür öffnete und mich ins Haus bat.«

Ehlers warf einen kurzen Blick auf die Notiz vor sich. »Der erste Bericht der Spurensicherung besagt aber, dass sich in dem Haus nicht ein einziger persönlicher Gegenstand befand. Finden Sie das nicht auch ungewöhnlich?«

»Ja«, gestand Frauke ein. »Immerhin befanden sich Toilettenartikel im Bad. Daraus schließe ich, dass der Mann dort übernachtet hat. Das lässt auch der Inhalt des Kühlschranks vermuten.«

»Na schön«, sagte Ehlers, und es klang eine Spur versöhnlicher. »Ich möchte über alle Schritte informiert werden. Und weitere Alleingänge werde ich nicht mehr akzeptieren. Betrachten Sie es als förmliche Ermahnung.«

Frauke versuchte, ihre Erleichterung zu verbergen. Es war eine missliche Situation, in die sie hineingeraten war.

Als sie auf dem Flur Putensenf begegnete und der Kriminalhauptmeister sie prüfend ansah, hatte sie sich so weit gefangen, dass sie ihn anfuhr: »Gibt es schon Ergebnisse? Oder muss man sich um alles selbst kümmern?«

Putensenf schien für einen Moment verwirrt. »Ich kümmere mich um die Spurensicherung«, versicherte er. »Ich bin in zehn Minuten bei Ihnen.«

In ihrem Büro meldete sich Frauke an ihrem Computer an. Die unendlich erscheinende Zeit, bis das System hochgefahren war, nutzte sie, um noch einmal über das Gespräch mit Ehlers nachzudenken. Der Kriminaloberrat war erstaunlich gut informiert gewesen. Irgendjemand musste ihn mit Details gespickt haben. Zu gern hätte Frauke gewusst, von welchem Zettel Ehlers abgelesen hatte und wer ihm diese Informationen hatte zukommen lassen. Seit ihrer Ankunft in Hannover fühlte sie sich beobachtet. Es fiel ihr schwer, jemanden ins Vertrauen zu ziehen. Ihr Vorgesetzter war sicher loyal, davon war Frauke überzeugt, aber Ehlers musste alle Aspekte in Betracht ziehen und auch ihre Vorgehensweise kritisch hinterfragen. Hier in Hannover misstraute anscheinend jeder jedem. Mit einem Hauch von Wehmut dachte sie an Flensburg, an Schleswig-Holstein und an Kriminalrat Lüder Lüders, selbst an die beiden Husumer Christoph Johannes und Große Jäger. Freunde waren sie nie geworden, aber Frauke hatte diesen Leuten bedingungslos vertrauen können. Das fehlte ihr hier.

Sie griff zum Telefon und bestellte Nathan Madsack zu sich ins Büro. Natürlich hätte sie auch die wenigen Schritte bis zu ihm gehen können, aber mit dieser Geste unterstrich sie, wer in dieser Ermittlungsgruppe das Sagen hatte.

Der schwergewichtige Hauptkommissar erschien wenig später und nahm ächzend Platz.

»Was haben Sie über das Haus in Erfahrung bringen können?«

Madsack musste keine Notizen zurate ziehen, als er antwortete. »Das Anwesen gehört Dr. Eigelstein. Das ist ein in Hannover angesehener Rechtsanwalt, Senior der Kanzlei Dr. Eigelstein, Knappe und Collegen in der Georgstraße.«

»Der Name ist uns doch bekannt«, überlegte Frauke. »Das ist der Anwalt von Stupinowitsch, dem weißrussischen Bordellbesitzer.« Sie maß Madsack mit einem abschätzigen Blick. »Hatten Sie mir nicht versichert, dass es sich um eine angesehene Kanzlei handeln würde? Wie erklären Sie es sich, dass der saubere Dr. Eigelstein nicht nur Stupinowitsch berät, sondern dass vor seinem Haus auch ein Mordanschlag auf mich verübt wurde?«

»Aber ich ...«, stammelte Madsack. »Ich kann doch nur das wiedergeben, was mir bekannt ist.«

Frauke schüttelte den Kopf. »Offenbar weiß hier in Hannover niemand etwas Konkretes.«

»Wie gut, dass wir Sie haben. Unsere Frauenquote«, mischte sich Putensenf ein, der an Fraukes Bürotür stehen geblieben war. »Bevor Sie hier aufgetaucht sind, haben wir *keine* Ahnung von der Kriminalitätsbekämpfung gehabt.«

»Sie sind der Richtige«, schimpfte Frauke. »Ist es zulässig, dieser Tätigkeit mit ungeputzter Brille nachzugehen? Ihnen fehlt doch der Durchblick. Sie haben nicht bemerkt, dass Ihr Vorgesetzter mit der organisierten Kriminalität paktiert und sogar vor einem Mord nicht zurückschreckt.«

»Ein mutmaßlicher Mörder«, versuchte sich Putensenf zu verteidigen. »So viel Korrektheit muss sein.«

»Sparen Sie sich Ihre Wortklauberei. Was hat die Spurensicherung ergeben?«, wechselte sie abrupt das Thema.

Putensenf trat an den Schreibtisch heran. »Nichts. Es gibt Fingerabdrücke von mehreren Personen, darunter von einer Frau.«

»Das könnten meine sein«, unterbrach Frauke ihn.

Putensenf spitzte die Lippen. »Soso. Wie war das mit der Professionalität? Sie laufen vor der Spurensicherung durchs Haus und fassen alles an. Macht man das so in Flensburg? Ach ja, ich vergaß.« Er legte den Zeigefinger gegen die Schläfe, als wäre ihm plötzlich etwas eingefallen. »Da gibt es doch dieses Versandhaus in Flensburg, Beate Dingsbums ... Die vertreiben doch Artikel für ein Vergnügen, bei dem Betatschen dazugehört.«

Frauke unterließ es, Putensenf zu antworten. Wenn der Kriminalhauptmeister hartnäckig weiterfragen würde, hätte sie ein Problem, ihre Anwesenheit in dem Haus zu erklären. In gewisser Hinsicht hatte er recht, wenn er ihr mangelnde Professionalität vorwarf, allerdings auf ganz andere Weise, als er vermutete.

»Gibt es Spuren, die zu bei uns gespeicherten Personen führen?«, fragte Frauke.

»Nein«, erwiderte Putensenf. »Wir haben nur Fingerabdrücke abgeglichen. Ich gehe davon aus, dass Sie keine DNA-Spuren analysieren lassen wollen.«

Das hätte keinen Sinn, überlegte Frauke. Wonach sollte man suchen? Und niemand würde Verständnis für die damit verbundenen Kosten haben.

»Danke, Putensenf«, sagte sie eine Spur freundlicher. Dann wandte sie sich Madsack zu. »Dr. Eigelstein wird uns einiges zu erzählen haben.«

»Sollen Nathan und ich ihn aufsuchen?«, fragte Putensenf.

»Nein«, entschied Frauke. »Ich werde Thomas Schwarczer mitnehmen.«

Kommissar Thomas Schwarczer war leger gekleidet. Er trug ein Hemd aus leichtem Stoff und darüber eine rotbraune Lederjacke. Die oberen Knöpfe des Hemdes waren geöffnet und gaben den Blick auf einen goldenen Anhänger frei, der an einem geknoteten Lederriemen um den Hals hing.

Geschickt steuerte Schwarczer den Opel Astra durch den dichten Innenstadtverkehr, ohne dabei hektisch zu werden oder gar zu drängeln. Frauke überraschte immer wieder, über welche profunden Ortskenntnisse Schwarczer verfügte. Er schien auch in der engen City genügend Plätze zu kennen, an denen er Abstellmöglichkeiten fand.

Nur einen Steinwurf entfernt lag das Rotlichtviertel mit Stupinowitschs Bordell. War das der Grund, weshalb der zwielichtige Weißrusse Dr. Eigelstein als Anwalt gewählt hatte?, überlegte Frauke.

Auf dem Platz vor dem Bürogebäude residierte Friedrich von Schiller auf einem Denkmalssockel. Im Erdgeschoss des Hauses mit der gegliederten Fassade, dem über die oberen Etagen reichenden Erker und den großen Rundbogenfenstern befand sich der Zugang zu einer großen Buchhandlung. Rechts daneben führte ein Durchgang zur Parallelstraße, der mit »Georgspassage« ausgeschildert war. Ein Relief zeigte den mutigen Ritter Georg, hoch zu

Ross, wie er dem Drachen die Lanze ins weit aufgerissene Maul stieß.

Georgstraße. Georgspassage. Das Bildnis des Ritters Georg. Und auf dem Georgsplatz hatte sie den rätselhaften Mann kennengelernt, der sich selbst mit diesem Namen vorgestellt hatte. Es war ein bisschen viel »Georg«, befand Frauke. Der Geheimnisumwitterte, der es verstanden hatte, sie zu umgarnen, schien sie mit diesem Namen verspotten zu wollen. Und sie war darauf hereingefallen.

Ein messingfarbenes Schild wies den Weg zur Kanzlei, die sich hinter der hohen Flurtür als nüchterner Bürobetrieb erwies, dessen Interieur überhaupt nicht zum Charme des Altstadthauses passte. Auf Frauke wirkten die an Seilen von der Decke hängenden Lamellenlampen so, als wäre die Inneneinrichtung seit dem Beginn der sechziger Jahre unverändert geblieben. Lediglich die moderne technische Infrastruktur zeugte davon, dass man offenbar den Zug der Zeit nicht verpasst hatte.

Die Frau am Empfang fragte nach dem Wunsch der Besucher, zog gekonnt eine Augenbraue in die Höhe, als sie die Bitte um ein Gespräch mit Dr. Eigelstein vernahm, und sagte: »Ich muss nachsehen, ob der Herr Doktor im Hause ist.«

Frauke hätte ihr am liebsten geantwortet, dass dies ein dummes Argument war. Natürlich wusste jeder Beschäftigte in einem überschaubaren Betrieb wie dieser Kanzlei, ob der Chef anwesend war.

Die Frau nahm den Telefonhörer zur Hand, und die Beamten hörten es zwei Räume weiter klingeln. »Herr Jasper. Ist Herr Dr. Eigelstein im Hause?« Sie sah Frauke an. »Um welche Angelegenheit geht es?«

»Polizei«, sagte Frauke. »Landeskriminalamt«, schob sie hinterher.

Erneut zog die Frau die Augenbraue in die Höhe und wiederholte Fraukes Antwort wörtlich. Dann legte sie auf und sagte: »Einen Moment, bitte.«

Kurz darauf erschien ein Mann in einer grauen Strickweste.

»Jasper«, stellte er sich vor. »Ich bin der Bürovorsteher. Was kann ich für Sie tun?«

In gut geführten Kanzleien lief fast alles über den Schreibtisch des Bürovorstehers. Das war Frauke bekannt. Dennoch ärgerte es sie, dass man ihre Bitte, den Anwalt zu sprechen, überhaupt nicht zur Kenntnis zu nehmen schien.

»Zeigen Sie mir bitte die Vollmacht«, sagte sie in scharfem Ton, »dass Herr Eigelstein Sie damit betraut hat, seine privaten Angelegenheiten gegenüber der Kriminalpolizei zu vertreten. Dann bin ich bereit, mit Ihnen zu sprechen.«

Für einen Moment war Jasper irritiert.

»Sie sind wegen einer – äh – persönlichen Sache hier? Und möchten Dr. Eigelstein sprechen?«

»Reicht es, wenn ich es Ihnen gegenüber noch einmal wiederhole? Oder kommen noch mehr Kollegen aus einem dieser Zimmer«, dabei zeigte sie den Flur entlang, »die hören wollen, dass die Polizei Herrn Eigelstein in einer privaten Sache sprechen möchte?« Sie hatte die Stimme erhoben und bewusst lauter gesprochen.

Jasper bewegte die Hand auf und ab, als wollte er ihre Stimme dämpfen. Fast im Flüsterton erwiderte er: »Wenn Sie mir bitte folgen wollen?« Er führte sie in einen kleinen Raum mit einem halben Dutzend abgenutzter Lederstühle, die nebeneinander an der Wand standen. In der Ecke befand sich ein kleiner Tisch mit der obligatorischen Büchermappe. »Nehmen Sie bitte einen Augenblick Platz«, bat er.

»Wenn Sie sich ein wenig beeilen könnten …«, rief ihm Frauke hinterher.

Nach zehn Minuten tauchte Jasper wieder auf und schaffte es, eine kleine Verbeugung zu zeigen. »Würden Sie bitte mitkommen?«, sagte er und führte sie zu einem Raum am Ende des langen Flures.

Das Zimmer war groß und mit Antiquitäten eingerichtet. Es glich einem Stillleben. Ein großer dunkler Schreibtisch, hinter dem auf einem Schreibtischstuhl, der mehr einem Ohrensessel ähnelte, ein Mann mit vollem silbergrauem Haar thronte, beherrschte den Raum. Der Anwalt trug einen gedeckten Anzug und eine silberne Krawatte. Er war hinter den Bergen von staubigen Aktenmappen kaum auszumachen.

Frauke sah sich um. Im Raum stand ein langer, ebenfalls dunkler Tisch, um den sechs Stühle mit brüchigem grünem Lederbezug gruppiert waren. An den Wänden standen Bücherregale, teilweise durch Glastüren abgeschlossen, in denen sich eine ganze Bibliothek von Fachliteratur, Gesetzestexten und Kommentaren verbarg. Mit einem zweiten Blick bemerkte Frauke, dass der Anwalt auch auf dem Fußboden Aktenmappen verteilt hatte.

Madsack hatte gesagt, dass die Kanzlei zu den angesehensten in Hannover gehörte. Damit war offensichtlich auch viel Arbeit verbunden.

»Danke, Gundolf«, sagte Dr. Eigelstein und entließ den Bürovorsteher mit diesen Worten. Mit seiner sauber manikürten Hand wies er auf den Besprechungstisch und nahm gegenüber den beiden Beamten Platz. Er musterte die Polizisten und kniff dabei die Augen ein wenig zusammen. Dann wandte er sich an Frauke und streckte ihr die schlanke Hand entgegen. »Darf ich Ihre Legitimation sehen?«

Frauke reichte ihm den Dienstausweis, den er sorgfältig betrachtete. Zwischendurch warf er einen Blick über den Rand der dunklen Brille, als würde er das Bild auf dem Ausweis mit dem Original vergleichen.

»Danke«, sagte er mit seiner angenehmen dunklen Stimme und gab das Papier zurück. »Was führt Sie zu mir?« Dabei warf er einen Blick auf seine Armbanduhr, als würde er damit andeuten wollen, dass seine Zeit knapp bemessen war.

»Es geht um das auf Ihren Namen eingetragene Haus in Isernhagen.«

Der Anwalt lehnte sich ein wenig zurück und legte die Fingerspitzen so gegeneinander, dass die Hände ein Dach bildeten. Er lächelte.

»Welches?«, fragte er.

»Die Villa im Birkenweg, vor der gestern ein Schusswechsel stattgefunden hat.«

»Waren Sie daran beteiligt?«

»Das Attentat galt mir«, erwiderte Frauke.

Dr. Eigelstein nahm es reglos zur Kenntnis.

»Sie haben eine – nun ja – merkwürdige Formulierung gewählt«, sagte er.

»Sie meinen, als ich sagte, das Haus wäre auf Ihren Namen eingetragen?«

»Üblicherweise sagt man: ›Das Haus gehört Ihnen.‹«

Nach den ersten Sätzen wusste Frauke, warum Dr. Eigelstein als einer der führenden Anwälte Hannovers galt. Dem Mann schien nicht das kleinste Detail zu entgehen.

»Sie wohnen dort nicht«, sagte Frauke.

»Wie kommen Sie zu diesem Schluss?«

Jetzt sah Frauke demonstrativ auf ihre Armbanduhr. »Meine Zeit ist genauso knapp bemessen wie Ihre. Sparen wir uns Geplänkel auf Nebenkriegsschauplätzen. Also?«

»Muss man in jedem Gebäude, das einem gehört, auch residieren?«

»Wir möchten den Mietvertrag sehen.«

»Welchen Mietvertrag?«

»Sie haben das Haus, *Ihr* Haus«, überbetonte sie, »vermietet. Mietverträge bedürfen der Schriftform.«

»Ich habe das fragliche Haus nicht vermietet.«

»Nur einem Dritten überlassen?«

Der Anwalt spitzte die Lippen. »Möglich«, sagte er ausweichend.

»Wem?«

Statt einer Antwort lächelte er. »Gehen Sie einer Spur nach? Haben Sie irgendwelche Verdächtigungen?«

Frauke unterließ es, zu antworten. Sie hatte eine Idee.

»Haben Sie einen Bruder?«

Dr. Eigelstein sah sie überrascht an. »Ich verstehe Ihre Frage nicht.«

»Die war deutlich gestellt. Oder spreche ich Dialekt?«

»Ich glaube nicht, dass meine Familie für Sie von Relevanz ist.«

»Ist es so verwerflich, danach zu fragen? Ich kann mir diese Information auch über andere Quellen besorgen«, sagte Frauke.

Der Anwalt musterte sie über den Rand seiner Halbbrille. »Ich habe zwei Brüder.«

»Einer ist Arzt?«

In Dr. Eigelsteins Augen blitzte es kurz auf. Damit hatte er Fraukes Frage unbeabsichtigt beantwortet.

»Lebt Ihr Bruder in Hannover?«

»Er praktiziert in Amerika. In Houston.«

»Und macht im Augenblick Urlaub in der Heimat?«

Jetzt zeigte der Anwalt ein spöttisches Lächeln. »Ich habe Heinrich zuletzt vor zwei Jahren gesehen. Da war ich in Amerika. Reicht das?«

Der Fall wurde immer komplizierter. Frauke schätzte Dr. Eigelstein als zu klug ein, als dass er sie in diesem Punkt belügen würde. Der Anwalt wusste, dass die Polizei das überprüfen konnte. Es sei denn, Heinrich Eigelstein war über ein anderes EU-Land eingereist. Natürlich würde der Anwaltsbruder ihm das Haus zur Verfügung stellen. Aber warum war Georg so sehr bemüht, seine Identität zu verheimlichen?

»Gibt es einen Grund, unsere Fragen nicht zu beantworten?«, fragte Frauke.

»Warum stellen Sie mir diese Fragen?«, antwortete Dr. Eigelstein mit einer Gegenfrage.

»Wir erwähnten es bereits. Vor dem Haus fand gestern eine Schießerei statt.«

»Ist der Täter Ihnen gefolgt? Galt der Anschlag einer anderen Person? Was hat Sie zu dem Haus geführt? Es war doch kein Zufall. Wie ich den Berichten entnehmen konnte, haben Sie mit jemandem gesprochen. Wer war das?«

Dr. Eigelstein zeigte ein überheblich wirkendes Lächeln, das er mit Sicherheit eingeübt hatte und oft im Gerichtssaal aufblitzen ließ. Unausgesprochen zeigte er mit seinen Argumenten Frauke die Trumpfkarte, die er besaß. Was hätte sie antworten sollen? Sie konnte schlecht erklären, dass sie nach Georg suchte. Georg wer? Mit einem Seitenblick bemerkte sie, dass Schwarczer ihre schwache Position auch registriert hatte.

»Ihr Geheimnis werden wir entschlüsseln«, sagte Frauke und stand auf.

»Ich wünsche Ihnen viel Erfolg bei Ihren Ermittlungen«, erwiderte Dr. Eigelstein und begleitete die beiden Beamten zur Tür.

Auf der Rückfahrt zum Landeskriminalamt war Frauke froh, dass Schwarczer schwieg und ihr keine Fragen stellte.

In ihrem Büro setzte sich Frauke umgehend an ihren Computer und suchte nach Dr. Heinrich Eigelstein. Der Anwalt hatte nicht gelogen. Sein Bruder war ein bekannter Neurochirurg und seit Langem in Houston/Texas tätig. Frauke hatte Mühe, die mit medizinischen Fachbegriffen durchsetzten englischsprachigen Berichte zu verstehen. Heinrich Eigelstein galt als international anerkannte Kapazität auf seinem Gebiet. Wenn Frauke sich auch manches hatte zusammenreimen müssen, so war eines gewiss: Dr. Heinrich Eigelstein war nicht Georg, wenn die Bilder, die sie im Internet vom Bruder des Anwalts gefunden hatte, echt waren.

Sie hatte nur wenige Anhaltspunkte, um nach Georg zu suchen. Ihr blieb noch das Treffen der Motorradfreunde auf dem Georgsplatz. Dort war sie Georg das erste Mal begegnet. Vielleicht wussten die anderen Biker etwas. Die Motorradfahrer trafen sich jeden Freitag. Und heute war erst Montag.

Warum versteckte sich Georg? Welches Spiel trieb er mit Frauke? Sie wurde zornig, als ihr bewusst wurde, wie naiv sie sich Georg gegenüber verhalten hatte.

Sie rief im Klinikum Nordstadt an und ließ sich mit der Unfallchirurgie verbinden. Man verweigerte ihr die telefonische Auskunft über den Zustand von Necmi Özden.

Kurz darauf meldete sich Frau Westerwelle-Schönbuch und teilte Frauke im Auftrag von Kriminaloberrat Ehlers mit, sie möge bitte die Staatsanwaltschaft Hannover im Volgersweg aufsuchen.

»Um was geht es?«

»Das kann ich Ihnen nicht sagen«, erwiderte die Sekretärin. »Ich habe nur eine Notiz von Herr Ehlers. Der ist jetzt zu einer Dienstbesprechung. Er hat gesagt, Sie würden dort von Herrn Holthusen erwartet.«

»Wann?«

»Umgehend.«

Frauke entschloss sich, das kurze Stück bis zum Gebäude der Staatsanwaltschaft auf der Rückseite des Hauptbahnhofs zu Fuß zu gehen.

Die Justizgebäude lagen im Schatten des mächtigen Gebäudekomplexes der Sparkasse Hannover. Während die großzügige Anlage des Geldinstituts sich mit unterschiedlich hohen Quadern aus dunkelbraunem Glas in die Höhe streckte, wirkte das als leichte Rundung gebaute Gebäude der Staatsanwaltschaft eher schmucklos. Die Bedeutung der beiden rostfarbenen Plastiken auf dem Vorplatz erschloss sich Frauke nicht. Die drei Fahnenmasten mit der blauen Europaflagge, der deutschen und der Landesflagge mit dem Niedersachsenross wirkten wie bunte Farbtupfer. Der Torbogen in der Mitte der Anlage gab den Blick auf einen spärlich begrünten Innenhof frei, dessen Zugang durch ein Gitter verwehrt wurde.

Frauke schmunzelte über das Schild »Staatsanwaltschaft – Eingang hier« und die mit Pfeilen verdeutlichte Beschreibung, die den Weg zu den Eingängen des Land- und des Amtsgerichts wies.

Im Unterschied zu den großzügigen und nahezu luxuriös ausgestatteten Arbeitsräumen der Fernsehstaatsanwälte residierte Holthusen in einem engen Büro, das mit Akten überladen schien. Es erinnerte Frauke an den Besuch bei Rechtsanwalt Eigelstein, nur dass die Ausstattung hier einfacher war.

Staatsanwalt Holthusen mochte vielleicht vierzig Jahre alt sein, schätzte Frauke. Er war von kleiner gedrungener Figur. Das runde Gesicht wurde durch einen Schnäuzer verziert, der überhaupt nicht zur ungesunden roten Gesichtsfarbe passte, die auf Bluthochdruck schließen ließ. Selbst durch das schüttere Haar schimmerte die rote Kopfhaut durch.

»Holthusen«, begrüßte sie der Staatsanwalt mit einem laschen Händedruck, nachdem er seinen Schreibtisch umrundet und den Aktenstapel vom Besucherstuhl genommen hatte.

Nachdem Frauke Platz genommen hatte, begann er mit langsamer und monotoner Stimme zu berichten.

»Wir haben einen Hinweis erhalten.«

»Von wem?«, unterbrach ihn Frauke.

Holthusen sah auf. Er schien irritiert durch Fraukes Frage.

»Anonym«, sagte er. »Per Telefon. Das ist im Geschäftszimmer aufgelaufen. Leider gibt es keinen Gesprächsmitschnitt. Um es vorwegzunehmen: Ich vermute, dass es aus dem Steintorviertel kommt.«

»Dem Rotlichtbezirk.«

Holthusen nickte. »Den Wirten dort missfällt, was Sie mit Ihrer Razzia angerichtet haben. Solche Aktionen schrecken die Kunden ab. Man ist lieber ungestört. Aus solchen Überlegungen resultiert vermutlich die Anzeige.«

Dann war unsere gegen Stupinowitschs Bordell gerichtete Aktion ein Erfolg, überlegte Frauke. Das hatte sie bezweckt.

»Man empfindet die Organisation als missliebigen Mitbewerber«, fuhr Holthusen fort. »Das würde man aber noch untereinander ausmachen. Wenn aber zu befürchten ist, dass die Polizei künftig mehr Präsenz im Rotlichtviertel zeigen wird, werden schon einmal härtere Maßnahmen ergriffen. Wie das Anschwärzen bei der Staatsanwaltschaft in diesem Fall. Die Anzeige richtet sich gegen Kevin Schmidtke, sechsundzwanzig, und lautet auf Sozialbetrug.«

Frauke war irritiert. »Was hat der Missbrauch von Sozialleistungen mit dem organisierten Verbrechen zu tun?«

»Erst einmal gar nichts, wenn uns nicht Kommissar Zufall in die Hände gespielt hätte. Und die von Gier getriebene Dummheit der Menschen. Schmidtke ist Empfänger von Leistungen nach dem Sozialgesetzbuch II.«

»Hartz IV«, warf Frauke ein.

»So nennt es der Volksmund. Die Arge, die für die Leistungen zuständig ist, wurde ebenfalls anonym informiert, dass Schmidtke neben dem Leistungsbezug unternehmerisch tätig ist.«

»Inwiefern?«

»Beherbergungsgewerbe.«

»Er ist in die Rotlichtszene eingestiegen?«

»Nein!« An Holthusens Stimme war erkennbar, dass ihn Fraukes Zwischenfragen störten. »Schmidtke betreibt eine Hotelpension in der Großkopfstraße.«

»Dort ist er beschäftigt?«

Es folgte ein weiteres betontes »Nein!«.

Frauke hätte Holthusen gern erklärt, dass sie einen flüssigen und umfassenden Bericht zu schätzen gewusst hätte. Sie hatte das Gefühl, dem Staatsanwalt alle Details einzeln entlocken zu müssen.

»Es handelt sich offenbar um eine ganz normale Pension einfacher Art, aber ohne Bezug zum Milieu. Uns stellen sich in diesem Zusammenhang zwei Fragen. Zum einen: Woher hat Schmidtke das Geld für die Übernahme der Pension?«

»Gehört sie ihm?«, fragte Frauke.

»Wenn Sie mich nicht unterbrechen würden, könnte ich meinen Sachvortrag zügiger abschließen«, beschwerte sich Holthusen missgelaunt. »Angeblich ist Schmidtke Besitzer der Einrichtung. Der zweite Punkt ist, dass offenbar kaum Gäste bei ihm einkehren.«

»Von Harz IV direkt in die Insolvenz«, sagte Frauke.

»Eben nicht. Anscheinend kommt Schmidtke zurecht. Das ist es, was uns verwundert. Wie kann jemand, der nicht vom Fach ist, ohne Werbung und Marketing aus dem Nichts heraus erfolgreich ein Beherbergungsgewerbe betreiben?«

Frauke hatte verstanden, was ihr Holthusen umständlich zu erklären versuchte. Deshalb war der Staatsanwalt auch bei Kriminaloberrat Ehlers vorstellig geworden.

»Sie vermuten, dass es eine neue Masche ist, um Geld zu waschen.«

»Richtig.« An Holthusens Mienenspiel glaubte Frauke zu erkennen, dass der Staatsanwalt glaubte, sie sei begriffsstutzig und hätte seine »doch so eingängigen« Erklärungen nicht auf Anhieb verstanden.

»Haben Sie die Informationen zu einem Dossier zusammengefasst?«, fragte sie.

»Selbstverständlich.« Holthusen griff nach einem dünnen Aktenordner und überreichte ihn Frauke.

»Herr Ehlers wird Sie auf dem Laufenden halten«, verabschiedete sich Frauke.

»Gern«, erwiderte Holthusen und schien seinerseits froh, dem direkten Kontakt mit ihr aus dem Weg gehen zu können.

Frauke kehrte zu ihrer Dienststelle zurück und rief ihre Mitarbeiter zusammen. Sie schilderte ihr Gespräch mit Holthusen.

»Das überzeugt«, kommentierte Putensenf. »Und jetzt?«

»Begleiten Sie mich zu Schmidtke«, antwortete Frauke. »Damit Sie von Beginn an gut informiert sind«, fügte sie mit bissigem Unterton hinzu.

Die Großkopfstraße lag in einem ruhigen, gewachsenen Wohngebiet zwischen zwei Hauptverkehrsadern in Linden-Süd. Das Industriegebiet und die Städtische Hautklinik waren ebenso fußläufig zu erreichen wie das auf dem anderen Ufer des Flüsschens Ihme gelegene Niedersachsenstadion, das heute den Namen eines Finanzdienstleisters trug, an dem manche gutgläubigen Anleger kein gutes Haar ließen.

Die Straße selbst war eine verkehrsberuhigte Zone, in deren Mitte zwei Bäume ein wenig Grün spendeten. Dazwischen befanden sich Parkmöglichkeiten für die Anwohner. Die Flächen dazwischen wurden durch Fahrzeuge von Handwerksbetrieben blockiert.

Frauke warf einen Blick auf die alten Häuser, an denen deutlich der Zahn der Zeit genagt hatte. Obwohl dieser Teil der Stadt nie von den Reichen bevölkert worden war und früher als traditionelles Arbeiterviertel galt, hatten sich die Baumeister aus der Gründerzeit viel Mühe bei der Ausgestaltung der Fassaden gegeben und dem Auge des Betrachters liebevoll gestaltete Details gegönnt. Heute blätterte die Farbe vom Putz.

Auf den ersten Blick war es keine bevorzugte Adresse für Hotelgäste, auch wenn alles friedlich und sauber aussah.

Sie fanden einen Parkplatz in der Querstraße auf der Rückseite des Landesverwaltungsamtes. Frauke warf einen routinemäßigen Blick durch die Fenster des Friseurgeschäfts an der Straßenecke. Vor einem Spiegel saß eine Frau und beobachtete darin den Figaro, wie er sich an ihrer blonden Haarpracht zu schaffen machte. Offenbar waren Kundin und Meister in ein lebhaftes Gespräch verwickelt. Wenig später standen die beiden Beamten vor der zerschrammten Haustür.

In dem Haus befanden sich mehrere Mietwohnungen. Einer der Klingelknöpfe war mit einem billigen Prägeklebeband ausgeschildert: »Pension Favorit«. Es dauerte eine Ewigkeit, bis der Summer ertönte. Ein schmaler Gang, der halbhoch mit dunklen Fliesen gestaltet war, führte zur knarzenden Treppe. Im Treppenhaus roch es nach Essen, nicht verbrannt, aber die Küchendünste störten Fraukes Empfinden. Sie mussten die hölzerne Treppe bis zur zweiten Etage emporsteigen. Dort fanden sie auf einem an die Tür geschraubten Schild den Hinweis auf die Pension. Erst nachdem sie erneut geklingelt hatten, öffnete ein Mann die Tür und sah sie aus verschlafenen Augen an.

»Schmidtke?«, fragte Frauke. Es klang unfreundlich.

»Was ist?«, erwiderte der Mann mit einer Gegenfrage und wischte sich die langen Haare aus dem Gesicht. Er hatte einen blassen Teint. Die dicht an der schmalen Nase stehenden Augen musterten die beiden Beamten.

»Sind Sie Schmidtke?«

»Warum?«

»Wir möchten zum Hotel«, mischte sich Putensenf ein.

»Ausgebucht«, sagte der Mann und wollte die Tür wieder schließen.

Putensenf hatte seinen Fuß dazwischengestellt.

»Polizei«, sagte er. »Machen Sie keinen Zirkus. Wir wollen mit Ihnen reden.«

»Warum?«

»Das erzählen wir Ihnen drinnen«, antwortete Putensenf und drückte vorsichtig gegen die Tür. Schmidtke leistete keinen Widerstand.

Frauke sah sich im Flur um. Alles wirkte düster und schäbig.

»Wohin?«, fragte sie.

Schmidtke zeigte auf eine Tür mit Milchglaseinsatz. Dahinter lag sein Aufenthaltsraum. Ein Kleiderschrank, dem die Holzmaserung mittels einer Kunststofffolie verpasst worden war, ein zerschlissenes Sofa mit einer Wolldecke, ein Tisch, auf dem eine aufgerissene Chipstüte, ein halbes trockenes Brötchen sowie eine Thermoskanne und eine benutzte Tasse standen, zwei unterschiedliche Sessel und eine Anrichte, auf der ein moderner Fernseher lief, bildeten die trostlose Einrichtung.

»Komfortabel«, lästerte Frauke, suchte die Fernbedienung und schaltete die Sendung auf einem privaten Fernsehkanal ab, in der sich zwei junge Leute gegenseitig allerlei Boshaftigkeiten bezichtigten. »Und das Bildungsprogramm haben Sie auch im Hause.« Mit einem gewissen Widerwillen nahm sie unaufgefordert Platz. Putensenf ließ sich auf dem zweiten Sessel nieder.

»Das nennt man Missbrauch von Sozialleistungen«, sagte Frauke ohne Umschweife. »Wollen Sie wissen, gegen welche Paragrafen Sie verstoßen haben und welche möglichen Sanktionen das zur Folge hat?«

Die Lektion wirkte. Schmidtke winkte ab und setzte sich auf das Sofa, nachdem er die Decke ein Stück zur Seite geschoben hatte.

»Unter ›Doppelverdiener‹ versteht der Volksmund etwas anderes.«

»Ich wollte morgen zur Arge und mich abmelden. Hab ich verbummelt«, sagte Schmidtke schwach. »Zahl auch zurück, was ich gekriegt hab. Hatte zu viel zu tun. Ist neu für mich, so 'n Laden.«

Frauke zeigte auf die zusammengeknüllte Decke. »Sie wollen nicht behaupten, dass Sie sich arbeitsmäßig übernommen haben?«

»Nee – doch. Muss mich erst umgewöhnen. Hab bisher gehartzt. Ist nun ein anderes Leben.«

»Sie sind der Geschäftsführer?«

»Ja«, versicherte Schmidtke.

»Und Ihre Mitarbeiter?«

»Was? Wie? Das mach ich allein.«

»Dann sind Sie voll im Stress?«

»Ach, geht so.«

»Läuft das Geschäft?«

»Ja – gut. Ich bin jede Nacht ausgebucht.«

»Gratuliere. Wer macht denn das Marketing für Sie?« Frauke versuchte bewusst, ironisch zu klingen.

»Was, Marketing?«

»Woher kommen Ihre Gäste?«

»Von überall her.«

»Und woher haben sie die Adresse? Geheimtipp in der Szene?«

Schmidtke stach mit seinem Finger in die Luft. »Genau«, strahlte er plötzlich.

Putensenf stand auf. »Ich möchte mir gern die Räume ansehen.«

»Ja – aber …«, stammelte Schmidtke, stand ebenfalls auf und ging voran.

Der dunkle Flur war mit abgenutztem Linoleum ausgelegt. Von ihm gingen insgesamt fünf sogenannte Gästezimmer aus, die sich als dunkle Löcher erwiesen, zum Teil mit einem Ausblick auf eine nur zwei Meter entfernte Hauswand. Die Räume waren notdürftig hergerichtet. Es wirkte, als wäre die Einrichtung vom Sperrmüll zusammengesammelt. In jedem Raum standen andere Möbel, die auch innerhalb eines Zimmers nicht miteinander harmonierten.

»Gibt es nicht einmal ein Waschbecken in den Zimmern?«

»Nein«, stotterte Schmidtke. »Dafür gibt es die Dusche.«

Putensenf öffnete eine weitere Tür und fand den Sanitärraum. Demonstrativ hielt er sich die Nase zu.

»Das stinkt aber gewaltig.«

»Das muss am Ausguss liegen.«

Putensenf öffnete den Toilettendeckel und schreckte zurück. Es war eine Zumutung, wie Frauke mit einem Seitenblick registrierte. Auch die Dusche und das Waschbecken machten einen ungepflegten Eindruck.

Der Kriminalhauptmeister baute sich vor Schmidtke auf. »Wollen Sie uns im Ernst weismachen, dass Sie in dieser Hütte ein Beherbergungsgewerbe unterhalten?«

»Eine Pension, kein Beherbergungsdings ...«

Putensenf winkte ab. »Der hat sie doch nicht alle«, sagte er zu Frauke.

»Wo ist der Frühstücksraum?«, fragte Frauke.

»Ich bin ein Hotel garni«, entgegnete Schmidtke. Ihm war anzusehen, dass er sich über seinen Einfall freute.

»Ja? Und?«

»Das heißt ohne Frühstück.«

Putensenf beugte sich Schmidtke entgegen. »Garni heißt *mit* Frühstück.«

»Ach so«, erwiderte der Mann verlegen. Es war offensichtlich, dass er völlig aus dem Konzept geraten war.

Frauke wollte das ausnutzen. Sie suchte die Küche auf, in der ein wackeliger Tisch mit zwei Stühlen stand. »Das ist der Frühstücksraum?«, fragte sie.

Schmidtke nickte. Er protestierte auch nicht, als Frauke den Kühlschrank öffnete. Sie fand ein paar Dosen Bier, eine angebrochene Dose Ravioli, eine Packung Margarine und eine Packung Schnittkäse vom Discounter, die nicht ordentlich verschlossen war. Der Käse sah trocken aus und bog sich an den Rändern hoch.

»Das bieten Sie Ihren Gästen an?«, fragte sie.

Schmidtke sah sie wie ein Kind an, das beim Lügen ertappt wurde. In seinem Gesicht zuckten die Muskeln nervös. Sein Widerstand war gebrochen.

»Was haben Sie mit dem Geld gemacht, das Sie angeblich eingenommen haben?«

»Was heißt hier ›angeblich‹?«, versuchte er noch einmal zu protestieren.

Frauke schüttelte den Kopf. »Da kommt einiges zusammen, Schmidtke. Nicht nur der Sozialbetrug. Sie haben sich auch der Zusammenarbeit mit einer kriminellen Vereinigung schuldig gemacht. Das wiegt schwer.«

»Eh – wieso das denn?«

»Hier hat doch nie ein Gast übernachtet. Was haben Sie mit dem Geld gemacht, das Sie angeblich eingenommen haben?«, wiederholte sie stupide die gleiche Frage.

»Nicht ›angeblich‹. Die Leute haben dafür Knete abgedrückt. Hier – für das Hotel.«

»Halten Sie uns für dümmer, als die Polizei erlaubt?«, fragte Putensenf dazwischen. »Wo ist das Geld geblieben? Wissen Sie, was in Deutschland am härtesten bestraft wird?«

»Klar. Mord.« Schmidtke wagte ein Grinsen.

»Nein, mein Lieber«, erwiderte Putensenf. »Steuerhinterziehung. Und Sie haben eben selbst zugegeben, dass Sie den großen Reibach gemacht haben. Wo sind Ihre Steuererklärungen?«

Schmidtke riss die Augen auf. Die Drohung mit der Steuerfahndung schien zu fruchten. Schon Al Capone musste wegen Steuerhinterziehung ins Gefängnis, fiel Frauke ein, die sich über Putensenfs Argumentation amüsierte. Mord und andere Taten hatte man dem Chicagoer Gangsterboss nicht nachweisen können.

»Das habe ich doch alles an meinen Partner überwiesen.« Er tippte sich an die Stirn. »Mensch, das sieht doch ein Blinder, dass ich den ganzen Luxus hier nicht löhnen kann.«

»Und wer ist Ihr Partner?«

»Wir haben so eine Dingsda … eine bürgerliche Gesellschaft oder wie das heißt.«

»Eine GbR, eine Gesellschaft bürgerlichen Rechts«, half Frauke aus.

»Kann sein.«

»Und was ist mit den Einnahmen geschehen?«

»Sagte ich doch schon. Die habe ich an meinen Partner überwiesen. Nach Braunschweig.«

»Wie heißt Ihr Partner?«

Schmidtke stöhnte laut auf.

»Das hab ich alles schriftlich. Ordnung muss sein.« Er drehte sich um und kehrte in sein Zimmer zurück. Dort riss er eine Schublade des Sideboards auf und begann, darin herumzuwühlen.

»Scheißpapierkram«, fluchte er dabei. »Muss hier irgendwo sein.« Mit seiner Hand beförderte er wie ein Greifbagger einen Stapel Kontoauszüge hervor.

»Find ich nicht. So 'n Mist. Hab ich doch hier reingetan.«

Frauke glaubte nicht, dass Schmidtke ihnen etwas vormachte. Der Mann war offenbar sehr chaotisch. Sie trat an ihn heran.

»Sind das die Kontoauszüge Ihrer Überweisungen an den Partner?«

»Ja. Warum?«

Frauke nahm einen Auszug zur Hand. »Darf ich?«, fragte sie pro forma und las, bevor Schmidtke antworten konnte. Tatsächlich waren auf dem Auszug zwei Einzahlungen sowie zwei Überweisungen ausgedruckt. Zwischen den beiden Transaktionen gab es lediglich eine kleine Differenz von fünfzig Euro.

»Sind die fünfzig Euro Ihr Anteil?«, fragte sie Schmidtke.

»Das sind nur die Spesen, die ich kriege. Das große Geld soll später rollen. Hat man gesagt.«

Sie ließ die Feststellung unkommentiert. Mit Sicherheit würde Schmidtke keine weiteren Zuwendungen erhalten. Er war ein kleines Rädchen im Getriebe, jemand, den man vor den Karren gespannt hatte und der im Zweifelsfall für die Hintermänner seinen Kopf hinhalten musste.

Frauke sah in die Schublade. »Haben Sie Einwände, wenn wir die Kontoauszüge mitnehmen?«, fragte sie.

»Ich kann mit den Dingern nichts anfangen«, sagte Schmidtke resigniert. »Mich interessiert nur, was für mich übrig bleibt. Das seh ich am Geldautomaten. Entweder spuckt der was aus oder nicht. So funktioniert das. Ist auch so 'ne Art automatischer Buchhaltung.«

Frauke klaubte aus der Schublade alle Kontoauszüge zusammen, die sie fand.

»Wie war das mit den Gästen?«, fragte sie und sah auf die Uhr. »Ist das Haus heute wieder ausgebucht?«

»Jeden Tag«, beeilte sich Schmidtke zu versichern.

»Schön. Dann schicken wir einen Polizisten vorbei, er setzt sich zu Ihnen und zählt die Gäste, die bei Ihnen übernachten.«

»Das geht doch nicht. Dann kommen die nicht«, behauptete Schmidtke.

»Wir bringen an der Haustür kein Schild an: ›Achtung! Polizei‹«, mischte sich Putensenf ein. »Woher sollten die Gäste also wissen, dass ein Kollege hier sitzt?«

Schmidtke gab sich geschlagen. Er gehörte ohnehin nicht zu den argumentationsstarken Menschen.

»Na ja, wenn die Leute selbst nicht kommen, dann bezahlt einer für sie. Pauschal.«

»Bitte?«

»Das ist so ein Pauschalabkommen. Da hat eine Firma die Zimmer gemietet. Und manchmal kommen die Leute nicht. Bezahlen müssen die das Zimmer aber trotzdem.«

»Und wann ist das letzte Mal jemand hier gewesen?«

Schmidtke tat, als hätte er die Frage überhört.

Frauke wiederholte sie in eindringlichem Tonfall.

»Das ist schon ein bisschen her.«

»Wie lange?«

»Weiß nicht.«

Sie räusperte sich. »Kann es sein, dass hier noch nie ein Gast geschlafen hat?«

Schmidtkes Nicken war kaum wahrnehmbar. Plötzlich entsann er sich. »Einmal war jemand da. Der hat das Schild an der Klingel gesehen.«

»Und der hat hier übernachtet?«

»Nee«, gestand der Mann ein. »Der hat sich das Zimmer angeguckt und ist wieder gegangen.«

»Das war eine weise Entscheidung«, stellte Frauke fest.

»Wie heißt die Firma, mit der Sie das Pauschalabkommen geschlossen haben?«

Schmidtke bereitete die Hände zu einer hilflosen Geste aus. »Weiß nicht.«

Es würde wenig Sinn machen, den Mann weiter zu verhören. Er schien wirklich nicht eingeweiht zu sein. Frauke war enttäuscht. Sie hätte es nicht für möglich gehalten, dass die Organisation, sofern sie dahintersteckte, sich so einfach überführen ließ und jetzt mit jemandem wie Schmidtke zusammenarbeitete. Das entsprach nicht dem Stil dieser Leute. Oder war es der Polizei schon gelungen, die Strukturen der Organisation so weit zu schwächen, dass man gezwungen war, auf drittklassiges Personal auszuweichen?

Putensenf ließ sich Schmidtkes Personalausweis zeigen und notierte sich die Daten. Dann kehrten sie ins Landeskriminalamt zurück.

Auf der Dienststelle informierte Frauke Hauptkommissar Madsack über den Einsatz, händigte ihm die Kontoauszüge aus und bat ihn, herauszufinden, wer der Zahlungsempfänger war. Dann überprüfte sie Kevin Schmidtke. Es überraschte sie nicht, dass der junge Mann ein unbeschriebenes Blatt war. Strafrechtlich war er bisher nicht in Erscheinung getreten.

Madsack benötigte nur eine halbe Stunde, bis er die gewünschten Informationen zusammengetragen hatte. Schnaufend ließ er sich an Fraukes Schreibtisch nieder.

»Vorab sei angemerkt«, begann er, »dass Jakob Putensenf die Gewerbeaufsicht informiert hat, das Ordnungsamt, das Gesundheitsamt und die Finanzverwaltung.«

»Er hat *was*?«, unterbrach ihn Frauke überrascht.

»Jakob hielt es für erforderlich, einem Mann wie Schmidtke das Handwerk zu legen und das große Geschütz aufzufahren. Im Wege der Amtshilfe hat er die anderen Behörden auf die obskure Pension gehetzt.«

»Wer hat ihn beauftragt, alle Pferde scheu zu machen?« Frauke war zornig.

Madsack versuchte sich in seinem Stuhl klein zu machen. Er zog den Kopf zwischen die Schultern und starrte auf das Blatt Papier, das er in Händen hielt. Vorsichtig hob er es ein paar Zentimeter in die Höhe. »Soll ich fortfahren?«, fragte er schüchtern.

Frauke nickte.

»Die Überweisung erfolgte zugunsten der Reichenberger Immobilien Verwaltungs GmbH in Braunschweig.«

»Wer verbirgt sich dahinter?«

»Das habe ich noch nicht herausfinden können. Dafür war die Zeit zu knapp.«

»Ich möchte alles über diesen Laden wissen«, sagte Frauke und wedelte mit der Hand, als würde sie eine Fliege verscheuchen. Madsack deutete die Geste richtig und verließ ihr Büro ohne weitere Fragen. Er schien froh, sich entfernen zu können.

Frauke folgte ihm und traf Putensenf an dessen Arbeitsplatz an. Er begrüßte sie mit einem Grinsen.

»Putensenf!«, fauchte sie ihn an, sodass das Grinsen sich augenblicklich in einen überraschten Ausdruck verwandelte. »Sind Sie von allen guten Geistern verlassen? Wer hat Sie beauftragt, solch hirnrissige Aktionen zu starten? Haben Sie wenigstens die örtliche Presse zur Großkopfstraße bestellt, um möglichst viel Aufhebens zu veranstalten? Welches Ziel verfolgen Sie mit diesem Brimborium?«

»Ich habe gedacht …«, versuchte sich Putensenf zu verteidigen.

»Sie haben gedacht?«, unterbrach ihn Frauke. »Das ist lächerlich. Als wenn Sie das jemals getan hätten.« Sie schlug sich mit der flachen Hand gegen die Stirn. »Das ist kleingeistig, die ganze Staatsmacht gegen einen hilflosen Verlierer aufmarschieren zu lassen. Wollen Sie ihn erschrecken? Das haben Sie schon vorhin mit Ihrem Erscheinen in seinem Loch getan. Mensch, Putensenf. Was mache ich nur mit Ihnen? Unsere Dienststelle ist zu klein, sonst würde ich Ihnen die Verwaltung der Büroklammern überantworten.« Sie beugte sich über seinen Schreibtisch und schlug mit der flachen Hand auf die Arbeitsfläche, dass es laut knallte. Erschrocken fuhr der Kriminalhauptmeister ein Stück mit seinem Bürostuhl zurück. »Ihr unüberlegtes Verhalten wird Konsequenzen haben«, drohte sie, drehte sich um und verließ Putensenfs Büro.

Wütend kehrte sie über den Flur zu ihrem Dienstzimmer zurück. Sie musste dabei fürchterlich aussehen, fiel ihr auf, als ihr auf dem Flur ein anderer Beamter begegnete, der sich eng an die Wand drückte, als sie ihn passierte.

Noch war der Nachweis nicht erbracht, dass die Organisation hinter diesen Geschäften steckte, obwohl es eine weitere Methode war, um illegal erworbenes Geld zu waschen. Es war schwierig, den Sumpf von der Quelle her auszutrocknen, der Prostitution, dem Rauschgifthandel, der Schutzgelderpressung. Das waren immer noch Bereiche, wo sich die organisierte Kriminalität betätigte. Doch diesen Anfängen war sie lange entwachsen. Sie hatte sich in die erste Businessebene vorgearbeitet und betrieb lukrative Geschäfte mit einem seriösen Anstrich. Zum Glück für die Ermittlungsbehörden gab es immer wieder Verbindungen zu den Wurzeln im kriminellen Milieu. Hätte nicht Marcello Manfredi versucht, Geschäfte auf eigene Rechnung an der Organisation vorbei zu betreiben, wäre der Handel mit gefälschten Fleischwaren nicht aufgeflogen. Das war ein ungeplanter Betriebsunfall gewesen. Frauke griff zum Telefonhörer.

»Madsack«, sagte Frauke in scharfem Ton, als sich der Hauptkommissar meldete. »Ich möchte wissen, was aus der Sache mit den nach Saudi-Arabien exportierten Schinken geworden ist, in die Simone Bassetti bei Schröder-Fleisch kleine Heroinpäckchen geschmuggelt hat.«

»Jawohl«, antworte Madsack eilfertig. »Ich kümmere mich darum. Sofort.«

Anschließend fuhr sie zur Justizvollzugsanstalt Hannover und ließ Simone Bassetti vorführen.

Der Italiener sah bleich und übermüdet aus. Es war immer wieder die gleiche Erfahrung, die Frauke während ihrer Zeit bei der Polizei gemacht hatte, dass selbst viele der Hartgesottenen mürbe wurden, wenn sie in Untersuchungshaft saßen, die Tage mit Warten verbrachten und sie die Ungewissheit quälte, wie weit die Ermittlungen der Polizei gediehen waren. Nur wenige waren so naiv, zu glauben, man könne ihnen nichts nachweisen. Daher war es keine Seltenheit, dass Beschuldigte diesem Zustand durch ein Geständnis ein Ende bereiteten. Auf diesen Effekt hoffte Frauke. Sie wollte auf Provokation setzen. Deshalb hatte sie darauf verzichtet, ein weiteres Mitglied ihres Teams am Verhör teilnehmen zu lassen.

»Schmeckt Ihnen die Gefängniskost? Haben Sie schon herausgefunden, wie oft es Pizza und Pasta gibt? Ich würde mich an Ihrer Stelle rechtzeitig an Schweinebraten, Bratwurst und Rotkohl gewöhnen. Schließlich werden Sie sich davon Jahrzehnte ernähren müssen«, sagte sie zur Begrüßung.

»Schlampe«, fluchte Bassetti.

Frauke lehnte sich entspannt zurück.

»Ich gönne es Ihnen, zu schimpfen. Schließlich werden Sie in all den Jahren nicht oft eine Frau sehen. Mir macht das nichts aus.« Sie zeigte Richtung Fenster. »Ich bin nach unserem Gespräch wieder da draußen. Sie nicht. Haben Sie eine Vorstellung, wie Ihre Behausung von außen aussieht?«

»Ich werde dich kaltmachen«, schrie Bassetti wutentbrannt.

Frauke sah ihn belustigt an. »Von einem Italiener erwarte ich eigentlich andere Aussagen. Heißt es nicht gegenüber einer Dame: Ich werde dich heißmachen?«

»Deine Tage sind gezählt. Dich werden sie massakrieren.«

»Ach!« Frauke spitzte die Lippen. »Das klingt schon anders. Haben Sie keine Zuversicht mehr? Jetzt sollen es die anderen erledigen. Hoffentlich sind die besser als Sie. In der Organisation spricht man über Sie. Wissen Sie, wie man Sie nennt? Die Niete.«

Bassetti drohte mit dem Zeigefinger in Fraukes Richtung.

»Ich weiß, was du willst. Du willst mich reizen. Ja!« Seine dunklen Augen funkelten böse. »Aber das schaffst du nicht.«

»Geben Sie die Befehle? Oder ist es Ihr Boss Bernd Richter?«

»Ha! Du hast keine Ahnung.«

»Das sehe ich anders. Wir haben Ihrer Truppe erheblich zugesetzt. Abgesehen davon, dass Sie sich gegenseitig umbringen und ausrotten, sind Sie doch der beste Beweis dafür, dass wir sehr erfolgreich sind. Und ich erfreue mich immer noch bester Gesundheit trotz der ominösen Todesliste. Das ist nichts weiter als heiße Luft, Bassetti.«

»Sie haben das Schlimmste gemacht, was Sie einem Italiener zufügen können.«

Frauke wurde hellhörig. Es klang so, als würde Bassetti, den sie für einen Handlanger hielt, doch etwas wissen.

»Ich habe Sie von der Straße geholt.« Sie drehte mit ihrem Zeigefinger in ihrem Haar. »Mögen die anderen im Gefängnis, die auch lange keine Frau mehr gesehen haben, eigentlich schwarz gelockte Südländer?«

Bassetti sprang auf, wurde aber sofort vom aufmerksamen Beamten der JVA wieder auf den Stuhl zurückgedrängt. »Sie haben die Familienehre beleidigt. Das ist tödlich.«

»Ach ja?« Frauke versuchte, sich desinteressiert zu geben. Gelangweilt betrachtete sie ihre Fingernägel.

»Sie haben den Neffen des Paten den Arabern ausgeliefert.«

»Ich?« Sie tat, als wüsste sie, wovon er sprach. Fieberhaft überlegte sie, was Bassetti damit meinen könnte.

»Das waren Sie«, versuchte es Frauke. »Wären Sie nicht so blöd gewesen und hätten Ihren Job bei Schröder-Fleisch besser gemacht, wäre der Neffe in Saudi-Arabien nicht aufgeflogen.«

»Sie wissen genauso wie ich, dass die Araber bei Heroin kurzen Prozess machen.« Bassetti deutete die Geste des Halsabschneidens an.

»Andere Länder – andere Sitten. Dem durch Ihre Dummheit überführten Dealer droht die Todesstrafe. Da sind die Herren unerbittlich. Wie vollstreckt man die? Durch Erhängen? Köpfen? Oder ist man human und erschießt den Neffen?« Frauke schüttelte den Kopf. »Nein, Bassetti. Nicht nur das Gefängnis wartet auf Sie. Wenn die Organisation wirklich so mächtig ist, dann wird ihr langer Arm auch bis hinter Gefängnismauern reichen. Irgendwann wird man Ihnen einen scharf geschliffenen Löffelstiel ins Herz jagen, Sie mit einer Schlafanzughose erwürgen. Das ist kein rühmliches Ende. Haben Sie darüber nachgedacht, dass Sie auf der Todesliste viel weiter oben stehen als ich? So merkwürdig es klingen mag, aber ich bin Ihr einziger Freund. Ihr einziger, Bassetti«, schob sie noch einmal betont hinterher. »Und Dottore Carretta, Ihr Anwalt, wägt bei seiner Verteidigungsstrategie auch zwischen Ihren Interessen und denen der Organisation ab. Weshalb hat er Ihnen geraten, sich schuldig zu bekennen? Und Bernd Richter nicht? Sie sollen für die anderen geopfert werden. Und wenn Richter irgendwann wieder draußen ist, glauben Sie, er denkt dann an den kleinen italienischen Trottel, der hier verschmachtet?«

»Das ist alles gelogen!«, schrie Bassetti aufgebracht.

Frauke war zufrieden. Sie hatte mehr erreicht, als sie gehofft hatte. Insbesondere die Sorge des Paten um seinen Neffen war neu. Das konnte vielleicht die alleinige, aber zumindest mit ausschlaggebende Erklärung dafür sein, dass man sie so hartnäckig verfolgte. Wenn Bassettis Behauptung der Wahrheit entsprach, musste der Mann an der Spitze der Organisation ihren Tod fordern, allein um sein Gesicht zu wahren – ein Gesicht, dem Frauke zu gern gegenüberstehen würde.

Auf der Dienststelle rief sie die Mitglieder des Teams zu einer Besprechung zusammen.

»Woher haben Sie die Information mit dem arabischen Neffen?«, fragte Madsack. In seiner Stimme schwang Anerkennung mit.

»Ich habe Bassetti verhört.«

»Und dabei haben Sie den dritten Grad angewandt und Bassetti das Geheimnis entlockt?«, kommentierte Putensenf, während Schwarczer – wie immer – der Runde beiwohnte und sich jeden Kommentars enthielt.

»Mich wundert, dass Sie mir nicht unterstellen, die Waffen der Frau eingesetzt zu haben«, entgegnete Frauke. »Um Ihnen auch einmal einen Erfolg zukommen zu lassen, müssen wir Sie zum Verhör eines offensichtlich homosexuell veranlagten Verdächtigen schicken.«

Madsack lachte, und selbst Schwarczer verzog seine Mundwinkel zu einem Schmunzeln. Putensenf holte tief Luft, unterließ es aber, zu antworten. Frauke nickte Madsack zu, um ihn aufzufordern, von seinen Erkundigungen zu berichten.

»Die Reichenberger Immobilien GmbH in Braunschweig ist ein alteingesessenes Unternehmen. Laut Handelsregister wurde es vor fast vierzig Jahren von Peter Reichenberger gegründet. Vor drei Jahren hat der Betrieb einen neuen Eigentümer erhalten. Reichenberger hat sich aus Altersgründen zurückgezogen. Offenbar gab es keinen Angehörigen, der sein Lebenswerk unternehmerisch fortsetzen wollte.«

»So etwas steht aber nicht im Handelsregister«, bemerkte Putensenf.

»In Ihrem Stellenprofil steht nicht, dass Sie den Kollegen ständig unterbrechen sollen«, wies ihn Frauke zurecht.

»Jakob hat recht. Die ergänzende Information habe ich von einem Redaktionsmitglied der Braunschweiger Zeitung, mit dem ich bekannt bin. Der hat die Informationen aus dem Zeitungsarchiv recherchiert. So einfach ist das manchmal«, sagte Madsack und sah dabei Putensenf an.

»Bei diesen Kontakten hat dir dein Familienname nicht geholfen?«, stichelte Putensenf und spielte auf den Namen Madsack an, der identisch war mit Hannovers bekannter Verlegerdynastie.

»Du weißt doch, Jakob: nicht verwandt und nicht verschwägert. Reichenberger hat die Immobiliengesellschaft an die Vierte Vermögensverwaltungsgesellschaft mbH in Wolfenbüttel verkauft, die alleiniger Gesellschafter ist.«

»Liegt die Betonung auf ›Vierte‹?«, fragte Frauke.

»Darauf habe ich mein Augenmerk gelegt. Im Handelsregister finden sich auch noch die Erste, die Zweite und die Sechste.«

»Und die dazwischen?«

»Keine Einträge.« Madsack zuckte mit den Schultern. »Die Erste wiederum hat denselben Gesellschafter wie die Vierte.«

»Und die Zweite und Sechste?«

»Andere«, erklärte Madsack.

»Mein Gott, wer denkt sich so etwas aus?«, stöhnte Putensenf.

»Leute, die etwas zu verbergen haben«, erwiderte Frauke. Dann wandte sie sich an den Hauptkommissar.

»Haben Sie diese Kette weiterverfolgen können?«

»Die Zeit hat nur gereicht, um noch die nächste Stufe zu eruieren. Die Spur führt zur Lucky Holding GmbH.«

»Heißt die wirklich so?«, fragte Frauke ungläubig. »Da muss jemand großen Humor besitzen.«

Madsack nickte ernst. »Jetzt wird es interessant. Die Lucky Holding gehört zu gleichen Teilen Igor Stupinowitsch und einer Proprietà S.p.A. aus Turin.« Madsack hüstelte. »Ich habe versucht, das zu übersetzen, und glaube, Proprietà heißt Vermögen. S.p.A. ist in Italien so etwas Ähnliches wie bei uns die Aktiengesellschaft.«

»Gut, Madsack«, lobte Frauke den Hauptkommissar, der das Lob mit einem strahlenden Gesicht entgegennahm. »Damit sind wir einem weiteren Standbein der Organisation auf der Spur. Für mich verdichten sich die Hinweise, dass Stupinowitsch mehr mit der Sache zu tun hat, als er uns weismachen wollte. Sein Engagement im Rotlichtmilieu ist kein Zufall. Und auch der Transfer der illegalen Arzneimittel über Weißrussland nach Deutschland scheint Teil einer groß angelegten Kooperation mit dem italienischen Teil der Organisation zu sein. Ich habe das Gefühl, wir dringen immer weiter ins Zentrum der Organisation vor. Aber«, Frauke sah nacheinander die drei Männer ihres Teams an, »mit jedem Schritt wird es auch gefährlicher. Für jeden von uns.«

Putensenf lehnte sich zurück.

»Mir geht eine Sache nicht aus dem Sinn«, sagte er gedehnt und fuhr fort, nachdem er die Aufmerksamkeit aller auf sich gezogen hatte. »Sie waren schon öfter Zielscheibe der Organisation. Zum Beispiel die Sache in Isernhagen. Die Nachbarn haben gesagt, dass in der letzten Zeit ein paarmal eine Frau in Isernhagen zu Besuch war. Sie«, dabei sah er Frauke an, »könnten offenbar gut Modell stehen. Zumindest ähnelt Ihnen die Beschreibung auffallend. Sie haben uns zudem noch nicht erklärt, was Sie nach Isernhagen geführt hat.«

Madsack nickte zustimmend. Er traute sich zwar nicht, Putensenf offen zu unterstützen, aber diesen Punkt hatte auch der Hauptkommissar noch nicht vergessen. Frauke wusste, dass sie ihren Mitarbeitern eine Erklärung schuldig war. Es musste eine unwiderlegbare Begründung sein. Würde man herausfinden, dass sie gelogen hatte, wäre das ihrer Karriere im Polizeidienst abträglich, zumal sie die Hypothek der falschen Anschuldigungen aus Flensburg noch mit sich herumtrug.

Sie ließ sich Zeit mit der Antwort und suchte nach passenden Worten, als Schwarczer sich räusperte.

»Der Tipp kam von mir. Frau Dobermann hat den Hinweis durch mich erhalten.«

Frauke war genauso überrascht wie Madsack und Putensenf. Zum Glück sahen die beiden den jungen Kommissar an. So entging ihnen Fraukes Reaktion.

»Was sind das für Methoden?«, schimpfte Putensenf erregt. »Wir sind ein Team. Da geht es nicht, Herr Schwarczer, dass Sie geheime Missionen starten. Auch Sie«, dabei drehte er sich zu Frauke um, »sollten teamorientiert arbeiten.«

»Woher haben Sie den Hinweis?«, hakte Madsack nach.

Schwarczer wirkte völlig entspannt. Kein Muskel zuckte in seinem Gesicht.

»Ich habe ›Horchgeräte‹ in der Szene«, sagte er. »Die sind nicht so zuverlässig, dass man sie zu den Akten nehmen kann. Solche Hinweise sind zu vage, um daraus das große Rad zu drehen. Man muss vieles abwägen, wenn jemand leise twittert.«

»Wenn er was macht?« Putensenf sah Schwarczer verärgert an.

»Zwitschert«, erwiderte der junge Kommissar. »So habe ich ordnungsgemäß die Leiterin informiert.«

»Und warum haben Sie uns nicht in Kenntnis gesetzt?« Putensenf sah Frauke an und glaubte offensichtlich, eine Stelle gefunden zu haben, an der er schmerzhaft bohren konnte.

»Ich war genauso überrascht über die guten Kontakte des Kollegen Schwarczer«, erklärte Frauke gelassen. »Da sowohl er wie auch ich neu sind, wollte ich mich überzeugen, wie konkret der Hinweis ist.« Sie nickte Schwarczer vertraulich zu. »Kompliment. Ihre Verbindungen sind exzellent. Das hat der allerdings überraschende Ausgang der Aktion bewiesen.«

»Dann haben wir doch einen Anhaltspunkt«, ereiferte sich Putensenf. »Wir sprechen hier über Schwerstkriminalität. Da können wir solche Mauscheleien nicht dulden. Wenn der Tipp wirklich so gut war, gibt es jemanden, der offenbar gut informiert ist. Den müssen wir uns vornehmen. Also! Wie heißt der Zwitscherer?«

»Ich weiß es nicht«, sagte Schwarczer. »Solche Hinweise laufen wie die stille Post durch die Szene. Deshalb ist es auch schwierig, die Kette zurückzuverfolgen. Ganz abgesehen davon, dass sich der Inhalt und Wahrheitsgehalt während des Weitersagens durchaus verändern kann.«

»Um was ging es?«, wollte Putensenf wissen.

»Um Informationen«, mischte sich Frauke ein. »Jemand wollte Hintergrundinformationen loswerden.«

Putensenf legte die Stirn in Falten. »Könnte es derjenige gewesen sein, der Sie dort empfangen hat, der auch am Anfang der Kette stand?«, überlegte er laut.

»Gut, Putensenf«, lobte ihn Frauke. »Ein kluger Gedanke.«

Der Kriminalhauptmeister schien zufrieden zu sein. Fraukes Anerkennung lenkte ihn von weiteren Fragen ab. Er fiel auf ihre Strategie herein.

Frauke atmete tief durch. Dank der unerwarteten Hilfe von Schwarczer war sie der Erklärungsnot entwichen. Aber warum hatte der junge Kommissar sie unterstützt und sich seinerseits in eine Situation begeben, die eine Rechtfertigung von ihm verlangte? Wusste Schwarczer etwas? Plötzlich war ihr Misstrauen geweckt.

»Wir haben es auch am Beispiel Günter Blechschmidts gesehen«, ergänzte Frauke. »Nachdem uns der harmlose Mitläufer eher unfreiwillig einen Hinweis gegeben hatte, wurde er brutal zusammengeschlagen. Es klingt fast makaber, dass er dabei noch Glück hatte und die Handlanger der Organisation ihn nicht ermordet haben. Mit solchen Aktionen wird ein Zeichen gesetzt. Jetzt schweigen alle aus Angst. Wen wundert es, wenn sich Informanten sehr konspirativ verhalten?« Dabei sah sie Putensenf direkt in die Augen. Der Kriminalhauptmeister senkte den Kopf und murmelte eine unverständliche Zustimmung.

»Was geschieht jetzt mit dem Polizisten aus Wittingen, der Bernd Richter im Untersuchungsgefängnis besucht hat und ihm die Nachricht hinterbrachte, dass Richter sich umgehend Dottore Carretta als Anwalt nehmen soll?«, wechselte Madsack das Thema.

»Gegen Eberhard Annenmeyer wird ein Verfahren eingeleitet. Der Mann ist nur ein kleines Licht und wusste gar nicht, auf was er sich eingelassen hat. Er glaubte, Richter und dem Anwalt eine Gefälligkeit schuldig zu sein. Trotzdem darf sich ein Polizist nicht in eine solche Abhängigkeit begeben. Man mag solche Menschen bedauern, aber das sind nun einmal unsere Regeln«, erklärte Frauke. Sie sah Madsack an. »Sie sollten sich weiter um die Aufklärung der Hintergründe bemühen. Wer steckt hinter der Proprietà S.p.A.? Wie heißt der Statthalter der Organisation in Saudi-Arabien, den man dort verhaftet hat und dem die Todesstrafe droht? Und wer sind die Strohmänner in den Vermögensverwaltungsgesellschaften und der Lucky Holding? Es ist ein mühsames Geschäft. Aber nur auf diesem Weg kommen wir weiter.«

»Sollten wir noch einmal Kevin Schmidtke in die Mangel nehmen?«, fragte Putensenf. Der Kriminalhauptmeister wirkte auffallend zurückhaltend.

Frauke schüttelte den Kopf. »Das führt uns nicht weiter. Das ist ein armer Wicht, den man benutzt hat. Schmidtke ist Opfer, nicht Täter. Mich macht aber stutzig, dass die Organisation sich jetzt schon solch schwacher Glieder bedienen muss. Den Leuten muss doch klar sein, dass Schmidtke sofort einknickt, wenn wir ihn verhören. Es ist kaum vorstellbar, dass man in der Organisation so naiv ist, zu glauben, wir würden Schmidtke nicht entdecken. Und die Verfolgung des weiteren Wegs hat uns auch vor keine unlösbaren Probleme gestellt. Haben wir die klugen Köpfe in der Organisation schon verunsichert? Oder vielleicht sogar schon gefasst?«

»Sie meinen Bernd Richter?«, warf Madsack ein.

Frauke nickte. »Für mich spielt unser ehemaliger Kollege eine wesentlich größere Rolle, als es den Umständen entsprechend den Anschein hat. Richter war ein kluger Kopf. Der scheint jetzt in der Organisation zu fehlen. Offensichtlich konnte er noch nicht ersetzt werden.«

Frauke sah auf die Uhr.

»Vielleicht ist es schon zu spät, aber ich würde der Reichenberger Immobilien GmbH gern noch einen Besuch abstatten.« Sie sah sich um. Madsack war mit Recherchearbeiten ausgelastet. Mit Schwarczer wollte sie nicht allein sein. Zu groß wäre die Versuchung gewesen, den Kommissar zu fragen, warum er für sie gelogen hatte. Doch diese Blöße wollte sie sich gegenüber Schwarczer nicht geben. »Putensenf«, entschied sie, »wir machen einen Ausflug nach Braunschweig.« Für einen Moment schien es, als wollte der Kriminalhauptmeister aufbegehren. Dann nickte er ergeben.

Wenig später saßen sie in einem VW Variant und fuhren Richtung Osten. Die durchgängig dreispurige Autobahn war voll und gestattete nur ein Fortkommen mit wechselnden Geschwindigkeiten zwischen achtzig und einhundert Stundenkilometern. In Höhe der Abfahrt »Hämelerwald« befand sich eine Baustelle, an der es nur im Schritttempo voranging. Auf den beiden rechten Fahrstreifen lieferten sich die vorwiegend osteuropäischen Lkws ein Elefantenrennen. So blieb den Pkws nur der Überholstreifen. Sie benötigten fast eineinhalb Stunden, bis sie die Braunschweiger City erreichten.

»Jetzt werden wir niemanden mehr erreichen«, schimpfte Frauke.

»Wollen Sie mich dafür verantwortlich machen?«, antwortete Putensenf. »Ich kann nichts dafür, wenn Schwarczers russische Kumpane die Autobahn verstopfen.«

»Ich möchte solche Äußerungen nicht hören, verstanden?«, ranzte ihn Frauke an. »Kollege Schwarczer ist in Hannover geboren und Deutscher wie Sie und ich.«

»Wer's glaubt, wird selig«, murmelte Putensenf. »Allein die Schreibweise seines Namens. Und dann heißt er Yuri.«

Sie musterte Putensenf von der Seite. »Und Sie? Jakob! Sie sind höchstens ein billiger Jakob. Genug jetzt. Sie unterlassen Ihre krausen Gedanken, die in unserem Team nichts zu suchen haben. Sehen Sie sich lieber nach einem Parkplatz um.«

Putensenf fluchte leise vor sich hin, als sie die gesuchte Anschrift gefunden hatten. Es gab nirgendwo eine Parkmöglichkeit. Auf der Dankwardstraße rollte der Verkehr zur Kreuzung Bohlweg, der als Einbahnstraße am Braunschweiger Schloss vorbeiführte. Zuvor zwängte sich die Straße zwischen gesichtslosen Häusern auf der linken Straßenseite und der Straßenbahnhaltestelle »Rathaus« sowie dem »Zusatzbau Rathaus« hindurch. Dieser Straßenzug mit billigen Telefonläden, Dönerbuden und dem grauen und bedrückenden städtischen Betonbau gehörte nicht zu den städtebaulichen Glanzlichtern der zweitgrößten Stadt Niedersachsens.

»Wir sollten die Planer dieses Betonklotzes gleich mit verhaften«, sagte Putensenf, als könne er Fraukes Gedanken raten.

»Konzentrieren Sie sich auf den Verkehr und finden Sie endlich einen Parkplatz.«

»Wer solch hässliche städtische Bauten errichtet, ist auch unfähig, eine vernünftige Verkehrsplanung zu organisieren«, schimpfte der Kriminalhauptmeister und suchte nach der nächsten Möglichkeit, diesen Teil der Innenstadt zu umrunden. Sie quälten sich im Stau an den zahlreichen Gastronomiebetrieben mit dem Außenangebot vorbei, bis sie vor dem lang gestreckten Altbau des Polizeikommissariats Mitte eine Parkmöglichkeit fanden, obwohl der Platz »nur für Einsatzfahrzeuge« reserviert war.

Putensenf verschwand in das Gebäude. »Ich sage den Kollegen

Bescheid«, erklärte er, um kurz darauf wieder zu erscheinen und zu verkünden: »Begeistert waren die nicht.«

Sie gingen zu Fuß am Rathaus vorbei, das mit seinem Turm und der hübschen Fassade ein repräsentatives Gebäude war. Als sie um die Ecke bogen und den schmucklosen Betonanbau erreichten, machte Putensenf Frauke auf ein Schild aufmerksam, das darauf hinwies, dass hier die Personalvertretung und das Stadtsteueramt zu finden seien.

»Das konnte nicht anders sein«, knurrte Putensenf. »Solche Institutionen versteckt man hinter den grässlichsten Betonwänden.«

Die Reichenberger Immobilien Verwaltungs GmbH befand sich in einem modern wirkenden Bürogebäude an der Ecke der belebten Kreuzung, in dem eine große Bank residierte.

Frauke hatte nicht damit gerechnet, noch jemanden im Büro anzutreffen. Sie war überrascht, als dort noch lebhafter Bürobetrieb herrschte. Die Erklärung lieferte die junge Frau am Empfang.

»Sie kommen wegen welchen Objektes?«, fragte sie. Natürlich. Immobilienunternehmen vereinbarten häufig Termine nach Feierabend. Das war ein glücklicher Umstand für die Beamten.

»Die Hotelpension in der Großkopfstraße in Hannover«, sagte Frauke.

»Haben Sie einen Termin?«

»Nein, das ist spontan.«

»Moment«, bat die junge Frau und gab etwas in ihren Computer ein. Dann sah sie mit einem ratlosen Gesichtsausdruck auf. »Das Objekt steht nicht zur Disposition.«

»Wir möchten gern mit Ihrem Geschäftsführer sprechen.«

»Mit Herrn L'Arronge?«

»Ja«, sagte Frauke schnell.

Die Mitarbeiterin am Empfang wählte eine Nummer an und gab den Gesprächswunsch weiter.

Kurz darauf erschien ein stämmiger Mann mit Halbglatze, dessen Bauch sich über den Hosengürtel wölbte. Er stellte sich mit Namen vor. »Was kann ich für Sie tun?«

»Landeskriminalamt Hannover«, sagte Frauke und präsentierte ihm ihren Dienstausweis, dem er nur einen flüchtigen Blick schenkte.

»Kommen Sie mit«, bat L'Arronge und führte sie in sein Büro.

»Uns sind Merkwürdigkeiten in der Pension Favorit in Hannover aufgefallen. Ihr sogenannter Partner Kevin Schmidtke konnte uns keine Erklärung dafür geben, dass er von einem unbekannten Auftraggeber die Kosten für ein stets ausgebuchtes Haus erstattet bekommt, ohne dass je ein Gast erschienen ist. Anschließend führt er fast die gesamten Einnahmen an Sie ab.«

»Was ist daran nicht in Ordnung?«

»Die Art des Geschäfts. Finden Sie es nicht auch merkwürdig, dass jemand viel Geld dafür zahlt, dass er die Leistungen nicht abnimmt?«

L'Arronge machte ein betroffenes Gesicht. »Sie überfallen mich mit Behauptungen, die ich nicht prüfen kann. Wir vermitteln und verwalten Immobilien. Fremde. Dafür erhalten wir eine Verwaltergebühr. Die administrative Unterstützung bei der Abrechnung der Pensionen ist für uns nur ein Durchgangsposten, denn –«

»Moment«, unterbrach ihn Frauke. »Sie sprachen eben von Hotelpensionen in der Mehrzahl.«

Der Mann sah sie überrascht an. »Ja. Wir haben derzeit elf Stück unter Vertrag. Nein«, er legte dabei die Stirn in Falten, »ich glaube, es sind sogar zwölf.« Er griff zum Telefon und drückte zwei Tasten. »Hannchen«, sagte er, als sich der Teilnehmer meldete. »Wie viele von diesen Pensionsdingern verwalten wir aktuell? – Danke.«

L'Arronge legte auf. »Dreizehn sogar. Sie sehen, dass es ein unproblematisches Geschäft ist. Wir nehmen es mit und freuen uns über den Ertrag.«

»Was machen Sie mit dem Geld, das Ihnen Schmidtke und Kollegen überweisen?«

»Schmidtke?«

»Das ist Ihr Partner in der Pension Favorit.«

»Ach.« L'Arronge wirkte einen Moment zerstreut. »Wenn man ehrlich ist, sind die Betreiber der Pensionen keine wirklichen Partner. Ich meine – wirtschaftlich.«

»Also Strohmänner.«

»So würde ich es nicht bezeichnen«, wehrte L'Arronge ab. »Rechtlich ist es eine Gesellschaft bürgerlichen Rechts, praktisch liegt die Mehrheit der Anteile aber nicht beim jeweiligen Partner.«

»Finden Sie das nicht seltsam?«, fragte Frauke.

»Puh!« L'Arronge kratzte sich den Kopf. »Ich gehe davon aus, dass alle Beteiligten davon profitieren. Wir sind nur Dienstleister.«

»Wohin überweisen Sie die Gelder – nach Abzug Ihres Anteils?«

»An unsere Muttergesellschaft.«

»Die Vierte Vermögensverwaltungsgesellschaft mbH in Wolfenbüttel«, zeigte sich Frauke gut informiert.

L'Arronge nickte. Er hob seine Hände zu einer Unschuldsgeste in die Höhe. »Ich bin nur Geschäftsführer. Manche Verträge, die wir hier verwalten und bearbeiten, wurden auf Veranlassung unserer Mutter geschlossen.«

»Dazu gehören alle Verträge mit den Pensionen?«

»Ja«, gab L'Arronge zu.

»Können wir eine Liste der anderen Hotelpensionen bekommen?«, fragte Frauke. »Und Kopien der Buchungsunterlagen, aus denen ersichtlich ist, dass die Einnahmen aus diesem Geschäft nach Wolfenbüttel weitergereicht werden?«

L'Arronge überlegte eine Weile. Er schien mit sich zu ringen. »Nein«, entschied er. »Das geht zu weit.«

Putensenf wollte aufbegehren, aber Frauke kam ihm zuvor.

»Vielen Dank für Ihre Informationen«, sagte sie und verabschiedete sich.

»Ich wäre hartnäckiger gewesen«, sagte Putensenf, als sie wieder im Auto saßen und die Rückfahrt antraten.

»Mit welchem Erfolg? Auf welcher Rechtsgrundlage hätten Sie L'Arronge zwingen wollen?«

Putensenf enthielt sich einer Antwort. Er schwieg, bis sie das Landeskriminalamt erreichten.

Sofort nach der Ankunft im Büro prüfte Frauke, ob L'Arronge bisher straffällig in Erscheinung getreten war. Der Mann war genauso ein unbeschriebenes Blatt wie Kevin Schmidtke. Offenbar war es ein neues Vorgehensmodell der Organisation, auf unbescholtene Leute zurückzugreifen in der Hoffnung, damit weniger Ansatzpunkte für die polizeilichen Ermittlungen zu bieten.

Natürlich musste Frauke sich fragen, warum ein Mann wie

L'Arronge solche zweifelhaft anmutenden Geschäfte mitmachte und nicht kritisch hinterfragte. Zur Beantwortung dieser Frage wäre es erforderlich gewesen, seinen persönlichen Hintergrund zu durchleuchten. Manchmal gab es Situationen im Werdegang eines Menschen, die nicht viele andere Optionen zuließen. Und das nutzte die Organisation schamlos aus. Sie griff nicht verzweifelt zu zweitklassigen Helfern, nein! Sie verfolgte eine fast perfide Strategie. Die Pensionen wären nicht aufgefallen, weil sich niemand beschwert hätte. Die Steuern wurden ordnungsgemäß entrichtet und andere Personen oder Einrichtungen ebenfalls nicht benachteiligt. Das war ein genialer Gedanke. Ob Bernd Richter dahintersteckte?

Sie beschloss, Feierabend zu machen, und schlenderte langsam zu ihrer Wohnung in der Lister Meile. Sie durchquerte den Welfenplatz, die ein wenig ungepflegt wirkende Grünanlage, in der häufig Ansammlungen von Menschen anzutreffen waren, deren einziger Lebensinhalt das Totschlagen der Zeit zu sein schien. Dabei halfen häufig alkoholische Getränke. Leere Flaschen rund um die belagerten Parkbänke gaben Zeugnis davon.

In der Fridastraße warf sie einen Blick auf das Haus, in dem sich Lars von Wedell und seine Freundin Gesa Kraft eine neue Wohnung eingerichtet hatten, kurz bevor der junge Kommissar brutal ermordet wurde.

Die Lister Meile bot die Frauke mittlerweile vertraute Geschäftigkeit. Menschen schoben sich durch die Straße mit den bunten Geschäften, Autos kurvten langsam über das Pflaster auf der Suche nach einem der raren Parkplätze. Vor der Tür ihres Hauses zögerte sie einen Moment. Immer wieder beschlich sie ein merkwürdiges Gefühl, als sie die Stelle passierte, an der Friedrich Rabenstein erschossen worden war – nur um ein Zeichen zu setzen. Die Organisation hatte mit der blutigen Spur, die ihrem Weg folgte, deutlich bekundet, wie sie mit Leuten umsprang, die ihre Geschäfte störten.

Nachdem die Haustür hinter ihr zugefallen war, verebbte der Lärm der Straße. Als Frauke die Treppe erklomm, spürte sie, wie müde sie war. Die enormen Belastungen der letzten Zeit forderten ihren Tribut.

Sie vermochte nicht zu sagen, warum, es war eher der Instinkt, der sie aufschreckte, als sie die beiden Sicherheitsschlösser zu ihrer Wohnung öffnete, aber sie hatte das Gefühl, dass jemand während ihrer Abwesenheit an der Schließanlage manipuliert hatte. Sie nahm die Schlösser in Augenschein, konnte aber nichts entdecken. Keine Kratzer, keine noch so kleinen Metallsplitter. Nichts.

Sie entnahm ihrer Handtasche die Dienstwaffe und lud sie durch. Vorsichtig öffnete sie die Tür. Wenn man angespannt in die Stille lauschte, schienen das Klacken im Schließzylinder und das Drehen des Schlüssels bis ans Ende der Stadt hörbar zu sein. Es war totenstill in der Wohnung. Frauke wartete einen Moment, bevor sie die Tür weiter aufstieß und beim Knarren der Angeln zusammenzuckte. Nichts rührte sich. Sie tastete um die Ecke und betätigte den Lichtschalter. Die nur in einer Fassung steckende Glühbirne im Flur flammte auf. Es war nichts zu entdecken. Auf Zehenspitzen schlich Frauke den Flur entlang, öffnete die Tür zum Badezimmer und warf einen Blick in den Raum. Sie ließ auch die Dusche hinter der matten Kabinentür nicht aus. Leer. Das galt auch für die Küche, die sie als Nächstes untersuchte. In Zeitlupe schlich sie zum Wohnzimmer, dessen Tür offen stand. Ein schneller Blick zeigte ihr, dass sich auch hier niemand verbarg.

Plötzlich hörte sie Schritte im Treppenhaus. Eine Tür fiel zu, und jemand kam die Treppe herunter. Frauke verhielt sich still. Sie wagte kaum zu atmen. Die Schritte hielten inne. Dann knarrte die Haustür.

»Hallo?«, rief eine männliche Stimme. »Ist da jemand?«

Langsam kam sie aus dem Wohnzimmer heraus und hielt ihre Waffe hinter dem Rücken verborgen.

»Hallo«, sagte sie zu dem Mann, der in der Wohnungstür stand und sie misstrauisch beäugte.

»Die Tür stand auf.« Es klang wie eine Entschuldigung.

»Oh«, antwortete Frauke. »Die habe ich vergessen zu schließen, als ich mit meinen Einkäufen in die Wohnung kam. Vielen Dank.«

»Das ist ein friedliches Haus«, erwiderte der Mann, der ihr bisher noch nicht begegnet war, »aber trotzdem …«

»Ich wünsche Ihnen noch einen schönen Abend«, entgegnete Frauke und schloss die Wohnungstür. Sie hatte sie mit Absicht offen gelassen, um im Ernstfall eine Fluchtmöglichkeit zu haben. Das war ihr nun versagt. Durch die Tür hörte sie, wie sich der Mann treppab entfernte.

Mit einem unguten Gefühl im Nacken tastete sie sich förmlich an der Wand entlang zum dritten Zimmer, in dem sie bisher nur Umzugskartons und noch nicht eingeräumte Sachen untergebracht hatte. Auch hier befand sich niemand. Es blieb nur noch das Schlafzimmer übrig.

Als Erstes betätigte sie den Lichtschalter. Die Lampe tauchte alles in ein mildes Licht, obwohl noch genügend Helligkeit durchs Fenster hereinfiel. Der üppig mit Laub versehene Baum vor dem Haus nahm viel vom natürlichen Tageslicht. Das Einzelbett, das an der Wand stand, war leer. Im Türrahmen bückte sie sich und warf einen Blick unter die Liegestatt. Auch da verbarg sich niemand. Mit einem Ruck riss sie die Tür ein Stück zur Seite. Dahinter fanden sich nur der Staubsauger, Besen und Schrubber, für die sie noch keinen besseren Platz gefunden hatte.

Ein Lächeln zog über ihr Gesicht. Du siehst Gespenster, schalt sie sich. Du bist überarbeitet, deine Nerven sind überreizt ... sie behielt das Lächeln bei, als sie die Schiebetüren des Kleiderschranks öffnete. Geräuschlos glitten sie zur Seite.

Sie ließ sich auf die Bettkante fallen.

»Frauke«, sagte sie zu sich selbst, »wie gut, dass dich keiner beobachtet hat. Nicht einmal ein heimlicher Liebhaber versteckt sich im Kleiderschrank.«

Unwillkürlich dachte sie an Georg, dessen Identität sie immer noch nicht hatte klären können. Zu viele Ereignisse stürmten auf sie ein. Da blieb kein Raum für diese wichtige Frage. Außerdem hatte sie dieses Thema auf den kommenden Freitag geschoben. Dann würden sich die Motorradfreunde wieder auf dem Georgsplatz treffen.

Sie schloss die Haustür von innen ab und stellte vorsichtig ein Glas auf die Türklinke. Um auch im Schlaf einen möglichen Eindringling nicht zu überhören, baute sie zwei Kochtöpfe unter dem Türgriff auf, die sie mit dem Boden nach oben abstellte. Das, so hoffte sie, würde laut genug sein. Anschließend durchsuchte sie ihre Wohnung akribisch. Sie konnte keinen Hinweis dafür finden, dass sich jemand unbemerkt während ihrer Abwesenheit in den Räumen aufgehalten hatte. Es fehlte nichts. Alles war am gewohnten Platz. Trotzdem wurde sie das Gefühl nicht los.

Den Rest des Abends verbrachte sie mit der Zubereitung eines kargen Abendessens, das aus einem Fertigmenü aus der Tiefkühltruhe, das keine kulinarische Offenbarung war, und Rotwein bestand. Der Notwendigkeit, weitere Kartons auszuräumen, widerstand sie. Irgendwann, nachdem sie ferngesehen hatte, ohne aufzunehmen, was dort lief, zog sie sich in ihr Schlafzimmer zurück.

DREI

Obwohl sie todmüde war, schlief Frauke unruhig. Immer wieder schreckte sie aus dem leichten Schlaf, weil der Fall und der schleppende Fortgang der Ermittlungen ihren rastlosen Geist nicht zur Ruhe kommen ließen. Sie stand auf, trank einen Schluck Mineralwasser, sah aus dem Fenster auf die gegenüberliegende Seniorenresidenz und war nicht überrascht, in zwei Fenstern trotz der nächtlichen Stunde das Flimmern von Fernsehapparaten zu entdecken. Offenbar kämpften dort ältere Herrschaften auch mit dem Schlaf.

Irgendwann musste die Erschöpfung sie doch in den Tiefschlaf gewiegt haben. Sie hatte Mühe, das durchdringende Geräusch zu orten, das ihren Traum zunächst begleitete, dann den Schlaf jäh unterbrach. Schlaftrunken suchte sie nach ihrem Handy auf dem Nachttisch und meldete sich.

»Kriminaldauerdienst. Bösenberg«, meldete sich eine Stimme, die erschreckend munter klang. »Frau Dobermann?«

Sie bestätigte es.

»Entschuldigen Sie, dass wir Sie erst jetzt benachrichtigen.«

Sie warf einen Blick auf die Weckuhr. Es war kurz nach halb fünf.

»Kommen Sie zur Sache«, sagte sie missgelaunt und hatte Mühe, das Gähnen zu unterdrücken.

»Es geht um ein Tötungsdelikt.«

Mit einem Schlag wich alle Müdigkeit von ihr.

»Wird das ein Fortsetzungsroman?«, fragte sie unwirsch.

»Nochmals«, erklärte Bösenberg geduldig und ließ sich nicht auf ihr Geplänkel ein. »Wir haben durch die Aktenlage erst jetzt erfahren, dass Sie in diesen Fall involviert sind.«

»Wollen Sie mir nicht endlich sagen, was los ist?«

»Gestern Abend, gegen einundzwanzig Uhr dreißig, wurde in der Großkopfstraße ein Tötungsdelikt begangen.«

»Kevin Schmidtke«, entfuhr es Frauke.

»Wir haben uns gedacht, dass Ihnen der Name des Geschädigten etwas sagt.«

Geschädigter!, dachte Frauke. Wer hat sich solche Formulierungen nur ausgedacht.

»Wie weit sind die Arbeiten am Tatort gediehen?«, fragte sie.

»Schmidtke wurde in die Rechtsmedizin verbracht. Wir sind auch abgezogen. Derzeit sind dort noch die Kollegen von der Spurensicherung tätig.«

»Haben Sie Hinweise auf den Täter? Den Tathergang?«

»Nur sehr magere«, gestand Bösenberg ein. »Die Meldung ist über Eins-Eins-Null eingegangen. Nachbarn haben die Polizei alarmiert, weil es in der Wohnung zu einem Wortgefecht gekommen war. Eigentlich, so haben die Befragungen ergeben, war nur der Mieter ...«

»Schmidtke.«

»Genau. Also, nur der war zu hören. Dann gab es einen Knall, den die Nachbarn als möglichen Schuss deuteten. Kurz darauf ist jemand die Treppe hinuntergestürmt und hat sich mit einem Motorrad entfernt.«

Das war die Methode, die bei der Ermordung des Rentners vor Fraukes Haustür und bei dem Mordversuch vor der Tür des Hauses in Isernhagen angewandt worden war. Doch beide Mörder waren verhaftet. Offenbar blieb die Organisation bei dem Verfahren.

»Einzeltäter?«

»Ja. Jedenfalls hat sich eine Person mit dem Motorrad entfernt.«

»Konnte der Fahrer identifiziert werden?«

»Wie denn?«, empörte sich Bösenberg. »Es war dunkel. Der Täter trug einen Helm und schwarze Lederkluft. Aber ein Zeuge hat Fragmente des Kennzeichens erkennen können. Eine Fahndung wurde noch gestern Abend eingeleitet. Bisher aber erfolglos.«

»Todesursache?«

»Ein Schuss. Der Täter ist an den Geschädigten herangetreten und hat ihn aus kürzester Entfernung direkt ins Herz getroffen. Der Arzt meint, Schmidtke war sofort tot.«

Warum hat er sich nicht gewehrt?, überlegte Frauke. Kannte Schmidtke seinen Mörder vorher und hatte ihn deshalb arglos in die Wohnung gelassen?

»Gibt es schon Hinweise auf die Waffe?«

»Hören Sie«, empörte sich Bösenberg. »Sehen Sie einmal auf die

Uhr. Wir haben alles getan, was möglich ist. Aber hexen können wir nicht.«

Frauke ging auf diesen berechtigten Einwand nicht ein. »Ist gut«, sagte sie. »Danke für die Information.«

Sie verzichtete auf Zähneputzen und Duschen, beschränkte sich auf den nassen Waschlappen und das Kämmen, bevor sie in Eile das Haus verließ und an den Tatort eilte.

Zu dieser frühen Stunde unterschied sich auch eine Großstadt wie Hannover nicht von ihrer Heimat Flensburg. Alles schien friedlich und ruhig. Nirgends war etwas von dem sonst pulsierenden Leben der Landeshauptstadt zu spüren. Auch in der Großkopfstraße wies nichts auf den Mord hin. Das Fahrzeug der Spurensicherung parkte zwischen den Fahrzeugen der Anwohner.

In der sogenannten Pension stieß Frauke auf zwei Beamte der Spurensicherung, die in ihren weißen Ganzkörperanzügen schwitzten.

»Gibt es schon irgendwelche Erkenntnisse?«, fragte sie, nachdem sie ein leises »Moin« gemurmelt hatte.

»Wer sind Sie überhaupt?«, fragte einer der Beamten. »Presse?«

Frauke zeigte ihren Dienstausweis.

»Sind Sie neu bei den Tötungsdelikten?«

»Ich komme von der Ermittlungsgruppe organisierte Kriminalität.«

Der Beamte zeigte auf den Umriss, den jemand auf den verschlissenen Teppichboden gezeichnet hatte. »Was haben Sie damit zu tun?«

»Ich möchte hier keine Diskussionen über Zuständigkeiten führen. Also?«

»Früher sagte man, dass Frauen charmant seien«, knurrte der Beamte. »Diese Eigenschaft ist anscheinend an der Quote hängen geblieben. Wir haben eine Patronenhülse sicherstellen können. Soweit bisher ersichtlich, wurde auch nur ein Schuss abgegeben. Das Opfer hat seinem Mörder offenbar selbst die Tür geöffnet, nachdem es hier gesessen und ferngesehen hatte. Als wir kamen, lief RTL II. Auf dem Tisch stand eine angebrochene Dose Bier – ohne Glas. Dazu ein Aschenbecher, Zigaretten, Streichhölzer und die aufgerissene Tüte Chips. Täter und Opfer sind dann ins Wohnzimmer gegangen und müssen sich gegenübergestanden haben. Dann folgte der Schuss. So weit glauben wir, die Tat rekonstruieren zu können. Das ist aber alles unverbindlich.«

»Der Täter hat sich demnach nicht lange aufgehalten, schon gar nicht gesessen und etwas getrunken.«

»Das haben wir nicht feststellen können. Es sei denn, er hat sein Trinkgefäß mitgenommen. Natürlich werden wir die Kippen im Aschenbecher noch analysieren.«

Frauke sah sich um. Der Raum sah noch genauso aus wie bei ihrem Besuch am Nachmittag. Auch in den anderen Räumen schien sich niemand aufgehalten zu haben. In der Spüle lagen ein schmutziger Teller und ein Löffel, daneben eine geöffnete Dose Ravioli. Alles deutete darauf hin, dass Schmidtke von seinem Mörder überrascht worden war. Sie kehrte in Schmidtkes Zimmer zurück.

»Gibt die Geschosshülse etwas her?«

Der Spurensicherer nickte. »Wir haben sie schon verstaut. Kaliber neun mal neunzehn Millimeter.«

»Ein durchaus gängiges Format«, überlegte Frauke laut. »Handy des Opfers?«

»Das ist sichergestellt. Und vom Telefon haben wir über die Rückholfunktion die letzten Rufnummern sichergestellt. Der letzte Anruf ging nach Braunschweig.«

»Bitte?«, fragte Frauke überrascht.

Der Spurensicherer wiederholte es. Dann nannte er die Rufnummer. Frauke stellte auf ihrem Handy die Unterdrückung der eigenen Rufnummer ein und wählte Braunschweig an.

»Guten Tag. Hier ist die Reichenberger Immobilien Verwaltungs GmbH. Sie rufen außerhalb unserer Geschäfts…« Das reichte Frauke.

Schmidtke hatte nicht geahnt, welche Reaktion seine Nachricht ausgelöst hatte. Möglicherweise hatte er unwissend seinen Mörder bestellt. Und die Organisation hatte prompt reagiert.

»Danke«, sagte sie geistesabwesend und verließ den Tatort, um direkt zu ihrer Dienststelle zu fahren.

Sie besorgte sich aus dem Automaten einen Kaffee, der abgestanden war und grauenvoll schmeckte.

Bösenberg vom Kriminaldauerdienst reagierte ungehalten, als sie ihn erneut anrief.

»Es gibt keine weiteren Neuigkeiten«, sagte er. »Warten Sie den Bericht ab. Der Rest liegt ohnehin bei der Kriminaltechnik und der Rechtsmedizin. Mit der Spurensicherung haben Sie ja schon gesprochen«, zeigte er sich gut informiert.

Frauke war sich bewusst, dass sie durch ihre Arbeitsweise und wegen des fortwährenden Drängens nach Ergebnissen nie zur Sympathieträgerin heranwachsen würde. Aber das war sie in Flensburg auch nicht gewesen. Dafür war sie erfolgreich. Einzig das zählte.

Sie arbeitete noch einmal alle Protokolle und Berichte durch und wartete ungeduldig darauf, dass endlich der normale Tagesbetrieb begann. Vereinzelt trafen die ersten Kollegen ein, bis um halb acht Uhr Putensenf im Türrahmen erschien.

»Nanu?«, fragte er erstaunt und musterte Frauke neugierig. Ihm war nicht entgangen, dass Fraukes Äußeres von ihrem gewohnten Erscheinungsbild abwich. »War die Party wenigstens amüsant?«

»Quatschen Sie nicht, Putensenf«, erwiderte Frauke in scharfer Tonlage. »Es war eine tödliche Party mit zwei Teilnehmern. Kevin Schmidtke hatte in diesem Spiel kein Ass.«

»Verdammt«, sagte Putensenf und ließ sich von Frauke mit wenigen Worten informieren.

»Die haben schnell reagiert. Wo sind wir eigentlich, dass schon ein Gespräch mit der Polizei solche Folgen hat? Das sind ja Methoden wie in … wie in …«, rang Putensenf nach Worten.

»In Hannover«, half Frauke aus.

»Blödsinn.« Der Kriminalhauptmeister war verärgert. Er war zu sehr Lokalpatriot, um solche Aussagen gelten zu lassen.

Frauke rief im Geschäftszimmer an und bat Frau Westerwelle-Schönbuch, sie sofort in Kenntnis zu setzen, wenn Kriminaloberrat Ehlers eintraf. Dann drückte sie Putensenf einen Stapel Papier in die Hand. »Sehen Sie das durch und suchen Sie, ob wir irgendetwas übersehen haben.«

Zwanzig Minuten später meldete sich Uschi Westerwelle-Schönbuch. »Der Chef ist jetzt da.«

Frauke eilte in das Büro des Kriminaloberrats.

»Guten Morgen, Frau Dobermann«, begrüßte er sie gut gelaunt. »Haben Sie gut geschlafen? Wie kommen Sie mit Ihrer neuen Wohnung in Hannover zurecht?«

»Ich habe schlecht geschlafen. Das liegt daran, dass wir einen weiteren Toten haben.« Sie berichtete das, was bisher bekannt war.

Ehlers hatte schlagartig seine gute Laune verloren.

»Das sprengt allmählich jeden Rahmen«, sagte er. »Wir sollten den Fall höher aufhängen und die Kommission personell erheblich aufstocken. Ich werde mit dem Präsidenten sprechen müssen.«

»Warten Sie damit noch«, bat Frauke. »Quantität ist nicht Qualität. Unsere bisherige Vorgehensweise zeigt uns, dass wir der Organisation schon erheblichen Schaden zugefügt haben. Die Hintermänner werden nervös. Wir zerschlagen immer mehr ihrer Strukturen. Auch eine Verbrecherorganisation kann nicht unendlich aus dem Vollen schöpfen. Irgendwann erschöpft sich das Potenzial an guten und kaltblütigen Leuten. Und wir gewinnen Verbündete, vielleicht auch aus einer unerwünschten Ecke. Der Tipp kam aus dem Rotlichtmilieu rund um das Steintor. Dort ist man besorgt, dass unsere Aktivitäten peripher auch die Geschäfte der anderen Interessenten beeinflussen könnten.«

»Ich möchte keinen Bandenkrieg in Hannover provozieren«, sagte Ehlers mit Nachdruck.

»Das möchte keiner«, versuchte Frauke ihn zu besänftigen. »Ich benötige dringend einen Durchsuchungsbeschluss für die Räume der Reichenberger Immobilien Verwaltung in Braunschweig. Und Verstärkung, damit wir dort noch heute Vormittag eine Razzia durchführen können.«

»Ich kümmere mich darum«, versprach der Kriminaloberrat, bevor Frauke in ihr Büro zurückkehrte.

Ihrer Ungeduld wurde nicht abgeholfen. Es gab keine neuen Nachrichten, weder von der Rechtsmedizin noch von der Kriminaltechnik. So beschloss sie, ins Klinikum Nordstadt zu fahren.

Necmi Özden lag noch auf der Intensivstation. Ein Pfleger führte sie in einen Raum, in dem sie Schutzkleidung anlegen musste. Dann bat der junge Mann sie zu warten. Ihre Geduld wurde auf eine längere Probe gestellt. Es dauerte zwanzig Minuten, bis ein Mittdreißiger mit einem gepflegten Dreitagebart erschien, sich die Hände rieb, die nach Desinfektionsmittel rochen, und sie begrüßte, ohne ihr die Hand zu geben.

»Was kann ich für Sie tun?«, fragte er.

»Herr Doktor …« Sie warf einen Blick auf das Namensschild an seiner Brust. »Herr Dr. Habelmann. Ich möchte gern mit Herrn Özden sprechen.«

»Das geht nicht.«

»Es ist wichtig. Özden ist ein brutaler Mörder. Wir benötigen seine Aussage, um weiteres Blutvergießen zu verhindern.«

»Bedaure, aber der Patient ist nicht ansprechbar.«

»Wollen Sie das Wohlergehen eines Mörders gegen das Leben von Unschuldigen aufwiegen?«, fragte Frauke.

»Ich habe Nein gesagt«, blieb Dr. Habelmann unnachgiebig. »Für mich gibt es kein Abwägen verschiedener Interessen. Ich hab einen Patienten, dem ich bestmögliche medizinische Hilfe zuteilwerden lasse. Dazu gehört auch, dass sich mein Patient nicht aufregt. Abgesehen davon dürfte Ihnen ein Gespräch nicht weiterhelfen, da Herr Özden überhaupt nicht ansprechbar ist.«

In diesem Moment öffnete sich eine Tür. Frauke war überrascht.

»Dottore Carretta? Sie?«, begrüßte sie den zierlichen Anwalt. Der Rechtsvertreter machte einen nahezu gebrechlichen Eindruck. Seit ihrer letzten Begegnung schien der Dottore noch einmal gealtert zu sein.

»Frau Dobermann«, begrüßte sie der alte Mann mit seiner dünnen Stimme. »Es wundert mich nicht, Sie hier zu treffen.«

»Sie wollen damit sagen, dass Özden Ihr Mandant ist?«

Dottore Carretta nickte bedächtig. »*Sì*. Das ist zutreffend.«

Dr. Habelmann breitete die Arme aus, als würde er eine Hühnerschar vor sich hertreiben.

»Würden Sie Ihr Gespräch bitte an einem anderen Ort fortsetzen?«, sagte er mit Bestimmtheit.

»Sie wollen nicht im Ernst zulassen, dass der Mörder ungestört mit seinem Anwalt sprechen kann, aber mir der Kontakt verwehrt bleibt?«

»Doch!« Der Arzt nickte ernst. »Ich habe alle Sympathie dieser

Welt für Ihr Anliegen. Aber das zählt nicht. Maßgeblich ist einzig das Wohl des Patienten. Also! Bitte!« Er wies in Richtung Ausgang.

Es half nichts. Frauke würde keinen Zutritt zu Özden erhalten. Sie wandte sich an Dottore Carretta. »Sie sind mir eine Erklärung schuldig«, sagte sie barsch.

Der Anwalt nickte freundlich. »Aber gern.« Er sah auf die Uhr. »Ich habe jetzt einen Gerichtstermin. Sie wissen, dass ich den wahrnehmen muss. Darf ich Sie heute Abend zum Essen einladen?«

»Nein«, antwortete Frauke bestimmt. »Einladen nicht. Aber ich treffe mich gern mit Ihnen. Schicken Sie mir eine SMS?«

Dottore Carretta lächelte ihr milde zu. »Das wird nicht möglich sein. Ich habe keine so modernen Geräte.« Er zeigte seine knochigen alten Hände. »Damit ginge das auch nicht mehr. Sagen wir, um halb acht im ›Gallo Nero‹.«

Frauke nickte. »Ich bin gespannt«, sagte sie zum Abschied.

Im Landeskriminalamt suchte sie Nathan Madsack auf. Der Hauptkommissar schrak auf, als sie sein Büro betrat. Er hielt die Hand vor den Mund, nachdem er sich zuvor einen Schokoriegel gegönnt hatte. Er schluckte hastig.

»Mir drohte die Unterzuckerung«, sagte er entschuldigend.

Frauke ging nicht darauf ein.

»In fünf Minuten im Besprechungsraum«, sagte sie.

Sie mussten auf Jakob Putensenf warten, der sich aber entschuldigte. »Ich habe mit dem Finanzamt in Braunschweig gesprochen«, sagte er. »Frau Sonnenschein ist die zuständige Sachbearbeiterin. Natürlich habe ich keine Auskunft erhalten. Zwischen den Zeilen hat mir die nette Frau aber zu verstehen gegeben, dass die Reichenberger Immobilien Verwaltung aus Sicht der Finanzverwaltung unauffällig ist.«

»Das gehört zur Methode der Organisation«, erklärte Frauke. Dann berichtete sie, dass Dottore Carretta das Mandat Necmi Özden übernommen hatte und ihr Versuch, den Mörder zu sprechen, erfolglos gewesen war.

»Da hat es die Polizei in Bananenrepubliken besser«, warf Putensenf ein. »Denen werden nicht so viele Knüppel zwischen die Beine geworfen.«

»Lieber einen Knüppel zwischen den Beinen als über den Schädel, wie es in den von Ihnen genannten Bananenrepubliken nicht unüblich ist.«

Putensenf grinste. »Ich dachte, als Frau würde Sie ein anderer Knüppel viel mehr reizen.«

Sie musterte ihn eindringlich von den Haarspitzen bis zum Bauchnabel, der halb von der Tischkante verdeckt war. »Um bei *Ihrem* Thema zu bleiben: Nur beim sonntäglichen Frühstück liebe ich weich gekochte Eier. Sind die bei Ihnen Standard? Und damit zurück zu *unserem* Thema. Es entspricht der Methode der Organisation, nicht aufzufallen. Die Gefahr, in Deutschland entdeckt zu werden, ist bei Steuerschummeleien am größten. Das wissen auch die Hintermänner.« Sie sah Madsack an. »Haben Sie Neuigkeiten?«

»Wir haben einen vorläufigen Bericht der Rechtsmediziner«, begann der Hauptkommissar seinen Bericht. »Schmidtke muss sofort tot gewesen sein. Es gibt keinen Hinweis auf eine Gegenwehr, das heißt keine verwertbaren Spuren vom Täter.«

»Das war ein Profi«, warf Putensenf ein und vergewisserte sich durch einen Seitenblick auf Frauke, dass sie ihm die Zwischenbemerkung nicht übel nahm.

»Das Geschoss durchschlug die Rippen und –«

»Danke, Madsack«, unterbrach Frauke. »Die Details sind im Augenblick nicht von Bedeutung. Sie führen uns nicht weiter. Was ist mit der Waffe?«

Madsack strahlte und nahm das nächste Blatt zur Hand. »Da gibt es einen schönen Erfolg. Es handelt sich um eine P 10 von Heckler & Koch. Bis zu dreizehn Schuss können damit abgegeben werden. Die Waffe hat einen Browning-Verschluss und arbeitet nach dem Ladeprinzip des Rückstoßladers.«

»Das ist auch nicht von Interesse«, unterbrach Frauke den oft detailverliebten Hauptkommissar, der im steten Bemühen um gründliches Vorgehen häufig am Ziel vorbeischoss.

Madsacks Wurstfinger wanderten auf dem Ausdruck weiter abwärts. Dann hellte sich sein Gesicht auf. »Die Waffe ist uns bekannt.

Sie wurde vor drei Jahren bei einem Tötungsdelikt benutzt. Damit wurde der Inhaber einer Pizzeria in Duisburg erschossen. Der Täter konnte bis heute nicht gefasst werden.«

»Ein Italiener?«

»Ja«, bestätigte Madsack, nachdem er erneut einen Blick in seine Unterlagen geworfen hatte. »Man vermutet eine Auseinandersetzung unter Drogendealern.«

»Kennen wir schon den Namen des in Saudi-Arabien verhafteten Empfängers des Heroins, das Bassetti versandt hat?«, fragte Frauke.

»Die Anfrage läuft noch. Das wird noch eine Weile dauern«, sagte Madsack mit einem Schulterzucken.

»Das ist alles unbefriedigend«, stellte Frauke fest. »Gut. Ich erkläre Ihnen jetzt, wie ich mir die Razzia in Braunschweig vorstelle.« Sie stellte sich ans Whiteboard und begann, ihren Plan zu erläutern.

Zur Besprechung fand sich auch Kriminaloberrat Ehlers ein. Er unterbrach Frauke kurz und sagte: »Der Durchsuchungsbeschluss liegt vor. Wir erhalten Unterstützung durch die Polizeiinspektion Braunschweig.« Er nannte Frauke eine Telefonnummer. »Stimmen Sie die Einzelheiten mit den Kollegen ab.«

Im Anschluss rief Frauke in der zweitgrößten Stadt Niedersachsens an und erfuhr nach längerem Hin und Her, dass die Inspektion die Aufgabe an das Polizeikommissariat Braunschweig-Mitte weitergegeben hatte.

»Wie sollen wir effektiv gegen eine gut strukturierte und straff geführte Bande wie die Organisation vorgehen, wenn wir uns im bürokratischen Dschungel verlaufen?«, schimpfte sie laut.

Madsack zog die Schultern ein. »Die Polizei ist eben eine Behörde«, versuchte er kleinlaut zu erklären.

Frauke wurde schließlich mit Hauptkommissar Heitmann verbunden.

»Wie wollen Sie vorgehen?«, fragte er.

Sie erklärte es ihm.

Heitmann stellte keine Fragen. »Ich habe alles verstanden«, sagte er. »Wir werden mit vier Uniformierten antreten, mich eingeschlossen. Mehr Personal haben wir leider nicht.«

»Haben Sie Kartons, damit wir die sichergestellten Akten abtransportieren können?«

Der Braunschweiger bestätigte es.

»Ich melde mich, bevor wir das Ziel erreicht haben«, sagte Frauke. »Wir müssen unbedingt zur selben Zeit eintreffen.«

»Ist schon klar«, bestätigte Heitmann. »Bis nachher.«

Sie fuhren mit zwei Fahrzeugen Richtung Osten. Frauke saß mit Schwarczer in einem Fahrzeug und hatte dem Kommissar das Steuer überlassen, während sie noch einmal ihren Plan durchging. Sie empfand es als angenehm, dass Schwarczer wie gewohnt schwieg. Am Stadtrand Braunschweigs meldete sie sich bei Heitmann und stimmte mit ihm den Zeitpunkt ab.

Der Hauptkommissar fragte nach dem Fahrzeugtyp der Hannoveraner, und kurz darauf sah Frauke, wie sich ein Polizei-VW-Bulli hinter Madsacks Wagen einreihte.

»Wir sind jetzt hinter euch«, meldete sich Heitmann.

Diesmal hielten sie direkt vor dem Bürogebäude, in dem die Reichenberger Immobilien Verwaltungs GmbH residierte.

Die drei Fahrzeuge erregten in der lebhaft frequentierten Innenstadt Aufsehen. Neugierig blieben die Passanten stehen und verfolgten den Polizeieinsatz, der wenig Spektakuläres bot. Die insgesamt neun Beamten betraten die Büroräume. Erstaunt sah die junge Frau am Empfang auf. Sie schien Frauke wiedererkannt zu haben.

»Was soll das?«, fragte sie mit unsicherer Stimme.

»Polizei. Rufen Sie bitte Herrn L'Arronge zum Empfang«, sagte Frauke.

»Das geht nicht.« Die junge Frau war erkennbar eingeschüchtert. »Er ist nicht da.«

»Hat er einen auswärtigen Termin?«

»Nein«, erwiderte die Angestellte. »Wir haben uns auch alle gewundert. Er ist heute Morgen einfach nicht gekommen.«

Das klang nicht gut, überlegte Frauke. Es mochte zwei Gründe haben. Entweder war L'Arronge nicht so unschuldig, wie er vorgegeben hatte, oder er befand sich in ähnlicher Gefahr wie Schmidtke.

»Haben Sie versucht, L'Arronge zu erreichen?«

»Mehrfach«, versicherte die Frau. »Aber vergeblich. Und sein Handy hat er ausgemacht.«

»Gibt es einen Vertreter?«

Die Angestellte legte die Stirn in Falten. »Eigentlich.« Dann schien sie einen Entschluss gefasst zu haben. »Ich hole Hannchen.«

Frauke erinnerte sich an den Namen. Mit der Mitarbeiterin hatte L'Arronge telefoniert.

Kurz darauf kehrte die junge Frau vom Empfang mit einer resolut aussehenden Grauhaarigen zurück. Frauke schätzte die rundliche Angestellte auf Anfang sechzig.

»Was gibt's?«, fragte sie und sah die Polizisten an.

»Sie sind Frau …?«

»Hannchen.«

»Ist das Ihr Zuname?«, fragte Frauke.

Hannchen schüttelte den Kopf. »Alle Welt nennt mich Hannchen. Das kommt von Hannelore.« Sie beugte sich in Fraukes Richtung. »Eigentlich heiße ich Schönpfennig. Da aber jeder zu lachen beginnt, wenn ich mich mit dem Namen vorstelle und sage, ich bin die Buchhalterin, ist es beim Hannchen geblieben. Ich habe mal einen Schönpfennig geheiratet. Das war aber ein falscher Fuffziger.« Sie stemmte die Hände in die Hüften. »Um was geht's hier?«

Frauke erklärt es ihr.

»Dürfen Sie das, ich meine … so einfach?«

»Ja. Es gibt einen richterlichen Beschluss.«

»Da kann man wohl nichts machen«, sagte Hannchen mit einem Seufzer und sah die junge Frau vom Empfang an. »Kathrin, du bist meine Zeugin.« Sie nickte in Fraukes Richtung. »Gut, fangen Sie an. Ich werde inzwischen mit unserem Steuerberater sprechen. Kaffee?«, fragte sie.

»Nein«, entschied Frauke. »Vielen Dank.«

Hannchen erwies sich als kooperativ. Sie händigte die gewünschten Unterlagen aus, zeigte, wo die Verträge mit den Hotelpensionen abgeheftet waren, und wies Frauke auch in die Buchungen des Geldverkehrs ein. Die Belege stimmten mit dem überein, was L'Arronge ihr am Vortag erzählt hatte. Die von den Pensionen überwiesenen Beträge wurden an die Vierte Vermögensverwaltungsgesellschaft mbH in Wolfenbüttel überwiesen. »Abzüglich unserer Provision«, ergänzte Hannchen. Die Buchhalterin wurde erst ungehalten, als die Polizisten auch die Computer beschlagnahmten.

»Wir haben keine weiteren Verträge wie diese«, versicherte Hannchen. »Aber das Geschäft sollte ausgebaut werden.«

»Wer akquiriert bei Ihnen diese Verträge?«

»Da bin ich überfragt. Ich glaube, die kommen einfach so.«

»Was heißt das: einfach so?«

Hannchen zuckte die Schultern. »Keine Ahnung. Da müssen Sie Herrn L'Arronge fragen.«

Das nahm sich Frauke vor.

»Das war ja *easy*«, sagte Hauptkommissar Heitmann zum Abschied. »Läuft das alles so unproblematisch, was Sie bearbeiten?«

Frauke nickte. »Wir picken uns nur die unkomplizierten Fälle heraus. Den Rest überlassen wir Ihnen an der Basis.«

Zufrieden kehrten sie nach Hannover zurück. Dort übergab Frauke die sichergestellten Unterlagen an Experten, die die Buchhaltung und den Inhalt des in den Computern gespeicherten Geschäftsverkehrs analysieren würden.

Sie zog sich mit einem Becher Kaffee in ihr Büro zurück. Seit der Kriminaldauerdienst sie aus dem Tiefschlaf geweckt hatte, war sie auf den Beinen. Sie mochte nicht daran denken, wie sie sich ihrer Umwelt heute präsentierte: ungeduscht und ungeschminkt. Auch eine Kriminalbeamtin blieb eine Frau. Verstohlen gähnte sie, als sich ihr Handy meldete. Der Anrufer hatte seine Rufnummer unterdrückt.

»Dobermann.«

»Hallo, Frauke.«

»Georg!« Frauke hatte lauter gesprochen, als es sonst ihrer Gewohnheit entsprach. »Wo steckst du? Warum bist du aus deinem Haus geflüchtet? Was soll das Ganze?«

Georg holte hörbar Luft. »Das sind viele Fragen, die du stellst.«

»Du kommst sofort ins Landeskriminalamt.«

»Nein. Mit Sicherheit nicht.«

»Ich schreibe dich zur Fahndung aus«, drohte Frauke.

Georg lachte auf. »Nach wem willst du suchen lassen? Nach Georg, von dem die Frau Hauptkommissarin nur den Vornamen kennt? Georg, das Phantom? Kannst du dir das leisten?«

Frauke antwortete nicht. Er hatte ihren Schwachpunkt aufgezeigt.

»Ich will mit dir sprechen«, sagte Frauke.

»Ich auch mit dir. Aber den Zeitpunkt bestimme ich selbst.«

»Du bist von dir überzeugt«, stellte Frauke fest.

»Sagen wir es so: Ich sitze gern am Lenkrad, damit ich entscheiden kann, wohin die Fahrt führt.«

»Ich werde dir den Führerschein entziehen«, drohte Frauke.

»Schöne Metapher. Aber sie führt nicht weiter. Ich wollte mich nur melden. Das ist alles.«

»Ich werde dich zu fassen kriegen«, sagte Frauke.

Georg lachte auf. Es klang fast eine Spur heiter. »Das hoffe ich doch.« Dann wurde seine Stimme ernst. »Pass auf dich auf. Die scherzen nicht.«

»Wer sind *die*?«

»Ich denke, das weißt du selbst«, sagte Georg und legte auf.

Frauke betrachtete nachdenklich ihr Mobiltelefon. Was hatte Georg mit dem Anruf bezweckt? Er hatte sie nicht aushorchen wollen. War es seine Absicht, sie zu verunsichern? Das war ihm gelungen. Hinter seinem Namen waren ein paar zusätzliche Fragezeichen entstanden. War es möglich, dass sich einer der führenden Köpfe der Organisation so weit aus der Deckung traute und mit ihr spielte? Bernd Richter, der die Organisation über die Interna der polizeilichen Ermittlungen auf dem Laufenden gehalten hatte, war ausgeschaltet worden. Seine Position hatte Frauke eingenommen. Und prompt hatte sich die Organisation an sie herangemacht. Die beiden Männer hatten sie direkt in Georgs Arme getrieben. Das war kein Zufall. Und sie war darauf hereingefallen, sie hatte als Frau reagiert und Gefühle gezeigt.

Frauke atmete tief durch. Hatte Putensenf mit seinen manchmal bösartigen Anspielungen doch recht? War eine Frau nicht geeignet, die Ermittlungsgruppe zu führen?

Frauke schlug mit der flachen Hand auf die Schreibtischplatte. Nein! Jetzt erst recht. Sie ließ sich weder durch Morddrohungen noch durch subtile Angriffe wie die von Georg einschüchtern. Ihr Kampf galt der Vernichtung der Organisation.

Sie sah auf die Uhr und beschloss, nach Hause zu fahren, zu duschen und sich zurechtzumachen, um den Termin mit Dottore Carretta nicht zu versäumen.

Das Restaurant lag ungefähr in der Mitte zwischen dem östlichen Ende der Eilenriede und dem Mittellandkanal. Es war in einem vierhundert Jahre alten Bauernhaus untergebracht, das aufwendig und liebevoll restauriert worden war, gehörte mit Sicherheit zu den herausragenden Adressen in Hannovers gastronomischer Landschaft und bot mit seinen wechselnden Kunstausstellungen Kulturliebhabern nicht nur einen Gaumenschmaus.

Dottore Carretta war bereits anwesend, als Frauke das Restaurant betrat. Er saß an einem etwas abseitsgelegenen Tisch und erhob sich, als er sie sah. Mit der linken Hand hielt er sich das Sakko zu, während seine rechte Fraukes Hand ergriff und bis kurz vor seine Lippen führte. Galant verbeugte sich der alte Mann dabei und sagte mit leiser Stimme: *»Buona sera, Signora. Lei ha un aspetto adorabile.«*

Dänisch und ein wenig Schwedisch neben Schulenglisch und Französisch … das verstand Frauke. Aber Italienisch war ihr nicht geläufig. *»Tak for invitationen.«*

Sie sah es am kurzen Aufblitzen in Dottore Carrettas Augen, dass ihr die Revanche gelungen war. Der Anwalt hatte ihren Dank für die Einladung nicht verstanden.

Er wartete, bis Frauke Platz genommen hatte.

»Es freut mich, dass Sie mir das Vergnügen bereiten«, sagte er.

»Sie wollen nicht mit mir flirten«, erwiderte Frauke eine Spur zu unfreundlich, wie ihr selbst bewusst wurde.

»Sie haben einen herben Charme«, sagte Dottore Carretta. »Verstehen Sie das bitte nicht als Beleidigung, sondern als Feststellung. Ist das so, wo Sie herkommen?«

»Da sind die Menschen direkt. Man spart sich Umwege im Miteinander. Wir haben keine großen Heideflächen, auf denen Bienen herumsummen. Honig, den man anderen um den Bart schmiert, ist im Norden eher eine Rarität.«

Der Anwalt nickte bedächtig. Frauke hatte mit Absicht ein wenig rätselhaft gesprochen. Ihr Gegenüber hatte alles verstanden. Es bestätigte nur ihre bisherige Erkenntnis, dass Dottore Carretta mit allen Wassern gewaschen war.

»Man kann nicht nur Honig saugen«, erwiderte er gelassen. »Auch nicht als Polizist.«

Sie wurden durch den Kellner unterbrochen, der nach ihren Wünschen fragte.

»Darf ich Ihnen etwas empfehlen?«, fragte der Anwalt.

»Nein«, erwiderte Frauke. »Ich bin in jeder Hinsicht unabhängig und selbstständig.« Dann wählte sie aus der Karte Schmetterlingsnudeln mit Oliven-Basilikum-Pesto und Scaloppine mit Geflügelinnereien.

Dottore Carretta schloss sich an. »Das ganze Menü ist nichts mehr für Menschen in meinem Alter«, erklärte er.

Sie überließ es dem Anwalt, den Wein auszuwählen.

»Sie sind mir noch eine Antwort schuldig«, erinnerte ihn Frauke.

»Es bereitet mir großes Vergnügen, mit einer Dame zu speisen. Zugegeben. Es gibt noch einen weiteren Grund.«

»Und der wäre?«

»Vordergründig scheint es, als würden wir uns gegenüberstehen.«

»Als Gegner?«, fragte Frauke.

Dottore Carretta schüttelte den Kopf. »Wir haben uns der gleichen Aufgabe verschrieben«, sagte er mit seiner brüchig und müde klingenden Stimme. »Wir möchten das Recht walten lassen.«

»Und warum verteidigen Sie ausgerechnet die schlimmsten Straftäter?«

»Verdächtige«, korrigierte er Frauke. »Erst nachdem das Gericht die Schuld festgestellt hat, dürfen Sie von Tätern sprechen. Auch Beschuldigte haben ein Anrecht auf eine angemessene Verteidigung. Wie oft kommt es vor, dass Justiz und Strafverfolgungsbehörden im Übereifer am Ziel vorbeischießen. Dafür gibt es Rechtsanwälte.«

»Trotzdem ist es augenfällig, dass ausgerechnet Sie immer dann in Erscheinung treten, wenn wir jemanden aus dem Umfeld der organisierten Kriminalität verhaftet haben.«

»Niemand ist ein Universalgenie«, wich der Anwalt aus. »Auch Rechtsanwälte haben sich heute spezialisiert.«

»Auf die Mafia?«

Dottore Carretta lehnte sich zurück. Für einen Moment schloss er die Augen.

»Mafia!«, sagte er so leise, dass Frauke es kaum verstand. »Wer spricht davon? Nur weil Sie es sich in den Kopf gesetzt haben, auf Bürger Italiens Jagd zu machen, gibt es noch keine Mafia.«

»Wie nennt sich die Organisation, die Sie vertreten?«, erwiderte Frauke.

»Ich kenne keine ›Organisation‹. Sie jagen einem Phantom hinterher, das es nicht gibt. Zugegeben macht sich Sorge unter meinen Landsleuten breit. Mit Ihrer Italien-Phobie schaffen Sie Unruhe unter den vielen ehrbaren und fleißigen Italienern im Lande. Vermuten Sie hinter jeder Pizzeria oder Eisdiele einen Hort des Bösen? Ist dieses vorzügliche Restaurant in Ihren Augen auch verdächtig?«

»Mit Sicherheit nicht«, sagte Frauke. »Und das gilt sicher auch für fast alle soliden durch italienische Mitbürger geführten und betriebenen Einrichtungen. Nur dort, wo Sie auftauchen, bin ich voller Argwohn. Warum?«

Dottore Carretta breitete die Arme aus. »So empfinden Sie es im Übereifer. Lassen Sie uns eine Übereinkunft erzielen. Ich verstehe, dass Sie Gesetzesbrechern nachstellen. Billigen Sie mir aber zu, dass ich die Interessen meiner Mandaten vertrete. Damit akzeptiere ich nicht jede Straftat. Nehmen Sie das Beispiel Simone Bassetti. Das ist ein – zugegeben – hitzköpfiger Südländer, der im Übereifer getötet hat. Ich habe meinem Mandaten geraten, seine Taten zuzugeben. Das verstehe ich als Aufgabe eines Anwalts, der dem Recht dienen will. Ich möchte den jungen Mann aber davor schützen, als blutrünstiger Mörder abqualifiziert zu werden, nur weil er sich vergessen hat.«

»Sparen Sie sich solche Erklärungsversuche«, erwiderte Frauke grob. »Bassetti ist als Auftragsmörder im Namen der Organisation unterwegs gewesen. Das trifft auch auf Necmi Özden zu. Und Bernd Richter. Und überall treten Sie in Erscheinung. Finden Sie das nicht merkwürdig?«

Der Anwalt schüttelte das greise Haupt, als würde er resignieren wollen. »Wie soll ich Ihnen erklären, dass ich Jurist aus Leidenschaft und Überzeugung bin.«

»Eine Art Mutter Teresa für Mörder?«, fragte Frauke.

»Sie sehen vor überzogenem Eifer nicht mehr die Tatsachen«, sagte der Anwalt. »Das ist nicht gut für eine Polizistin, die sicher tüchtig ist. Liegt es vielleicht daran, dass Sie eine Frau sind und sich deshalb in einer von Männern geprägten Umgebung doppelt beweisen müssen?«

»Wohnt in Ihnen ein Macho, der Frauen auf Augenhöhe nicht akzeptieren mag?«

Dottore Carretta winkte ab. Einen Moment betrachtete Frauke die dünne Greisenhand mit den Altersflecken. Dann wanderte ihr Blick zum zerfurchten Gesicht, das von der dicken Hornbrille dominiert wurde. Der faltenreiche Hals steckte in einem blütenweißen Hemdkragen, der viel zu weit schien. Was bewog diesen alten Mann, sich so vehement für die gefassten Täter aus den Reihen der Organisation einzusetzen?, überlegte Frauke. Sicher. Der Anwalt bewegte sich nur im Rahmen des geltenden Rechts. Für sie war Dottore Carretta der Repräsentant der Organisation auf dem Feld der Legalität. Traf das auch auf Dr. Eigelstein zu, der Eigentümer des merkwürdigen Hauses in Isernhagen war, in dem Georg zeitweise Unterschlupf gefunden hatte? Schließlich wusste die Polizei, dass Dr. Eigelstein der Anwalt von Igor Stupinowitsch war. Wie hing das alles miteinander zusammen?

Frauke kehrte von ihrem gedanklichen Ausflug wieder zu ihrem Gegenüber zurück.

»Wie lange sind Sie schon in Deutschland?«, wollte sie wissen.

»Eine Ewigkeit«, wich Dottore Carretta aus. »Jahrzehnte. Sonst hätte ich keine Zulassung als Anwalt.«

»Haben Sie Familie?«

Der Anwalt lachte rau auf. »Jetzt werden Sie aber direkt. Jeder Italiener hat Familie. Eine große Familie.«

»Eine Frau? Kinder?«, präzisierte Frauke.

Ihr schien, als würde sich Dottore Carretta für einen winzigen Augenblick in sich selbst zurückziehen. Dann sah er Frauke nachdenklich an. Seine Augen blickten fast traurig.

»Nein«, sagte er. »Das ist mir nicht vergönnt gewesen. Leider nicht. Aber ich habe viele Geschwister, und jedes von ihnen hat Kinder.« Er lachte ein wenig. »Viele Kinder. Wenn wir alle zusammenkommen, glaubt man, ganz Italien wäre vertreten. Mit Stolz sehe ich, wie meine Nichten und Neffen sich zu prächtigen und erfolgreichen Menschen entwickeln. Vielleicht verstehen Sie es in Deutschland nicht, aber es ist ein wenig so, als wären es meine eigenen Kinder.«

»Warum haben Sie keine eigenen?«

»Das wollte der liebe Gott nicht.«

Sie wurden durch den Kellner unterbrochen, der das Essen brachte.

Den Rest des Abends verbrachten sie mit anderen Themen. Der alte Mann erwies sich als gebildeter und charmanter Unterhalter, der informativ über italienische Lebensart und Kultur plaudern konnte. Nach einem kurzweiligen Abend verlangte Dottore Carretta die Rechnung.

»Getrennt bitte«, bat Frauke den Kellner.

»Aber«, protestierte der Anwalt, »ich habe Sie eingeladen.«

»Und *ich* habe mit Ihnen zu Abend gegessen«, antwortete Frauke. »›The Untouchables‹«, sagte sie und merkte an der leicht hochgezogenen Augenbraue Dottore Carrettas, dass er sie nicht verstanden hatte. »›De uovervindelige‹«, fügte sie fast vergnügt auf Dänisch hinzu. Mochte der Anwalt selbst feststellen, dass die deutsche Polizei unbestechlich war. Mit Ausnahme Bernd Richters, dachte sie.

Die drei Gläser Rotwein, die sie getrunken hatte, waren nach objektiven Maßstäben zu viel. Dessen war sich Frauke bewusst. Wider besseres Wissen fuhr sie dennoch mit dem eigenen Wagen zu ihrer Wohnung zurück. Sie hatte Glück. Nicht jede Frau in herausragender Position, die Wein in Hannover getrunken hatte, wurde entdeckt.

Beim Betreten des Treppenhauses und der Wohnung ließ sie Vorsicht walten. Aber es gab keine Auffälligkeiten. Und sicher war es der Erschöpfung zuzuschreiben, dass sie sehr schnell in einen tiefen und traumlosen Schlaf fiel.

VIER

In der Nacht musste es geregnet haben. Der Himmel war wolkenverhangen. Ein tristes Grau lag über der Stadt. Auf dem Asphalt glänzte der Wasserfilm.

Im Landeskriminalamt lagen keine neuen Ergebnisse vor. Die Auswertung der in Braunschweig beschlagnahmten Unterlagen würde noch eine Weile in Anspruch nehmen. Frauke versuchte, bei der Reichenberger Immobilien Verwaltung jemanden zu erreichen, aber es meldete sich nur der Anrufbeantworter mit einem Text, dass sie außerhalb der Bürozeiten anrief und ihren Namen sowie ihre Rufnummer auf dem Band hinterlassen sollte.

Frauke vermied es, ihren Mitarbeitern von ihrem Treffen mit Dottore Carretta zu berichten. Putensenf würde das zum Anlass nehmen, um Zweifel an ihrer Teamfähigkeit zu streuen. Madsack würde es zur Kenntnis nehmen, und Schwarczer konnte Frauke immer noch nicht richtig einschätzen. Erneut fragte sie sich, warum er ihr mit seiner Lüge geholfen hatte. Sicher – sie hatte keinen Zweifel an seiner Loyalität, dennoch wirkte der verschlossene junge Kommissar geheimnisvoll. Sie hatte einen Entschluss gefasst, stand auf und ging in Putensenfs Büro.

»Ich möchte, dass der Kollege Schwarczer den Raum mit Ihnen teilt«, sagte sie ohne jede Vorrede.

»Was?« Putensenf sah sie aus großen Augen an. »Das ist nicht Ihr Ernst?«

»Es dient der besseren Kommunikation im Team«, begründete es Frauke. Doch Putensenf war nicht überzeugt. Er spürte, dass es eine Ausrede war.

»Das wäre Ihre Aufgabe, besser zu kommunizieren. Und warum soll ausgerechnet ich mit dem Iwan in einem Büro sitzen?«

»Putensenf! Wenn Sie den Kollegen Schwarczer noch einmal als Iwan bezeichnen, hat das Konsequenzen. Haben Sie mich verstanden?«

»Der kommt doch von da«, murmelte Putensenf halblaut. »Außerdem heißt er Yuri. Das ist doch nicht normal.«

»Und Sie? Jakob der Lügner?«

»Sie wollen mir nichts unterstellen?«, fragte Putensenf mit lauerndem Unterton.

»Das ist die gleiche Wellenlänge wie der ›Iwan‹«, erwiderte Frauke, ohne sich zu entschuldigen. »Rücken Sie ein wenig an die Seite. Ich möchte, dass Schwarczer kurzfristig zu Ihnen umzieht.«

»Nein!«, begehrte Putensenf auf. »Ich werde mich beim Chef beschweren.«

»Machen Sie das. Aber zügig. Wir haben auch noch andere Dinge zu erledigen, als Ihre Befindlichkeiten zu pflegen.«

Schon auf dem Flur hörte sie, wie sich ihr Telefon meldete.

»Ich hab ein Gespräch für Sie«, sagte die Kollegin aus der Telefonzentrale und stellte es durch.

»Eigelstein«, vernahm sie darauf die sonore Stimme des Anwalts. »Was bezwecken Sie eigentlich? Vorgestern fragen Sie mich aus bezüglich meines Anwesens in Isernhagen. Anschließend machen Sie Tabula rasa bei meinem Mandanten in Braunschweig. Sind Sie nicht ausgelastet? Ich erwarte von Ihnen eine Erklärung.«

»Das war mein Text«, entgegnete Frauke. »Sie haben mir nicht schlüssig erklären können, wer sich in Ihrem Haus aufgehalten hat. Wer ist Georg?«

Dr. Eigelstein lachte auf. »Lassen wir solche Spielchen, Frau Dobermann. Meine Zeit ist knapp bemessen. Ich denke, dieses Thema haben wir vorgestern hinreichend besprochen. Jede weitere Anmerkung erübrigt sich. Ich möchte von Ihnen wissen, was Sie veranlasst, in den Räumen meines Mandanten in Braunschweig eine Beschlagnahme von Unterlagen und Equipment vorzunehmen, sodass das Unternehmen nicht weiterarbeiten kann. Haben Sie eine Vorstellung, mit welchen Kosten das verbunden ist? Ich bin beauftragt, Regressansprüche geltend zu machen.«

»Wer hat Sie beauftragt?«, fragte Frauke.

»Mein Mandant.«

»Die Reichenberger Immobilien Verwaltung hat nur einen Alleingeschäftsführer. Das ist Herbert L'Arronge. Der ist seit gestern abwesend. Ein Prokurist ist nicht ins Handelsregister eingetragen. Folglich steht keine vertretungsberechtigte Person zur Verfügung. Wer könnte Sie beauftragt haben, Herr Dr. Eigelstein?«

Der Anwalt überging Fraukes Einwand. Das war für sie ein untrügliches Zeichen dafür, dass der Jurist es auf die Weise versuchte, mit der Laien eingeschüchtert werden.

Madsack hatte herausgefunden, dass die Immobiliengesellschaft eine Tochter der Vierten Vermögensverwaltung war, die wiederum der Lucky Holding gehörte. Und die war zur Hälfte im Besitz von Igor Stupinowitsch, dessen Anwalt Dr. Eigelstein war. Das war der Weg. Stupinowitsch hatte sich an Dr. Eigelstein gewandt.

»Es reicht nicht, wenn Stupinowitsch sich bei Ihnen gemeldet und Sie aufgefordert hat, bei der Polizei Dampf zu machen. Das sollten Sie wissen, Herr Dr. Eigelstein. Es klappt nicht, auf den Busch zu klopfen und zu hoffen, dass jemand herauskommt. Zeigen Sie mir Ihre Vollmacht. Dann können wir weiter miteinander sprechen. Eine Unterschrift von Igor Stupinowitsch ist nicht ausreichend, nicht nach deutschem Recht. Sie sollten es wissen, dass weder die Leute mit den wirtschaftlichen Interessen im Hintergrund noch die Drahtzieher der Organisation vertretungsberechtigt sind. War's das?«

»So kommen Sie nicht weiter«, sagte Dr. Eigelstein. »In Hannover sind wir es gewohnt, dass man kooperativ miteinander spricht, aber nicht aufeinander schießt.«

Frauke lachte laut auf. »Das war jetzt wirklich lustig. Ihr Mandant ist der Hintermann, der die Mordaufträge erteilt. Der lässt schießen. Und ich werde ihn so lange jagen, bis er sich von Ihrem Kollegen Carretta vertreten lassen muss. Offenbar praktizieren Sie Arbeitsteilung: Sie kümmern sich um die wirtschaftlichen Rahmenverträge, und Carretta macht die Schmutzarbeit als Strafverteidiger.«

»Das Gespräch läuft aus dem Ruder«, sagte Dr. Eigelstein. »Die ganze Sache wird für Sie Folgen haben.«

»Wollen Sie mir drohen? Auf eine weitere Drohung kommt es nicht mehr an. Wie gesagt – Stupinowitsch lässt schießen.«

»Auf Wiedersehen«, sagte Dr. Eigelstein.

»Mit Sicherheit«, erwiderte Frauke zum Abschluss.

Schon während des Gesprächs hatte sie im Display gesehen, dass Ehlers sie erreichen wollte. Uschi Westerwelle-Schönbuch musste ihren Apparat auf Rückruf gestellt haben. Sie bat Frauke, zum Kriminaloberrat zu kommen.

Putensenf musste sofort reagiert und sich beim Chef beschwert haben, dachte Frauke. Wütend ging sie zu Ehlers. Sie würde dafür plädieren, dass der Kriminalhauptmeister zu einer anderen Ermittlungsgruppe versetzt wurde.

»Guten Morgen, Frau Dobermann«, begrüßte sie der Kriminaloberrat und reichte ihr die Hand. »Haben Sie gut geschlafen?«

Frauke hasste solche formelhaften Fragen. Niemand interessierte sich wirklich für die Güte der Nachtruhe seiner Kollegen. Außerdem ging es weder Ehlers noch sonst wen etwas an, wie sie ihre Nächte verbrachte. Sie brummte etwas Unverständliches.

Der Kriminaloberrat sah sie eine Weile über den Rand seiner Brille an.

»Ihre gestrige Aktion in Braunschweig hat viel Aufsehen erregt. Haben Sie heute schon Nachrichten gehört?«

Frauke schüttelte den Kopf.

»Nicht nur die Zeitungen berichten darüber, sondern Sie haben es sogar bis ins Radio gebracht. Herr Eigenbrodt vom NDR Hannover hat angefragt, ob der leitende Polizeibeamte zu einem Interview zur Verfügung steht.«

»Beamt*in*«, sagte Frauke betont.

Ehlers nickte versonnen. »Das ist noch nicht in alle Köpfe vorgedrungen. Ich habe Herrn Eigenbrodt an die Pressestelle verwiesen. Es kann nicht schaden, wenn wir unsere Erfolge, nein, eigentlich sind es Ihre Erfolge, in die Öffentlichkeit tragen. Das zeigt der Bevölkerung, dass die Ermittlungsbehörden präsent sind und die Menschen sich auf die Polizei verlassen können. Und der Organisation beweist es, dass wir uns nicht beugen. Im Interesse der Ermittlungen und zum Schutz meiner Mitarbeiter habe ich allerdings angewiesen, dass die Pressestelle keine Namen der beteiligten Beamten nennt.« Dann ließ sich Ehlers über den aktuellen Ermittlungsstand informieren.

»Danke«, sagte er. »Ich wünsche Ihnen weiterhin viel Erfolg.«

Frauke war erstaunt, dass der Kriminaloberrat nicht ihre Maßnahme zur Zusammenlegung von Arbeitsplätzen ansprach. Sie erzählte Ehlers von ihrer Anweisung.

»Ich stehe hinter Ihren Entscheidungen«, versicherte der Kriminaloberrat.

»Es könnte sein, dass Putensenf sich bei Ihnen beschwert.«
»Mit solchen Klagen beschäftige ich mich nicht«, sagte Ehlers.
Zufrieden verließ sie das Büro des Leiters.

Es war eher eine Eingebung, dass sie beschloss, sich das Wohnumfeld des Dottore Carretta anzusehen. Sie besorgte sich die Anschrift und fuhr in die Südstadt zum Stephansplatz. Frauke schmunzelte darüber, dass ausgerechnet die Schlägerstraße in den Platz mündete, an dem der italienische Advokat wohnte.

Wären die Bäume nicht in Reih und Glied gepflanzt worden, hätte man sich fast wie in einem kleinen Wald gefühlt. Auf Frauke wirkte die grüne Oase wie ein Idyll in der Großstadt. Der Spielplatz und der Kiosk in der Mitte, an dem sich die Kinder mit Eis und die Männer mit neuem Bier versorgten, gaukelten ihr das Bild einer friedlichen Umgebung vor. Das wurde auch nicht durch das Toilettenhäuschen und die Altglasbehälter am Rande des Areals getrübt.

Der »Wienerwald« an der Straßenecke schien ihr wie ein Relikt vergangener Tage. Die einstmals so beliebten Restaurants waren fast vollständig aus dem Straßenbild verschwunden.

Sie fand den Klingelknopf mit dem Namen Dr. Carrettas. Nichts wies auf die Anwaltstätigkeit des Dottore hin. Dabei fiel ihr ein, dass sie keinen Hinweis darauf besaß, dass der alte Mann irgendwo eine Kanzlei betrieb. Das war ungewöhnlich für einen Strafverteidiger. Irgendjemand musste seine Schriftsätze ausfertigen, die Termine überwachen, Kontakte pflegen.

Das grau verputzte Haus unterschied sich in nichts von seinen Nachbarn. »AD 1902« über dem Eingang verriet sein Alter. Von einem der Balkone wurde Frauke beobachtet.

Sie gab sich keine Mühe, ihr Interesse für die Immobilie zu verbergen, und wurde dabei kritisch von einer älteren Frau mit hochgesteckten Haaren beäugt. Die Frau erinnerte Frauke an Gesine Schwan, die mal für das Bundespräsidentenamt kandidiert hatte und von deren Frisur böse Zungen behaupten, sie würde auf dem Kopf ein Vogelnest tragen.

Frauke warf einen Blick ins schlichte Treppenhaus. Außer einem Stapel mit Bananenkartons gab es nichts zu entdecken.

Wenig später erschien die Frau mit einem spärlich gefüllten Müllbeutel auf der Straße, kam auf Frauke zu und fragte: »Suchen Sie was? Kann ich Ihnen helfen?«

»Ich komme allein zurecht«, erwiderte Frauke. Sie verzichtete auf ein »Danke«, da die Nachbarin ganz offensichtlich nicht aus Hilfsbereitschaft, sondern aus Neugierde gefragt hatte.

»Da will man höflich sein ...«, knurrte die Blonde und trug ihren Müllbeutel wieder ins Haus.

Es war eine gutbürgerliche Gegend, aber nichts Extravagantes. Sicher würden Carrettas Auftraggeber anders residieren, dachte Frauke. Was veranlasste einen Mann wie den alten Herrn, sich noch über die Pensionsgrenze hinaus für Kriminelle einzusetzen? Der Anwalt focht dabei mit aller Finesse, er kannte alle Spitzfindigkeiten eines erfahrenen Strafverteidigers, aber der Gerechtigkeitssinn, wie er vorgab, mochte es nicht sein. Vielleicht war Carretta Anwalt aus Leidenschaft. Dann vermochte er es aber gut zu verbergen. Sicher halfen ihm dabei sein Alter und die Erfahrungen eines langen Lebens. Für Frauke war es ein weiterer möglicher Ansatzpunkt, den Hintermännern auf die Spur zu kommen. Sie musste herausfinden, wer Carrettas Dienstleistungen bezahlte. Doch dieser Möglichkeit waren Grenzen gesetzt. Die Polizei konnte es sich nicht erlauben, einen Verteidiger auszuforschen, womöglich noch seine wirtschaftlichen Transaktionen zu untersuchen.

Nachdenklich fuhr Frauke zum Landeskriminalamt zurück. Dottore Carretta war und blieb ein Rätsel. Wie Georg, dachte sie, als ihr Diensttelefon klingelte.

»Thomas hat mir Ihre Nummer gegeben«, sagte eine herb klingende männliche Stimme.

»Schwarczer?«

»Ja. Ist das okay?«

»Was wollen Sie.«

»Wir wollen keinen Ärger.«

»Wer sind *wir*?«

»Mein Boss gehört zur Interessengemeinschaft der Steintorwirte.«

»Stammt von Ihnen der Tipp mit der Hotelpension in der Großkopfstraße?«

»Möglich«, wich der Mann aus. »Wir möchten den Status quo wiedererlangen.«

»Was ist der Status quo?«

»Genau darüber möchte mein Boss mit Ihnen reden.«

»Ich stehe ihm jederzeit zur Verfügung. Er soll sich anmelden und in die Schützenstraße kommen.«

»Geht nicht«, sagte der Mann. »Mein Boss kann nicht zur Bullerei kommen. Schon gar nicht in die Bullenzentrale.«

Frauke überhörte die Schmähung. »Wo soll ich Ihren Boss treffen?«

Der Mann schien vorbereitet zu sein. »Gegen zwölf im ›Café Leidenschaft‹.«

»Wie heißt der Mann, den ich treffen soll?«

»Das wird er Ihnen selbst sagen.«

»Und wie erkenne ich ihn?«

»Er wird Sie erkennen. Sie sind mittlerweile bekannt in der Szene.« Dann legte er auf.

***

Frauke umfuhr den Stadtkern und fand einen Parkplatz auf der Rückseite des imposanten Gebäudes des »Maritim Grand Hotel«, das am Friedrichswall vis-à-vis dem neuen Rathaus lag. Von dort waren es nur wenige Schritte bis zur Markthalle Hannover.

Die Markthalle am Rande der City diente schon lange nicht mehr der Nahversorgung der Bevölkerung, sondern hatte sich zu einem Szenetreffen entwickelt. Neben Ständen mit einheimischen und südländischen Spezialitäten reihten sich Cafés, Bier- und Weinschenken und Stände mit verführerisch duftenden Köstlichkeiten aneinander. Eine der Institutionen war das »Café Leidenschaft«. Frauke hatte schmunzeln müssen, als sie das erste Mal diesen Namen hörte. Mehrere Cafés mit dieser sinnigen Bezeichnung verteilten sich über das Stadtgebiet. Dort trafen sich junge Leute, Studenten, Angestellte oder Menschen aus der Nachbarschaft zu einem zwanglosen Schwatz, einer Kaffeespezialität oder einem Snack. Kaum jemand dachte über die doppelte Bedeutung des Namens nach, schließlich gehörten die Cafés mit dem sinnigen Namen »Leidenschaft« einer der bekanntesten Kiezgrößen Hannovers.

Die wenigen Tische waren fast alle besetzt. Frauke sah sich um und steuerte instinktiv einen Tisch an, an dem ein Mann mit kurz geschorenem Haar saß, eine große Tasse vor sich drehte und die Umgebung beobachtete. Er hatte ein durch Aknenarben entstelltes Gesicht, die zerschlagene Nase hätte darauf hinweisen können, dass er früher geboxt hatte.

Aus dem offenen Hemdkragen schien eine tätowierte Schlange den Hals Richtung Haaransatz hinaufzukriechen. Das Hemd war bis zum Brustbein aufgeknöpft. Auch hier prangten Tattoos. Insgesamt schien der Mann eine Vorliebe für Körperbemalungen zu haben. Frauke entdeckte sie auch auf beiden Handrücken.

Der Mann nickte ihr zu.

Frauke war froh, dass er ihr zur Begrüßung nicht die Hand reichte.

»Hi«, sagte er und ließ seinen Blick an ihr vom Scheitel an abwärtsgleiten.

»Sie heißen?«, erwiderte Frauke statt einer Begrüßung.

»Ist doch egal.«

»Ich unterhalte mich ungern mit Ratten, die aus einem dunklen Loch herauspfeifen.« Sie hatte mit Bedacht eine Beleidigung gewählt. Das zeigte prompt Wirkung.

In seinen Augen blitzte es auf. »Holla. Warum so bissig?«

»Das schulde ich meinem Namen.«

Sie sah, wie es um die Mundwinkel des Mannes zuckte. Er war nur als Überbringer einer Botschaft hier, deshalb unterdrückte er seinen aufkeimenden Zorn.

»Was möchten Sie trinken?«, fragte der Mann.

»Einen Cappuccino.«

Der Mann hob den Arm Richtung Theke. »Fredo. Einen Cappu und noch eine Latte«, rief er dem Barista zu. Dann sah er Frauke an. »Einigen wir uns darauf, dass Sie keine Fragen stellen. Sonst gibt es keine Infos. Kapiert?«

»Es sollte sich auch in der hintersten Ecke des Rotlichtviertels herumgesprochen haben, dass ich allein das tue, was *ich* für richtig erachte. Kapiert?«

Er winkte ab, als wollte er Frauke besänftigen. »Ist schon gut.«

»Wieso schickt Ihr Boss einen Handlanger?«

»Er ist verhindert«, sagte der Mann knapp. »Sie wissen, dass mein Chef eine bedeutende Persönlichkeit in dieser Stadt ist. Er verfügt über viel Einfluss. Ihm und seinen Kollegen ist daran gelegen, dass es im Steintorviertel ruhig bleibt. Wir möchten keinen Aufruhr. Es soll alles so bleiben, wie es war. Für Ordnung sorgen wir selbst. Da müssen Sie sich nicht einmischen.«

Frauke machte Anstalten, aufzustehen. »Um mir so einen Blödsinn zu erzählen, haben Sie mich hierhergelockt?«, sagte sie. »Es gibt eine einzige Ordnungsmacht in dieser Stadt. Mich!«

Der Mann lachte gekünstelt auf. »Sie? Ich dachte, Sie sagen ›die Polizei‹.«

»Ich bin die Polizei«, erwiderte Frauke und gab sich selbstbewusst.

»Hoffentlich verheben Sie sich nicht dabei. Wir – das heißt: unsere Seite – haben nichts gegen Sie. Wir möchten nur nicht, dass Sie Unruhe ins Steintorviertel tragen. Wir glauben, dass Razzien überflüssig sind und nur ein falsches Licht auf den Kiez werfen. Deshalb soll ich Ihnen anbieten, dass mein Boss und seine Freunde einen Sicherheitsdienst organisieren, der die Stadt keinen Pfennig kostet. Hier übernehmen die Bürger sozusagen ein Stück Eigenverantwortung.«

»Wollen Sie mich verarschen? Sie glauben doch nicht im Ernst, dass die Polizei sich zurückzieht und ein Stadtviertel Ihnen überlässt? Richten Sie Ihrem Boss und seinen Kumpanen aus, dass wir jetzt öfter nach dem Rechten sehen werden. Sie werden sich darauf einstellen müssen, dass die Polizei bei Ihnen vorbeischaut. Und da wir eine moderne Polizei sind, kommen wir nicht zu Fuß, sondern mit unseren hübschen blau-silbernen Autos.« Frauke drehte einen Finger in der Luft. »Dabei macht es la-lü-la-la. Und das Blaulicht blitzt auch so schön.«

»Solche Aktionen vertreiben die Kunden«, sagte der Mann. »Damit ist niemandem gedient. Die Stadt verliert eine Attraktivität, und die Menschen –«

»Männer!«, unterbrach Frauke ihn schroff.

»Von mir aus die Männer, die Vergnügungen suchen, werden in

nicht mehr kontrollierbare Randbereiche abgedrängt. Wollen Sie das? Natürlich gibt es eine gewisse Basiskriminalität – wie in jedem Rotlichtmilieu. Deshalb sollte es auch in Hannover darum gehen, das Gleichgewicht zwischen Legalität und Illegalität hinzubekommen.«

»Ich betrachte unser Gespräch an dieser Stelle als beendet«, sagte Frauke. »Sie erwarten doch nicht, dass wir einen Bodensatz von Illegalität tolerieren?«

»Wir wollen doch nur, dass bestimmte Dinge untereinander geklärt werden.«

»Vergessen Sie es. Die alleinige Ordnungsmacht geht vom Staat aus und wird durch die Polizei repräsentiert.«

Der Mann atmete tief durch.

»Sie sollten es sich noch einmal überlegen. Sie wissen, wer mein Boss ist und wie Sie ihn erreichen können. Er möchte Ihnen die Hand zu einer friedlichen Kooperation reichen.« Der Mann beugte sich in Fraukes Richtung. »Wir könnten Ihnen als Zeichen des guten Willens auch mit ein paar Informationen dienlich sein.«

»Guter Wille? Sie machen sich strafbar, wenn Sie uns etwas verschweigen.«

»Aber, aber. Das ist doch eine Auslegungssache. Man flüstert in eingeweihten Kreisen, dass die Polizei sich sehr intensiv für sogenannte Hotelpensionen interessiert. Woher kam dieser Tipp? Ich kann Ihnen versichern, dass in dieser, nennen wir es Wissensdatenbank noch viele weitere spannende Infos lauern.«

»Dann lassen Sie hören«, forderte Frauke den Mann auf.

Er lachte kehlig auf. »Die Bundesrepublik gibt Millionen für die Preisgabe von Bankdaten durch obskure Datendiebe aus. Wir sind wesentlich bescheidener. Wir möchten nur unsere Ruhe, damit wir ungestört unserem ehrlichen Business nachgehen können.«

»Wir finden keine gemeinsame Verhandlungsbasis«, blieb Frauke hart. Aus den Augenwinkeln sah sie, wie ein südländisch aussehender Mann lässig vorbeischlenderte, dem sie schon mehrfach begegnet war. Auch heute hatte er die Sonnenbrille in die schwarzen Haare hochgeschoben. Er schenkte ihr ein Lächeln, bevor er hinter der nächsten Ecke verschwand.

Sie wollte aufspringen, aber der Narbengesichtige war schneller.

Blitzschnell packte er ihren Unterarm und umklammerte ihn. Sie wollte sich losreißen, doch der Mann verfügte über erstaunliche Kräfte. Wie in einem Schraubstock hielt er sie fest.

»Lassen Sie mich sofort los«, zischte Frauke.

»Sofort«, sagte der Mann ungerührt. »Unser Angebot hat nur Vorteile. Für alle. Auch für Sie. Und Ihre Gesundheit«, fügte er an.

Fredo brachte die bestellten Getränke. Dabei nickte er dem Mann vertraulich zu.

»Das hat aber lange gedauert«, schimpfte Frauke.

»Manches benötigt seine Zeit«, erwiderte ihr Gesprächspartner vieldeutig.

Frauke schob ihm die Tasse zu, dass der Inhalt auf den Tisch kleckerte. »Alles, was ich hier von Ihnen zu hören und zu sehen bekommen habe, ist kalter Kaffee«, sagte sie. »Damit können Sie mich nicht locken. Grüßen Sie Ihren Boss. Wenn er sich einen Funken kindliches Gemüt bewahrt hat, wird er sich vielleicht an den kommenden Polizeibesuchen im Rotlichtbezirk erfreuen. Jedes Kind ist fasziniert vom Blaulicht, wenn die Polizei kommt.«

»Sie sollten nicht vergessen, dass auch der Rettungswagen mit Blaulicht kommt«, sagte der Mann zweideutig. Es klang deutlich wie eine Drohung.

Frauke stand auf. »Grüßen Sie Ihren Boss. Das nächste Gespräch führe ich mit ihm persönlich. In unseren Räumen. Wir haben für so ein Gespräch übrigens einen Fachausdruck. Wir nennen es ›Vernehmung‹.«

Sie stand auf und versuchte, noch etwas von dem Südländer zu entdecken. Aber die Hoffnung war vergeblich.

Enttäuscht kehrte sie ins Landeskriminalamt zurück und suchte Thomas Schwarczer auf. Sie berichtete von ihrer Begegnung mit dem Narbengesicht.

Der Kommissar ließ sich von Frauke den Mann beschreiben, setzte sich an seinen Computer und war nach kurzer Zeit fündig geworden.

»Helmut Kiehnhorst heißt er.« Schwarczer zeigte Frauke das Bild. Es war ein Treffer.

»Kennen Sie ihn?«, fragte sie.

»Ich bin ihm flüchtig begegnet, aber direkten Kontakt hatten wir keinen. Kiehnhorst gilt als Handlanger eines Kiezbosses.«

»Als rechte Hand?«

Schwarczer schüttelte den Kopf. »Als Vertrauter, aber nicht als rechte Hand. Der Chef duldet keinen Vizekönig. Kiehnhorst ist nicht dumm. Seine äußere Erscheinung trügt. Er hat Abitur und sich dann dem Sport verschrieben. Er war ein hoffnungsvolles Boxtalent und hat wohl auch einige Erfolge erzielt, bis er an die falschen Leute geraten ist. Sex. *Drugs*. Glücksspiel. Da war die Karriere schnell zu Ende. So ist er im Milieu hängen geblieben.«

Frauke zeigte auf den Bildschirm. »Wenn wir ihn in unserer Datei führen, ist er vorbestraft.«

Der Kommissar nickte. »Das Übliche, ist man fast geneigt zu sagen. Körperverletzung, Fahren unter Alkohol- und Drogeneinfluss, Förderung der Prostitution. Vom Vorwurf des Menschenhandels wurde er freigesprochen. Er soll junge Mädchen aus Osteuropa gegen ihren Willen hierher verschleppt haben.«

»Was für Körperverletzung?«

Schwarczer studierte das Dossier auf seinem Bildschirm. »Kiehnhorst hat einen angetrunkenen Freier zusammengeschlagen, der angeblich gegen eines der Mädchen gewalttätig geworden ist. Ein weiteres Mal hat er bei einer Auseinandersetzung auf dem Kiez zugelangt und den Vertrauten eines anderen Rotlichtwirts übel zugerichtet. Das Opfer hat erhebliche Schäden davongetragen, im Prozess aber jede Aussage oder Mitwirkung verweigert. Deshalb ist Kiehnhorst relativ glimpflich davongekommen. Er ist sicher nicht der professionelle Gewalttäter, aber eine handfeste Auseinandersetzung mit Kiehnhorst ist bestimmt kein Vergnügen.«

Frauke kehrte in ihr Büro zurück. Sie fand eine E-Mail eines NDR-Redakteurs. Dieter Eigenbrodt bat um Rückruf.

Widerwillig wählte sie die Nummer. Es meldete sich eine forsch klingende Männerstimme.

»Ich bin Mitglied der Hannover-Redaktion von NDR 1 Niedersachsen«, erklärte Eigenbrodt. »Wir haben schon öfter über das Steintorviertel berichtet. Besondere Brisanz hat das Thema jetzt dadurch gewonnen, dass sich die Szenewirte gegen die Organisation zur Wehr setzen. Ich habe auch schon Beiträge zur Entwicklung der organisierten Kriminalität in Hannover produziert und bin jetzt der neuesten Entwicklung auf der Spur.« Er zählte die Ereignisse der jüngsten Zeit auf und zeigte sich erstaunlich gut informiert. »Können Sie mir den aktuellen Stand nennen?«, bat der Redakteur. »Noch schöner wäre es, wenn Sie für ein Interview zur Verfügung stehen würden. Die Bürger interessiert es, was sich dort tut. Und sie haben ein Anrecht darauf, informiert zu werden.«

»Ich würde Sie bitten, sich an die Pressestelle des LKA zu wenden«, sagte Frauke. »Es ist unüblich, dass die ermittelnden Beamten solche Auskünfte geben.«

Eigenbrodt war hartnäckig. »Das ist häufig stereotyp, was die Kollegen dort freigeben. Für das Medium Rundfunk wäre es authentischer, wenn Sie die Vorfälle kommentieren und aufzeigen würden, wann mit einem durchschlagenden Fahndungserfolg zu rechnen ist.«

»Ich wiederhole mich nur ungern. Ansprechpartner ist die Pressestelle. Dort sitzen kompetente Kollegen.«

»Die aber nicht über alle Details von Ihnen informiert werden«, beharrte Eigenbrodt. »So soll bei der Schießerei in Isernhagen ein Unbekannter anwesend gewesen sein. Wissen Sie, wer das war?«

»Kein Kommentar.«

»Stimmt es, dass der angesehene Anwalt Dr. Eigelstein möglicherweise in die Vorfälle verwickelt ist?«

»Ich erteile Ihnen keine Auskunft. Was auch immer Sie senden, geschieht unter Ihrer Verantwortung.«

»Hören Sie, wir sind kein reißerisches Presseorgan, sondern liefern journalistisch sauber recherchierte Berichte. Was bei uns über den Sender geht, muss stimmen. Deshalb bemühe ich mich um eine Verifikation bei Ihnen.«

»Ich erkenne die Notwendigkeit Ihrer Arbeit an«, sagte Frauke. »Haben Sie aber bitte Verständnis, dass ich aus den verschiedensten Gründen nichts sagen kann.«

»Schade«, sagte Eigenbrodt zum Abschied. »Es ist aber mein Beruf, kritisch und unnachgiebig zu hinterfragen.«

»Das verstehe ich. Ich wünsche Ihnen viel Erfolg. Tschüss.«

»Auf Wiederhören«, erwiderte Eigenbrodt und konnte die Enttäuschung in der Stimme nicht unterdrücken.

Frauke drückte nur kurz den Knopf am Telefon, der die Funktion der früheren Gabel übernommen hatte. Dann wählte sie Madsack an.

»Haben wir schon Ergebnisse der Kontenauswertung?«, fragte sie.

Madsack wollte es ihr gern persönlich erläutern. Kurz darauf erschien der Hauptkommissar an ihrem Arbeitsplatz und ließ sich schwer atmend an ihrem Schreibtisch nieder.

»Es ist nur ein erster, grober Überblick«, erklärte Madsack. »Die Überweisungen gingen an die Reichenberger Immobilien Verwaltung in Braunschweig. Außerdem konnten bisher Zahlungen in einer größeren Summe an die Vierte Vermögensverwaltungsgesellschaft mbH in Wolfenbüttel festgestellt werden. Die Buchhaltung ist noch nicht ausgewertet. Das wird noch eine Weile dauern. Für mich scheint aber festzustehen, dass die Gelder weitergeschoben wurden. Was wir jetzt herausfinden, dürfte aber kaum gerichtsfest sein. Vermutlich gibt es zwischen diesen ganzen Unternehmen Verträge, die geschickt formuliert sind und kaum angreifbar sein werden.«

»Sie haben recht«, sagte Frauke. »Einen Eierdieb zu überführen ist nicht schwierig, aber gegen eine ganze Armada hervorragend ausgebildeter Juristen anzutreten ist ein mühsames Unterfangen. Ich möchte nichts gegen Wolfenbüttel sagen, aber warum zieht es die Organisation in die Provinz?«

Madsack runzelte die Stirn. »Vermutlich wird es der Organisation in Hannover zu heiß. Deshalb verlagert sie Teile ihrer Infrastruktur nach außerhalb.«

Frauke nickte. Sie ließ ihre Begegnung mit Helmut Kiehnhorst unerwähnt. Inzwischen trauten sich auch andere wieder aus der Deckung und wagten es, sich gegen die Organisation zu wenden. Offenbar trugen die bisherigen Ermittlungen erste Früchte. Die Organisation war möglicherweise geschwächt, aber noch lange nicht zerschlagen. »Haben wir Adressmaterial über die sogenannten Hotelpensionen, die nach dem gleichen Muster wie die von Kevin Schmidtke angelegt sind?«

»Eine solche Liste liegt mittlerweile vor.«

»Ich möchte, dass wir bei allen gleichzeitig eine Razzia durchführen. Können Sie das organisieren?«

Ein Strahlen tauchte auf Madsack Gesicht auf. »Selbstverständlich«, versicherte er. »Es wird aber eine Weile dauern.«

Frauke sah auf die Uhr. »Morgen früh um fünf.«

Das Strahlen verschwand augenblicklich wieder. »Aber …«, wagte Madsack einzuwenden, doch Frauke schüttelte nur stumm den Kopf. Sie streckte die Hand über den Schreibtisch. »Zeigen Sie mal.«

Sie fuhr am Rand der Liste mit dem Fingernagel entlang. »Diese hier in Braunschweig werde ich selbst übernehmen. Besorgen Sie mir zwei Beamte von dort. Die sollen Glockenschlag fünf Uhr vor dem Haus erscheinen. Sie koordinieren alles von hier aus. Putensenf wird mich nach Braunschweig begleiten. Und nun machen Sie sich auf den Weg.« Mit diesen Worten entließ sie den Hauptkommissar.

Anschließend ging sie zu Putensenfs Büro. Dort traf sie auch Schwarczer an, der damit beschäftigt war, seinen neuen Arbeitsplatz einzurichten.

»Wir haben was anderes zu tun als solch überflüssigen Schwachsinn«, schimpfte der Kriminalhauptmeister. »Unsere Kräfte könnten wir für andere Dinge sinnvoller einsetzen.«

»Richtig«, bestätigte Frauke. »Wir treffen uns heute Nacht um drei Uhr an der Pforte zum LKA.«

Putensenf bohrte mit dem Zeigefinger im Ohr.

»Habe ich eben etwas gehört?«

»Wenn Sie taub sind, sollten wir Sie vorzeitig in den Ruhestand schicken.« Frauke drehte sich um. »Ich werde mit Ehlers sprechen und um eine andere Verwendung für Sie bitten.«

»Warten Sie«, rief ihr Putensenf hinterher und unternahm einen letzten Versuch. Er zeigte auf den gegenüberliegenden Schreibtisch. »Kann das nicht der Russe machen?«

»Putensenf!«

Der Kriminalhauptmeister zuckte merklich zusammen, als Frauke ihn anschrie.

»Wie oft habe ich Ihnen gesagt, Sie sollen solche Formulierungen unterlassen. Geht das nicht in Ihren Schädel hinein? Oder leiden Sie unter Demenz? Der Kollege hat andere Aufgaben. Sie schaffen es mit Ihren Arthrosefüßchen ja nicht mehr, hinter den Strolchen herzulaufen.«

»Ist schon gut«, versuchte Putensenf sie zu beschwichtigen.

Frauke war zufrieden. Mit einer Mischung aus Drohungen und Bösartigkeiten konnte man Putensenf bändigen. Seltsamerweise schien der altgediente Haudegen nicht beleidigt zu sein.

»Morgen um drei«, hörte sie hinter ihrem Rücken, als sie auf den Flur trat.

Sie suchte Kriminaloberrat Ehlers auf und berichtete von ihrer Anweisung, am kommenden Morgen eine groß angelegte Razzia durchzuführen. »Madsack kümmert sich um die Organisation«, schloss Frauke.

»*Herr* Madsack wird auf mich zukommen«, stellte Ehlers fest. Frauke war nicht entgangen, dass der Kriminaloberrat das »Herr« besonders betonte.

»Ich habe noch zwei Dinge, bei denen ich Ihre Hilfe benötige«, fuhr Frauke fort. »Herbert L'Arronge ist vor unserer Razzia verschwunden. Das ist der Geschäftsführer der Immobilienverwaltung, bei der die Fäden zusammenlaufen. Ich bin mir nicht sicher, ob er in die Sache verwickelt und flüchtig ist oder ob er Angst hat. Er dürfte gehört haben, was mit Schmidtke geschehen ist. Dabei war Letzterer nur ein armer Teufel, der gar nicht wusste, worauf er sich eingelassen hatte. Ich vermute, man wollte mit seiner Ermordung ein Fanal setzen: Seht! So geht es Leuten, die nicht schweigen können. Vielleicht hat das bei L'Arronge gewirkt.«

»Wollen Sie den Geschäftsführer zur Fahndung ausschreiben lassen?« Ehlers' Miene signalisierte Zweifel.

»Nein. Wir haben keine rechtliche Handhabe gegen ihn. Es gibt keinerlei Verdachtsmomente. Ich würde gern eine Handyortung durchführen lassen. Ein Bewegungsbild wäre natürlich besser. Aber eine Genehmigung zur Verfolgung seiner Kreditkartenumsätze und Abhebungen an Geldautomaten dürfte nicht zu erlangen sein.«

»Stimmt«, bestätigte Ehlers. »Gut. Ich versuche, eine Handyortung zu erwirken. Geben Sie die Mobilnummer bei Frau Westerwelle auf. Und Ihr zweiter Punkt?«

Frauke berichtete von ihrer Vermutung, dass die Organisation schon in erste Bedrängnis geraten sei. »Ich möchte diesen Weg konsequent verfolgen. Deshalb möchte ich morgen Vormittag die nächsten Razzien durchführen.«

Ehlers hob fragend eine Augenbraue in die Höhe.

»Die eingesammelten Gelder, die gewaschen werden sollen, konzentrieren sich bei einer Gesellschaft in Wolfenbüttel. Ich vermute, dass sie von dort zu einem anderen Unternehmen mit dem sinnigen Namen Lucky Holding übernommen werden. Und dieses gehört zu gleichen Teilen Igor Stupinowitsch und einer italienischen Aktiengesellschaft. Wer dort dahintersteckt, wissen wir noch nicht.«

»Gute Arbeit«, lobte der Kriminaloberrat. »Und wo ordnen Sie Bernd Richter ein?«

»Ich glaube nicht, dass unser ehemaliger Kollege nur ein willfähriger Mitläufer war. Noch kann ich es nicht einschätzen, aber ich traue ihm mehr zu, als nur ein Handlanger gewesen zu sein.«

»Ich besorge Ihnen die erforderlichen Beschlüsse«, sagte Ehlers zum Abschied. »Den Rest müssen Sie selbst organisieren.«

Frauke suchte noch einmal Madsack auf, der sich mit dem Handrücken den Schweiß von der Stirn wischte. »Ich bin dabei, alles in die Wege zu leiten«, sagte er zwischen zwei Telefonaten.

»Denken Sie daran, dass die Einsatzkräfte die sogenannten Pensionsinhaber nach dem Mann befragen sollen, der das Geld für die angeblichen Hotelgäste vorbeibringt und auch die Verträge abgeschlossen hat. Wir benötigen Phantomzeichnungen und eine exakte Personenbeschreibung.«

»Das habe ich schon weitergegeben. Daran habe ich selbst gedacht«, sagte Madsack. Ein Leuchten tauchte in seinen Augen auf, als Frauke ihn mit einem »Gut, Madsack« lobte.

Auf dem Flur traf sie Schwarczer. »Ich habe einen Auftrag für Sie«, sagte sie und bat ihn in ihr Büro. »Sie haben gute Kontakte ins Rotlichtviertel. Ich möchte, dass Sie heute Abend Erkundigungen über die Stimmung einholen. Hat der Besuch nachgelassen? Gibt es Anzeichen von Spannungen, das heißt, laufen dort Schläger herum, die bereit wären, Gewalt auszuüben? Gibt es Provokationen? Können Sie das allein?«

Schwarczer nickte statt einer Antwort.

Frauke sah auf die Uhr. Sie war nachts um drei Uhr mit Putensenf verabredet. Deshalb beschloss sie, jetzt Feierabend zu machen.

In Hannover herrschte reger Verkehr. Sie stellte im Radio NDR 1 Niedersachsen ein. Dort lief Séverine mit ihrem Titel »Mach die Augen zu und wünsch dir einen Traum«. Die Musik wurde ausgeblendet, und es folgte eine ellenlange Liste von Verkehrsstörungen. Natürlich wurde der Feierabendstau, in dem Frauke stand, nicht genannt. Anschließend meldete sich eine Frauenstimme mit dem Hinweis: »Hier ist NDR1 Niedersachsen Regional«. Es folgten Nachrichten aus dem Großraum Hannover. Sie vernahm die Meldungen nur als Hintergrundgeräusch, bis sie stutzte. Dieter Eigenbrodt berichtete über die organisierte Kriminalität. Der Journalist war erstaunlich gut informiert, stellte Frauke fest. Er kannte viele Fakten, vermied es aber, zu dramatisieren oder Spekulationen anzustellen. Er sprach davon, dass die Polizei gute Fortschritte mache, aus ermittlungstaktischen Gründen aber noch keine Einzelheiten preisgeben würde.

Den Rest des Beitrags hörte sie auf dem Parkplatz vor der Haustür, den sie zufällig ansteuern konnte. Mitten in die Sendung hinein meldete sich ihr Handy. Eine Rufnummer wurde nicht angezeigt.

»Hallo.«

»Georg«, sagte sie lauter, als es ihr lieb war. »Wo steckst du, verdammt noch mal? Melde dich sofort bei der nächsten Polizeidienststelle oder sag mir, wo du bist. Ich lasse dich abholen.«

Georg lachte kehlig auf. »Genau das passiert nicht«, sagte er. Seine Stimme klang müde.

»Ich lasse dich zur Fahndung ausschreiben«, drohte Frauke.

»Das machst du nicht«, sagte er mit Bestimmtheit. »Wen willst du suchen lassen? Georg? Welchen? Georg ist in Hannover kein Name, sondern ein Sammelbegriff. Straße, Plätze, Einrichtungen. Überall begegnest du diesem Namen.«

»Was willst du?«

»Deine Stimme hören. Und dich warnen. Ich glaube, du bist in ernsthafter Gefahr. Ich wollte, ich könnte etwas für dich tun.«

»Dann werde aktiv.«

»Ich fürchte, da haben sich Dinge verselbstständigt, die so nie beabsichtigt waren. Sei vorsichtig.«

»Georg, was willst du damit sagen? Pfeif einfach deine Leute zurück. Wir finden für alles eine Lösung.«

»Das traue ich dir sogar zu. Aber es gibt Dinge, die ungleich mächtiger sind als du. Nochmals: Sei vorsichtig.« Dann hatte er aufgelegt.

Frauke starrte ihr Handy an. Was wollte Georg ihr damit sagen? Warum warnte er sie, wenn er von den Anschlägen auf sie und der Absicht, sie zu töten, wusste? Welche Stelle nahm Georg in der Organisation ein? Verdankte sie die Warnung einzig der Tatsache, dass Georg Schwäche zeigte und möglicherweise Gefühle für sie entwickelt hatte? Es waren viele Fragen, auf die sie keine Antwort fand.

Routinemäßig kontrollierte sie die Umgebung. Sie konnte nichts Auffälliges entdecken. Mit einem Schmunzeln quittierte sie die Aufschrift »Männersache« auf der Markise eines benachbarten Herrenfriseurs. Diese Textidee hätte Jakob Putensenf wohl am liebsten am Landeskriminalamt angebracht als Mahnung, dass die Arbeit in einem der sogenannten »harten Kommissariate« nicht für Frauen geeignet sei.

Vor der Haustür sah sie sich noch einmal um, konnte aber nur harmlose Passanten entdecken. Auch im Treppenhaus verbarg sich keine unliebsame Überraschung. Als sie die Haustür aufschloss, stutzte sie. Entgegen ihrer sonstigen Gewohnheit hatte sie mit Bedacht beim Verlassen der Wohnung nur einmal umgeschlossen. Jetzt ließ sich die Tür erst nach der zweiten Umdrehung öffnen. Sie zog ihre Dienstwaffe aus der Handtasche und tastete sich vorsichtig in den Flur. Nach und nach durchsuchte sie die Räume. Nichts deutete auf einen Besucher hin. Sie kehrte in den Flur zurück, stutzte und erschrak. Der Lichtschalter direkt neben der Eingangstür, den man gedankenlos beim Betreten der Wohnung betätigte, fehlte. Stattdessen ragten zwei nackte Drähte mit blanken Enden hervor. Sie waren so zurechtgebogen, dass man unweigerlich beide berühren musste. Ob ein Stromschlag tödlich war, konnte man nicht vorhersagen. Zumindest war es nicht auszuschließen.

Sie atmete tief durch. Wie gut, dass sie nicht beobachtet wurde. Die Gegenseite ließ nichts unversucht, um sie einzuschüchtern oder gar zu eliminieren. Es war kein leeres Gerede, dass sie auf der »Todesliste« stand. Frauke Dobermann war die Feindin Nummer eins der Organisation.

Einen Augenblick überlegte sie, ob sie die Nacht in einem Hotel verbringen sollte. Sie entschied sich dagegen, da sie bereits um zwei Uhr wieder würde aufstehen müssen.

Sorgfältig verschloss Frauke die Tür, legte den Sperrriegel von innen vor und sicherte den Eingang zusätzlich durch das leere Glas, das sie auf die Türklinke stellte.

Noch einmal kontrollierte sie die Wohnung. Auch bei der gründlichen Untersuchung konnte sie nichts entdecken. Sie entledigte sich ihrer Tageskleidung und zog einen bequemen Hausanzug an. Dann begab sie sich in die Küche und öffnete den Kühlschrank. Mit Sicherheit gehörte sie nicht zu den Pedanten, die alle persönlichen Gegenstände millimetergenau ausrichten. Im Kühlschrank hatte sie sich aber rein aus Bequemlichkeit an eine bestimmte Ordnung gewöhnt. Jemand hatte hier die Lebensmittel umgestellt. Die Joghurts standen nicht ganz rechts. Sie waren auch nicht nach dem empfohlenen Ablaufdatum sortiert. Vorsichtshalber verzichtete sie auf das Abendessen. Wer weiß, ob der unbekannte Besucher nicht ihre Vorräte mit unliebsamen Überraschungen präpariert hatte. Nach dem Anschlagversuch mit dem Lichtschalter war ihr Misstrauen geweckt. Noch einmal untersuchte sie akribisch jeden Winkel, ohne etwas entdecken zu können.

Der Vernunft gehorchend versuchte sie zu schlafen, aber die Nachtruhe ließ sich nicht vorholen. Außerdem war ihr Verstand so sehr mit der Verarbeitung der aktuellen Ereignisse beschäftigt, dass sie keine Ruhe fand. Immer wieder schreckte sie auf, sah auf die Uhr und wurde immer nervöser, weil die Zeit unablässig zerrann und die stetig kreisenden Gedanken sie um den dringend nötigen Schlaf brachten.

FÜNF

Es war ein unangenehmes Geräusch, das Frauke aus dem Halbschlaf riss. Es kostete sie Überwindung, darauf zu reagieren. Sie verspürte das Bedürfnis nach absoluter Ruhe. Der guten Fee, wäre sie erschienen, hätte sie als Wunsch aufgegeben, mehrere Wochen am Stück in einer friedlichen und geborgenen Umgebung schlafen zu können.

Mühsam kam sie in die Höhe und schleppte sich ins Bad. Es schien ihr unendlich lange, bis aus der Dusche lauwarmes Wasser floss. In jedem Spannungsroman wäre der Held unter die erfrischende kalte Dusche gesprungen, während sie sich nach heißem Wasser sehnte. Sie rubbelte sich ab, aber die Gänsehaut wollte sich nicht zurückziehen.

Auf der Straße empfing sie eine nächtliche Kühle. Die Lister Meile war menschenleer. Niemand sonst bewegte sich zu dieser Zeit im Freien.

Frauke war zehn Minuten vor drei beim Landeskriminalamt in der Schützenstraße. Fünf Minuten später erschien Jakob Putensenf. Er sah auch übermüdet aus, enthielt sich aber jeden Kommentars. Bereitwillig überließ sie ihm das Lenkrad auf der Fahrt nach Braunschweig.

Frauke war überrascht, wie viele Lkws zu dieser Zeit auf der Autobahn unterwegs waren. Es schien ihr, als gäbe es keinen Unterschied zum hellen Tag. Unterwegs kämpfte sie gegen die Müdigkeit, gab nur einen winzigen Augenblick nach und schloss die Augen.

Sie wurde durch ein sanftes Rütteln an der Schulter geweckt und vernahm den verführerischen Duft heißen Kaffees.

»Hier«, sagte Putensenf und hielt ihr einen Plastikbecher unter die Nase. Er hatte das aromatische Getränk aus einer Thermoskanne eingegossen. »Gibt's aber nur schwarz. Extras haben wir nicht an Bord.«

»Danke«, sagte Frauke und schlürfte einen Schluck. Da sie zu Hause weder etwas gegessen noch getrunken hatte, war ihr Rachen ausgetrocknet. Der Kaffee wirkte wie ein Lebenselixier. Putensenf beobachtete sie.

»Viele Grüße von meiner Frau«, sagte er und hob leicht seinen Becher in die Höhe. »Sie hat gemeint, Junggesellen denken nicht an so was, wenn sie nachts rausmüssen.«

Putensenf griff über die Rückenlehne und holte die abgegriffene Aktentasche hervor, die er dort deponiert hatte. Er reichte Frauke ein kleines in Butterbrotpapier eingewickeltes Päckchen. »Ist auch von meiner Frau. Leberwurst. Braunschweiger ...«, fügte er an.

Schweigend aßen sie und sahen sich um.

Putensenf hatte das Fahrzeug auf dem Parkstreifen vor dem Haus in der Kurt-Schumacher-Straße abgestellt, die aus Richtung City zum nahen Hauptbahnhof führte. Nur gelegentlich fuhr ein Auto auf der mehrspurigen Straße.

Frauke warf einen Blick aus dem Seitenfenster auf den Briefkasten, der vor dem ansehnlichen Haus mit der gegliederten Fassade stand. Ein einzelner Balkon in der Beletage zierte das Gebäude. Weniger ansehnlich waren der graue Klotz mit den Hausbriefkästen, der auf Ständern vor dem Eingang stand und den schmalen Grünstreifen begrenzte, sowie die Müllbehälter, die links neben dem Eingang ihren Platz gefunden hatten. Am Sockel des Gebäudes blätterte die Farbe ab, und irgendjemand hatte die früher sicher reichlich verzierte Eingangstür gegen eine aus Aluprofilen und Drahtglas ausgetauscht.

Das Haus war eingerahmt von einem etwas im Hintergrund liegenden Fachwerkhaus, das sich zum Teil hinter Bäumen verbarg, und auf der rechten Seite von einer prächtigen Stadtvilla. Zwischen den Nachbarn wirkte es fast wie ein Fremdkörper.

Frauke sah auf die Uhr. Sie hatten noch zwanzig Minuten Zeit. Sie stieg aus, zog ihre Jacke am Kragen zusammen, weil sie in der Morgenkühle fröstelte, und ging zum Eingang. Sie war erstaunt, wie viele Parteien in dem Haus wohnten. An einer Klingel prangte das sauber geprägte Schild »Pension Hirtmann«.

Frauke kehrte um, lief am Dienstwagen vorbei und nickte Putensenf zu, der sie neugierig durch die Scheibe beäugte. Nach wenigen Schritten überquerte sie eine Nebenstraße, die mit dichten Bäumen bepflanzt war. Das Laub ließ einen ersten Schimmer des bevorstehenden Herbstes erahnen. Mit einem Seitenblick gewahrte sie, dass sich in der Adolfstraße ein ansehnliches Haus an das nächste reihte.

Ein wenig weiter warb ein großes Schild für Kanu- und Floßfahrten auf der Oker. Frauke zuckte die Schultern. Diesen Fluss hatte sie bisher nur mit dem Harz in Verbindung gebracht. Es waren keine fünfzig Meter, bis sie auf einer Brücke stand, die das Gewässer überspannte. Unter sich sah sie Tretboote, die mit einem nachgebildeten Schwanenhals dem Fahrgast ein besonderes Feeling verleihen sollten.

Ein sich näherndes Rauschen riss sie aus ihren Gedanken. Eine Straßenbahn kam aus Richtung Innenstadt und hielt ein Stück weiter, bevor sie den Hauptbahnhof erreichte. Nur wenige Fahrgäste saßen hinter den erleuchteten Fenstern. Munter sah keiner aus. Frauke gähnte. Sie konnte es ihnen nachempfinden.

Langsam kehrte sie zum Dienstwagen zurück. Fast gleichzeitig mir ihr traf ein ziviles Einsatzfahrzeug ein, dem zwei uniformierte Beamte entstiegen.

Sie stellten sich mit »Hauptmeister Bruhns« und »Oberkommissar Stankowski« vor.

Mit wenigen Worten erklärte Frauke das Vorhaben. Die beiden Beamten nickten, ohne weitere Fragen zu stellen. Stankowski rückte noch einmal seine Mütze zurecht, dann marschierte das Quartett zur Haustür.

»Wollen wir ein ordentliches Brimborium veranstalten?«, fragte Putensenf.

Als ihn Hauptmeister Bruhns fragend ansah, fügte er an: »Ich meine, mit viel Lärm und lautem Gepolter, damit möglichst viele Nachbarn mitbekommen, dass die Polizei im Anmarsch ist?«

»Nein«, entschied Frauke. »Ich gehe nicht davon aus, dass wir auf Widerstand stoßen. Wir müssen hier kein Zeichen setzen. Melanie Hirtmann ist sicher genauso Opfer wie Kevin Schmidtke.«

Putensenf zupfte an Fraukes Ärmel und zog sie ein wenig an die Seite.

»Ist es dann richtig, dass wir hier und an anderen Orten eine Razzia durchführen, obwohl der arglose Schmidtke wegen einer Razzia ermordet wurde?«

»Ich gehe davon aus, dass kein weiterer der sogenannten Pensionswirte etwas zu befürchten hat. Die Organisation weiß, dass dieses Geschäftsmodell aufgeflogen ist und die Verräter sich nicht aus dem Kreis der Vertragspartner rekrutieren.«

»Wie Sie meinen«, knurrte Putensenf, suchte den Klingelknopf und betätigte ihn.

Sie ließen Melanie Hirtmann Zeit, bevor es Putensenf ein zweites Mal versuchte.

»Ja? Was ist denn?«, meldete sich eine verschlafene Frauenstimme.

»Polizei«, sagte Frauke. »Würden Sie bitte öffnen.«

»Polizei?«, kam es ungläubig aus der Gegensprechanlage.

»Ja. Werfen Sie einen Blick aus dem Fenster.« Frauke musste den uniformierten Beamten nichts erklären. Die beiden traten ein paar Schritte auf den breiten Gehweg zurück, sodass sie von oben gesehen werden konnten. Eine Gardine wurde beiseitegeschoben, und ein Frauenkopf erschien. Kurz darauf ertönte der Türsummer.

Leise und schweigsam erklommen die vier Beamten die Treppe. Sie wurden von Melanie Hirtmann erwartet, die die Tür zu ihrer Wohnung geöffnet hatte. Sie hatte sich einen Morgenmantel übergeworfen und strich sich die langen braunen Haare aus dem Gesicht. Fragend sah sie Frauke an.

»Frau Hirtmann. Wir haben einen Durchsuchungsbeschluss«, sagte Frauke und hielt der Frau das Dokument entgegen.

»Einen was?« Melanie Hirtmann verstand kein Wort.

Frauke erklärte es ihr und fügte an: »Sie betreiben eine Pension, von der wir vermuten, dass sich dahinter im größeren Umfang illegale Geschäfte verbergen.«

»Das kann nicht sein«, antwortete die Frau und gab die Tür frei. »Kommen Sie doch erst mal rein.«

Frauke berichtete von den mysteriösen Verträgen mit einem Partner, der angeblich das ganze Bettenkontingent der Pension abgenommen hatte und in periodischen Zeitabständen das Entgelt in bar vorbeibrachte.

Melanie Hirtmann nickte. »Ich habe mich auch gewundert. Das ist schon komisch.«

Sie bat die Beamten in eine kleine Küche und besorgte noch zwei weitere Stühle aus einem Nebenraum. Sie selbst lehnte sich gegen das Spülbecken.

Frauke sah sich um. Im Unterschied zu Schmidtkes verkommener Wohnung war hier alles sauber. Nirgendwo stand schmutziges Geschirr herum. Die Arbeitsflächen waren poliert, die Spüle glänzte, und der Fußboden war gewischt.

»Und trotzdem haben Sie das mitgemacht?«, nahm Frauke den Faden wieder auf.

Melanie Hirtmann zuckte resigniert mit den Schultern. »Was sollte ich machen? Ich habe eine vierjährige Tochter.« Sie legte den Zeigefinger auf den Mund. »Sie schläft nebenan. Mein Freund hat uns vor zwei Jahren verlassen. Seitdem versuche ich vergeblich, Unterhalt zu bekommen. Ich habe mich zig Mal beworben, aber sobald man hört, dass ich eine alleinerziehende Mutter bin, ist das Gespräch beendet. ›Was machen wir, wenn Ihr Kind krank wird?‹, habe ich immer wieder zu hören bekommen. Ich habe bei meiner Mutter gewohnt, bis dort ihr neuer Bekannter eingezogen ist. Es ging einfach nicht mehr.« Sie hielt sich mit beiden Händen das Gesicht zu. »Der Mann hat nie etwas gesagt oder getan, aber Sie glauben nicht, wie er mich oder die Kleine angestiert hat, wenn wir aus dem Bad kamen. Mit meiner Mutter konnte ich darüber nicht reden. Sie hat alles durch eine rosarote Brille gesehen. So bin ich über die Anzeige in der Braunschweiger Zeitung gestolpert. Dort wurde ein Vertragspartner für das Betreiben einer Pension gesucht. Ich habe mich beworben und wurde angenommen. In einer solchen Lage fragen Sie nicht mehr nach dem Warum. Für mich war es der letzte Strohhalm.«

Frauke konnte Melanie Hirtmann verstehen. Die junge Frau war Opfer, nicht Täter. Man konnte ihr nicht einmal vorwerfen, dass sie leichtfertig gehandelt hatte. Ob sich für sie rechtliche Konsequenzen ergeben würden, mussten Staatsanwaltschaft und Gericht prüfen. Doch Frauke konnte sich keine Sentimentalitäten leisten. Ihre Jagd galt den Hintermännern.

»Haben Sie die Anzeige noch?«, fragte sie.

Melanie Hirtmann nickte, sagte: »Moment«, und kehrte kurz darauf mit einem Ordner zurück. In einer Plastikhülle befand sich die ausgeschnittene Anzeige.

Frauke warf einen Blick auf den Zeitungsausschnitt. Alles deutete darauf hin, dass die junge Frau die Wahrheit gesagt hatte. Die Anzeige war als Chiffre aufgegeben. »Die nehmen wir mit«, entschied Frauke.

Melanie Hirtmann nickte. »Selbstverständlich.«

Dann bestätigte die junge Frau, dass bei ihr nach dem gleichen Prozedere verfahren worden war wie bei Schmidtke. Aus der Beschreibung des Mannes entnahm Frauke, dass es sich um denselben handeln musste, der auch in Hannover die Geschäfte abgewickelt hatte.

Melanie Hirtmann hatte alle Unterlagen, Abrechnungen und Belege säuberlich zusammengetragen und im Ordner abgelegt.

»Haben Sie noch mehr Unterlagen?«, fragte Frauke.

Die junge Frau schüttelte den Kopf und strich sich erneut die langen Haare aus dem Gesicht. »Das ist alles.«

Anschließend führte sie die Beamten durch die Räume. Sie waren nach dem bekannten Muster einfach eingerichtet, aber in einem gepflegten Zustand.

»Ich wasche alle zwei Wochen die Bettwäsche«, erklärte Melanie Hirtmann, »falls doch ein Gast auftauchen sollte. Aber bisher ist noch nie einer erschienen. Trotzdem leben meine Tochter und ich in einem einzigen Raum.«

»Können Sie heute Vormittag zum Polizeikommissariat Mitte in die Münzstraße kommen?«, bat Frauke. »Wenden Sie sich an Herrn Heitmann. Wir müssen ein Protokoll aufnehmen. Außerdem benötigen wir Ihre Hilfe bei der Beschreibung des Mannes, der als Ihr Geschäftspartner aufgetreten ist.«

»Sicher«, bestätigte Melanie Hirtmann. »Und was wird jetzt aus der Pension? Ich meine, es ist nicht nur mein Lebensunterhalt, sondern auch das Zuhause für meine Tochter und mich.«

»Ich weiß es nicht«, erwiderte Frauke. Und das entsprach den tatsächlichen Gegebenheiten.

Sie ließen eine ratlose Frau zurück.

»Wenn Sie mal wieder einen Einsatz in Braunschweig haben …«, verabschiedeten sich die beiden Uniformierten, »stehen wir jederzeit gern wieder zur Verfügung.« Sie stiegen in ihr Zivilfahrzeug und fuhren davon.

»Manchmal ist unser Beruf erschreckend«, sagte Putensenf, bevor er den Motor startete. »Wohin jetzt?«

Frauke sah auf die Uhr. »Zum Bahnhof«, sagte sie. »Das ist um diese Zeit der einzige Ort, an dem wir einen Kaffee bekommen.«

»Hat Ihnen der von meiner Frau nicht geschmeckt?«

»Doch. Es war wahrscheinlich der beste Kaffee seit Langem. Jetzt möchte ich mich revanchieren und lade Sie zu einem zweiten Frühstück ein.«

Putensenf stand die Überraschung ins Gesicht geschrieben. Kommentarlos fuhr er das kurze Stück zum Braunschweiger Hauptbahnhof.

Das Frühstück fiel karg aus. Der Kaffee war zu dünn, und die belegten Brötchen lieblos zurechtgemacht, so als wüsste man, dass auf einem Bahnhof Reisende keine Stammkunden werden.

Sie hatten sich über Belanglosigkeiten unterhalten. Putensenf taute richtig auf, als sie auf das Thema Jazz zu sprechen kamen. Ungefragt betete er Frauke eine Litanei der Größen dieses Genres, ihrer Stärken und Schwächen und seiner eigenen Einschätzung herunter.

Nachdem sie wieder im Wagen saßen, rief Frauke auf der Dienststelle an. Nathan Madsack wirkte am Telefon keineswegs übermüdet, sondern eher aufgekratzt.

»Ich habe inzwischen Rückmeldungen von allen Einsätzen erhalten. Alles ist reibungslos verlaufen. Nirgendwo gab es Schwierigkeiten. Es scheint überall nach dem bekannten Schema abgelaufen zu sein. Ich wundere mich, wie einfallslos die Organisation diese Geldwaschmethode aufgebaut hat.«

»Das war nicht einfallslos, sondern nahezu genial«, korrigierte ihn Frauke. »Die formellen Betreiber der Pensionen hatten keinen Anlass, sich zu melden. Das Finanzamt war zufrieden, weil alles sauber durch die Buchhaltung lief, und geschädigt wurde niemand.«

»Ja, aber …«, warf der Hauptkommissar ein.

»Sie denken an die Opfer, von denen das Geld im Ursprung stammt«, sagte Frauke. »Erpressung, Drogen, Prostitution und vieles mehr. Wenn es der Organisation schwerer fällt, das Geld zu waschen, bringt ihnen das schmutzige Geld auch nicht viel. Persönlich haben die Hintermänner sicher ausgesorgt. Ein paar Millionen mehr machten sie nur auf dem Papier reicher. Es ist das Streben nach Macht, das Gefühl, den Staat und seine Organe übertölpelt zu haben, die Polizei an der Nase herumzuführen, was den Reiz ausmacht. Sehen Sie, Madsack: Reiche haben viele Sorgen, Hungernde nur eine. Bekommen wir im Laufe des Tages einen Überblick über das Aussehen des Mannes, der im Namen der Organisation die Pensionen betreut hat?«

»Ich habe alles veranlasst und hoffe, dass wir viele verwertbare Hinweise bekommen. Wie ist es bei Ihnen gelaufen?«

Frauke berichtete. Dann bat sie Madsack, die Öffnungszeiten der Anzeigenannahme zu recherchieren. Es dauerte eine Weile, bis sich der Hauptkommissar meldete. »Das ist in der Straße Schild, Hausnummer 10. Die öffnen um zehn Uhr.«

Frauke sah ungeduldig auf die Uhr. »Wir fahren jetzt nach Wolfenbüttel«, beschloss sie. »Ich habe um halb neun Uhr die Razzia bei der Vierten Vermögensverwaltung anberaumt. Gleichzeitig werden wir die Lucky Holding durchleuchten.«

»Wo wollen Sie die ganzen Leute hernehmen?«, fragte Putensenf.

»Wir haben sechs Beamte, zum Teil aus Braunschweig, zum Teil aus Wolfenbüttel. Auch die cleversten Gangster machen Fehler, Putensenf. Um Geld zu sparen, residieren die ganzen Gesellschaften in Wolfenbüttel unter einem Dach.«

Sie fanden eine Parkmöglichkeit auf dem Parkplatz vor dem Wolfenbüttler Schloss mit seiner prachtvollen barocken Fachwerkfassade.

»Dass Wolfenbüttel eine sehenswerte Fachwerkstadt ist, wissen vielleicht manche«, erklärte Putensenf ungefragt. »Dass hier aber der zweitgrößte erhaltene Schlossbau Niedersachsens beheimatet ist, ahnen nur wenige. Viele tippen auf Celle.«

Frauke unterdrückte einen bissigen Kommentar, dass sie heute nicht auf Sightseeing unterwegs sei. Sie wollte den mühsam hergestellten Burgfrieden nicht stören. »Wo soll das jetzt sein?«

»Am Stadtmarkt«, erklärte Putensenf und zeigte in Richtung

der Fußgängerzone auf der anderen Straßenseite. »Ich glaube, wir müssen dort entlang.«

Hier begann die Innenstadt. Frauke staunte über die vielen gut erhaltenen Fachwerkhäuser, die sich aneinanderreihten, auseinanderwichen, wenn sich die Gasse zu einem kleinen Plätzchen weitete oder eine Biegung neugierig auf die Fortsetzung der Baukunst machte.

Die »Krambuden«, so hieß dieser Straßenabschnitt, erweiterten sich zu einem Platz, auf dem ein hoher Maibaum stand. Unter der Spitze hing der Kranz. Dann folgten Querstangen, die wie Rahen aussahen, an denen Wappen hingen. Vielleicht waren es die von Gilden, überlegte Frauke. Sie wollte sich keine Blöße geben und unterließ es, Putensenf zu fragen. Ein paar Marktstände hatten auf dem Platz Quartier bezogen und boten ihre Waren feil.

Putensenf zeigte nach rechts. »Wir müssen hier entlang. Dort ist der Stadtmarkt.«

Der Platz war von ehrwürdigen alten Häusern eingerahmt. In der Mitte stand ein Reiterdenkmal. »Herzog August« stand in verwitterter Schrift auf dem Sockel. Frauke war sich nicht sicher, ob die zweite Figur, die auf dem Pferd saß, den Tod symbolisierte. Das würde passen. Überall, wo die Organisation im Spiel war, ritt der Tod mit.

Zur Rechten begrenzte das »Brauhaus« den Platz. An der kunstvoll gestalteten Fachwerkfassade war eine Sonnenuhr montiert. Das Obergeschoss war ein wenig vorgebaut und wurde von einem hölzernen Ständerwerk getragen. Frauke war stehen geblieben und bewunderte das beeindruckende Ensemble. Putensenf bemerkte es erst nach wenigen Schritten.

»Leiten Sie den Einsatz in Wolfenbüttel persönlich, weil Sie auf diese Weise Arbeit und touristische Exkursion miteinander verknüpfen können?«

Ausnahmeweise verzichtete sie auf eine Replik.

In der Mitte der Längsseite standen zwei Häuser, die einander ähnlich waren. Auffällig war die Vielzahl der eng beieinanderstehenden Sprossenfenster, unter denen weiße Dreiecke gemalt waren. In einem dieser Gebäude befand sich die Vierte Vermögensverwaltungsgesellschaft mbH, wie ein unscheinbares Messingschild verriet.

Frauke stutzte. Auf dem Schild befanden sich noch ein Dutzend anderer Unternehmen, darunter auch die Lucky Holding GmbH.

»Bitte«, sagte sie und zeigte demonstrativ auf das Schild. »Alles unter einem Dach.«

»Das ist ein *lucky punch*«, lästerte Putensenf. »Oder wollen Sie behaupten, dass Sie es so geplant haben?«

Frauke schüttelte demonstrativ den Kopf. »Putensenf. Glauben Sie wirklich, dass bei mir irgendetwas Zufall ist?«

Der Kriminalhauptmeister blieb die Antwort schuldig. Nach weiteren fünf Minuten bogen zwei blau-silber lackierte Einsatzfahrzeuge um die Ecke und hielten direkt vor dem Aufgang zum Haus. Sechs uniformierte Beamte entstiegen den Fahrzeugen. Ein Hauptkommissar sah sich suchend um. Als Frauke näher kam, legte er die Hand kurz an den Mützenschirm.

»Frau Kollegin?«, fragte er. Als Frauke nickte, sagte er: »Die Wolfenbüttler Kollegen waren unabkömmlich. Wir sind alle aus Braunschweig. Hoffentlich bringt der Einsatz etwas. Unser Chef war recht ungehalten. Wir sind unzureichend besetzt. Da passen solche Aktionen überhaupt nicht in den Plan.«

»Wie gut, dass wir diesem Beruf hobbymäßig nachgehen«, erwiderte Frauke. Sie ließ unerwähnt, dass sie nach einer nahezu schlaflosen Nacht bereits seit zwei Uhr wieder auf den Beinen war.

»Nichts für ungut«, entgegnete der Hauptkommissar. »Aber die da oben begreifen einfach nicht, dass alle Kollegen bei immer dünner werdender Personaldecke am Rande der Erschöpfung arbeiten.«

»Ich bin nicht die Beschwerdestelle«, erwiderte Frauke. Dabei klang ihre Stimme aber eine Spur versöhnlicher. »Auf geht's«, sagte sie zu den Männern und ging voran.

Das Innere des Hauses war verwinkelt und eng. Sie mussten eine Weile suchen, bis sie eine schlichte Holztür fanden, an der ein Zwilling des Schilds vom Gebäudeeingang angebracht war. Sie klopfte kurz an, um im selben Augenblick schon die Tür aufzureißen.

In einem kleinen Büro saßen an zwei sich gegenüberstehenden Schreibtischen eine ältere Frau mit deutlich gefärbten schwarzen Haaren und ein zur Rundlichkeit neigender Mann mit lichtem

Haupthaar. Über einem am Kragen offenen Sporthemd trug er einen Strickpullunder.

Beide erschraken, als die acht Beamten in den engen Raum drängten. Der Mann hatte gerade von einem belegten Brötchen abgebissen, während seine rechte Hand die Bildzeitung hielt. Die Frau war im Begriff, einen Schluck Kaffee zu trinken.

»Polizei«, sagte Frauke. »Lassen Sie alle Arbeiten sofort liegen, berühren Sie nicht mehr Ihre Computer und telefonieren Sie nicht.«

»Die sehen nicht aus, als würden sie gerade mitten in der Arbeit sein«, knurrte Putensenf. »Und dann lästern die Leute immer über uns angeblich so faule Beamte.«

»Was 'n los?«, fragte der Mann. Das Erschrecken stand ihm immer noch ins Gesicht geschrieben.

»Wir haben einen Durchsuchungsbeschluss«, verkündete Frauke. »Wo ist der Verantwortliche?«

»Welcher Verantwortliche?«, stammelte der Mann.

»Die Geschäftsführer.«

»Die sind nicht hier.«

»Und wer vertritt sie?«

»Niemand.«

»Wo sind die anderen Mitarbeiter und Räume?«, fragte Frauke, da von dem engen Büro keine weiteren Türen abgingen.

»Welche anderen?« Der Mann schien Frauke nicht zu verstehen.

»Der Rest der Belegschaft der zahlreichen Firmen, die hier residieren?«

»Na wir«, sagte der Mann, der langsam seine Fassung zurückgewann.

»Herr …?« Frauke sah ihn an.

»Blumenberg.«

»Sie wollen nicht behaupten, dass Sie beide das gesamte Personal aller Unternehmen repräsentieren, die draußen auf dem Schild aufgeführt sind?«

»Doch.«

»Wie heißt Ihr Geschäftsführer?«, fragte Frauke.

»Gasparone«, erwiderte der Angestellte.

Frauke und Putensenf fingen gleichzeitig an zu lachen.
»Wirklich?«, fragte Putensenf glucksend.
»Was ist daran lustig?« Blumenberg hatte die Hände in die Hüften gestemmt. »Vittorio Gasparone. Ein ehrenwerter Geschäftsmann. Nicht wahr, Dora?« Er sah seine Kollegin an, die heftig nickte.
»Gasparone ist die Titelfigur einer Operette von Carl Millöcker«, klärte ihn Putensenf auf. »Das ist ein berüchtigter Räuberhauptmann, der mit seiner Bande auf dem italienischen Festland sein Unwesen treibt. Allerdings taucht die Figur nie wirklich auf. Es ist immer nur die Rede von ihm.«
»Das ist nicht lustig«, sagte Blumenberg erneut. »Unser Chef ist ein hochanständiger, ehrenwerter Mensch.«
»Darum spricht man ja auch von der ehrenwerten Gesellschaft«, lachte Frauke leise.
»Bitte?«
»Nichts«, antwortete Putensenf an ihrer Stelle. »Und wie heißen die Geschäftsführer der anderen Gesellschaften?«
»Na! Das ist auch Herr Gasparone.«
»Und das ist Ihnen nie merkwürdig vorgekommen?«
»Wieso denn? Wir machen unsere Arbeit, bekommen pünktlich unser Geld und haben nichts auszustehen. Es ist ein angenehmes Betriebsklima. Unser Chef hat zuvorkommende Umgangsformen. Außerdem …« Blumenberg brach mitten im Satz ab.
»Was außerdem?«, hakte Frauke nach.
»Außerdem«, fuhr Blumenberg ein wenig leiser fort, »hat man Dora und mir eine neue Chance gegeben. Sie ist fast sechzig, ich bin drüber. Unser alter Arbeitgeber ist den Bach runter. *Fine.* Wer nimmt so alte Säcke? Niemand.« Blumenberg ruderte mit seinen Armen in der Luft herum. »Da schreit alle Welt was vom Fachkräftemangel, aber alte Hasen wie uns will keiner. Nee, Herrschaften. Da sind die Itaker anders. Da hat keiner nach dem Alter gefragt. Und nun kommen Sie und wollen alles kaputt machen.« Blumenberg winkte ab. »Haun Sie bloß ab. Hier ist alles in Ordnung. Blitzblank. Sie können sich jede Buchungszeile ansehen. Stimmt alles.«
Es war wieder ein genialer Schachzug der Organisation. Man

hatte Menschen rekrutiert, die dankbar waren. Leute wie Blumenberg und seine Kollegin würden für ihre Arbeitgeber durchs Feuer gehen. Sie würden nie verstehen, dass die Polizei den Geldwäschering verfolgte. Doch heute wollte sie nicht mit Blumenberg diskutieren.

»Wir werden alle Unterlagen mitnehmen. Auch die Computer«, sagte sie.

Blumenberg sprang auf und baute sich vor seinem Schreibtisch auf.

»Nur über meine Leiche«, schrie er.

Putensenf trat näher an den Mann heran. »Na, na«, sagte der Kriminalhauptmeister. »Hier soll alles gesittet über die Bühne gehen. Niemand will Ihnen etwas antun.« Er wollte Blumenberg vorsichtig zur Seite schieben. Der missverstand die Aktion, holte aus und schlug Putensenfs Arm zur Seite.

Sofort drängten sich zwei uniformierte Beamte vor und packten den Buchhalter am Oberarm. Blumenberg versuchte sich zu befreien, hatte aber keine Chance gegen die Polizisten.

»Lassen Sie den Mann«, wies Frauke die Kollegen an. »Er ist verständlicherweise erregt. Hier geht es auch um seine Zukunft.«

Blumenberg breitete die Arme aus wie ein Verkehrspolizist auf der Kreuzung, der Halt signalisierte. »Stopp!«, rief er.

»Herr Blumenberg! Machen Sie uns die Arbeit nicht schwerer, als sie ist«, sagte Frauke. Entschiedenheit lag in ihrer Stimme.

Mutlos ließ der Mann seine Arme sinken und setzte sich auf seinen Stuhl. Er stützte die Ellenbogen auf die Tischplatte und legte das Kinn in die Handflächen.

»Warum, Dora?«, fragt er. »Warum müssen immer die kleinen Leute wie wir verlieren?«

Darauf wusste Frauke auch keine Antwort.

Widerstandslos ließen es die beiden Angestellten zu, dass die Polizei die Akten und die Computeranlage mitnahm.

»Wie erreichen wir Herrn Gasparone?«, fragte Frauke und warf Putensenf einen Seitenblick zu, als der »Gaspatrone« vor sich hinmurmelte.

»Der ist oft unterwegs. Wir arbeiten hier selbstständig«, antwortete Blumenberg.

»Irgendwann muss Ihr Chef hier doch aufkreuzen. Er muss Anweisungen erteilen, Unterschriften leisten und andere Dinge verrichten, die man von einem Geschäftsführer erwartet.«

»Das meiste erledigen wir selbstständig. Sicher, manchmal taucht er hier auf, aber immer ohne Vorankündigung.«

»Vielleicht ist er in der Klinik«, warf die Kollegin schüchtern ein.

»Sei still, Dora«, fauchte Blumenberg sie an. »Das ist gar nicht gewiss.«

»Ist er krank?«, fragte Frauke und wandte sich an die ängstlich dreinblickende Frau.

»Er nicht«, erwiderte sie und sah dabei Blumenberg an.

»Du sagst jetzt nichts mehr«, schalt sie der Buchhalter.

»Sie halten jetzt den Mund, Blumenberg«, sagte Frauke mit scharfer Stimme, dass der Angestellte zusammenzuckte. Dann sah sie die Frau an.

»In welcher Klinik?«

»In unserer.«

»Wem gehört die Klinik?«

»Der Vierten Vermögensverwaltung. Reichenberger verwaltet sie. Aber gehören tut sie uns.«

Die Frau verwandte das »uns« so selbstverständlich, als würde sie Anteile an der Gesellschaft besitzen. So stark war die Identifikation mit dem Arbeitgeber.

»Wie heißt die Klinik?«

Unsicher sah sie zuerst Blumenberg, dann Frauke an.

»Einfach Klinik. Sie hat keinen speziellen Namen.«

»Und wo ist die Klinik?«

»Hier in Wolfenbüttel an der Ecke Breite Herzogstraße und Ziegenmarkt. Die Klinik ist im Eckgebäude. Unten ist eine Bank untergebracht.«

»Und wen besucht Gasparone dort?«

»Einen Freund.«

»Hat der auch einen Namen?«

»Du bist sofort leise, Dora«, schnauzte Blumenberg sie an. »Du spielst mit deinem Arbeitsplatz.«

Die Drohung wirkte. Die beiden älteren Angestellten sagten keinen Ton mehr. Frauke verkniff sich, den beiden klarzumachen, dass sie ohnehin die längste Zeit in Lohn und Brot gestanden hatten. Es gab zwei weitere Opfer.

Frauke ließ einen der uniformierten Beamten zurück mit der Auflage, dass die beiden Angestellten nicht telefonieren und irgendjemanden in der Klinik warnen sollten. Sie kehrten zu ihrem Fahrzeug auf den Schlossplatz zurück und umrundeten das Stadtzentrum.

»Hier ist alles von Adel«, brummte Putensenf, als sie die Breite Herzogstraße entlangfuhren und auf Höhe der Langen Herzogstraße abbogen. Der Kriminalhauptmeister zeigte in Fahrtrichtung. »Das da ist Am Herzogtor.« Dann grinste er. »Sind Sie auch adelig? Jetzt biegen wir in *Ihre* Straße ab.«

»Ziegenmarkt«, las Frauke auf dem Straßenschild über dem türkischen Imbiss an der Straßenecke. Gegenüber lag das moderne und repräsentative Bankgebäude.

»Da soll eine Klinik drinnen sein?«, murmelte Putensenf halblaut vor sich hin. Eine niedrige Durchfahrt im Nachbargebäude führte zu den Parkplätzen hinter dem Haus. »Wie kommen die hier mit dem Rettungswagen durch?«, wunderte sich Putensenf und stellte das Auto vor einer hohen Mauer ab, deren Krone mit Stacheldraht verziert war.

»Das ist die Justizvollzugsanstalt Wolfenbüttel«, erklärte er. »Die haben etwa vierhundert Haftplätze.«

»Da wird sicher einer für Sie übrig sein«, erwiderte Frauke.

Putensenf sah sie fragend an.

»Weil Sie unendlich sabbeln wie ein Wasserfall. Mensch, Putensenf, Sie sind doch gar keine Frau.«

»Weiber«, knurrte der Kriminalhauptmeister, stieg aus und schloss das Auto ab.

Sie mussten eine Weile suchen, bis sie das unscheinbare Schild »Klinik« fanden. Nach dem Klingeln meldete sich eine Stimme.

»Ja?«

»Polizei. Würden Sie bitte öffnen«, sagte Frauke.

»Da muss ich fragen«, sagte die Stimme. Dann war der Lautsprecher tot.

Nach fünf Minuten ertönte der Summer.

Die Räume der Klinik lagen über der Bank. Sie wiesen keinerlei

Ähnlichkeit mit einem Krankenhaus auf. Eher glich der Flur einem komfortablen Hotel.

Putensenf war das auch aufgefallen. »Ob es hier auch Zimmer gibt, die nie benutzt werden? So wie in den Pensionen?«, fragte er leise.

Sie wurden von einer ganz in Weiß gekleideten Frau erwartet. Auf dem Namensschild stand: »Schwester Jutta«.

Mit erwartungsvollem Blick sah sie den Beamten entgegen.

»Polizei«, sagte Frauke und hielt ihr den Dienstausweis hin.

Schwester Jutta warf nur einen kurzen Blick darauf. »Und?«

»Wer ist hier zuständig?«

»Wofür?«

»Verwaltung, Medizin, Pflegedienst.«

»Die Verwaltung ist nicht bei uns im Hause«, erwiderte sie in ihrem kräftigen sächsischen Dialekt. »Falls Sie kein Notfall sind, können wir nichts für Sie machen.«

»Wir suchen Herrn Gasparone.«

»Liegt hier nicht.«

»Er hat aber einen Patienten von Ihnen besucht. Wer ist das?«

Schwester Jutta lachte laut auf. »War das ein Scherz? Wollen Sie Auskunft über unsere Patienten?«

»Ja«, erwiderte Frauke.

»Nix da. Und nun habe ich zu tun.«

In diesem Moment trat ein schlaksiger jüngerer Mann mit Vollbart auf den Flur und musterte neugierig die Besucher. Er trug einen offenen Kittel.

»Ach, Herr Doktor …«, sagte Putensenf und suchte nach dem Namensschild. »Dr. Bassmann.«

Der Mann winkte ab. »*Herr* Bassmann. Ich bin zwar approbiert, aber an meiner Doktorarbeit schreibe ich noch.«

»Hoffentlich nicht *copy and paste*«, murmelte Putensenf leise. »Sie sind der Arzt?«

»Ja«, sagte der Mann und fing sich einen bösen Blick von Schwester Jutta ein, der besagte, dass Bassmann nominell der Arzt war, das Sagen aber bei ihr lag.

»Gibt es auch einen Chefarzt, ohne Ihnen zu nahe treten zu wollen?«, fragte Frauke.

»Das ist bei uns etwas anderes«, erklärte Bassmann und unterstrich seine Erklärung mit einer lebhaften Gestik. »Wir haben nur fünf Betten, alle in Einzelzimmern. Kommen Sie.«

Er öffnete eine Tür und ließ die Beamten einen Blick in ein leeres Zimmer werfen. Es wirkte nicht wie ein Krankenzimmer, sondern eher wie eine luxuriöse Hotelsuite, wenn man vom typischen Krankenbett absah.

»Wer liegt hier?«, fragte Frauke.

»Im Augenblick sind nur zwei Betten belegt.«

»Durch wen?«

Schnell schaltete sich Schwester Jutta ein. »Herr Bassmann«, sagte sie bestimmt, »ich glaube nicht, dass das die Herrschaften interessiert. Außerdem unterliegt es unserer Schweigepflicht.«

»Doch nicht die Namen«, sagte Frauke.

Bassmann entschloss sich zu einem Kompromiss. »Es sind hochrangige Persönlichkeiten, die sich in gediegener Atmosphäre einer herausragenden medizinischen Behandlung unterziehen.«

»Kosmetik und so?«, fragte Putensenf spitz.

»Hochleistungsmedizin«, erwiderte Bassmann pikiert. »Kommen Sie mal mit.« Er ging voraus und öffnete eine Tür. »Wir haben hier eine ultramoderne Einrichtung.« Er zeigte auf eine davon abzweigende Tür. »Das ist der OP. Da ist alles top.«

»Sie wollen doch nicht behaupten, dass Sie hier Blinddarmoperationen durchführen?«

»Blinddarm?«, fragte Bassmann und zog die Stirn kraus. »Vorgestern haben wir eine Nierentransplantation durchgeführt.«

Frauke war erstaunt. »Doch nicht Sie?«

Jetzt lachte Bassmann. »Nein. Ich bin hier als ständiger Ansprechpartner für die Patienten. Ich teile mir die Rund-um-die-Uhr-Betreuung mit einem Kollegen und assistiere bei der Operation. Je nachdem, was anfällt, wird die von einem hochrangigen Spezialisten durchgeführt. Die Nierentransplantation hat Dr. Fehrenkemper ausgeführt. Er ist Oberarzt an der Medizinischen Hochschule in Hannover und hat sein Expertenteam mitgebracht einschließlich Anästhesist.«

»Und das alles machen Sie hier?« Frauke mochte es nicht glauben.

»Genau.«

»Wem gehört diese Einrichtung?«

»Da fragen Sie mich zu viel. Ich bin Arzt.«

»Herr Bassmann!« Schwester Jutta drängte sich zwischen den Arzt und die Beamten. »Ich glaube, Sie haben schon viel zu viel erzählt. Die Herrschaften sind von der Polizei.«

»Polizei?« Ein Erschrecken durchfuhr den jungen Arzt. »Aber warum denn?«

Frauke legte den Zeigefinger auf die Lippen. »Auch wir haben eine Schweigepflicht.«

»Sie sollten sich gründlich um unseren Patienten kümmern«, sagte Schwester Jutta mit Nachdruck. Frauke legte die Hand auf eine Türklinke. Ehe sich die Krankenschwester versah, hatte sie die Tür geöffnet und warf einen Blick in das Krankenzimmer.

In einem Bett lag ein Mann, dem durch ein Beatmungsschlauch Sauerstoff durch die Nasenlöcher zugeführt wurde. Eine Hand lag neben der Bettdecke. Im Handrücken steckte ein Anschluss, der zu einem Tropf führte. Unter der Bettdecke kamen mehrere Kabel zum Vorschein, die zu einem Turm mit verschiedenen Geräten führten, an denen es blinkte, Zahlen und Symbole angezeigt wurden.

Der Mann hatte die Augen geschlossen und den Besuch nicht wahrgenommen.

»Was erlauben Sie sich?«, empörte sich Schwester Jutta. »Sehen Sie zu, dass Sie rauskommen. Sonst rufe ich die Polizei.«

»Ist schon gut, alter Keifzahn«, knurrte Putensenf und folgte Frauke zum Ausgang.

»Haben Sie den Mann erkannt?«, fragte der Kriminalhauptmeister, als sie wieder im Auto saßen.

Frauke nickte. »Das war Don Mateo Zafferano, dem der italienische Gemüseimport gehört.«

»Dessen Geschäftsführer Giancarlo Rossi von Necmi Özden ermordet wurde?«

Frauke nickte zur Bestätigung. »Langsam schließt sich der Kreis. Ich habe Don Mateo, Igor Stupinowitsch, Rossi und Dottore Carretta zusammen gesehen.«

»Wo?«, fragte Putensenf schnell und beäugte Frauke aus zusammengekniffenen Augen.

»In einem exklusiven Restaurant im Zooviertel in Hannover.«

»Hauptkommissarin und ledig müsste man sein«, grummelte Putensenf. »Dann kann man sich so etwas leisten.«

Sie ließ ihn in dem Glauben. Er musste nicht wissen, dass sie in Georgs Begleitung an mehreren Abenden durch Hannovers italienische Gastronomieszene gezogen war.

Georg! Bei dieser Begegnung hatte Frauke damals für einen kurzen Moment den Eindruck, als würde er einen der Männer kennen, obwohl er es geleugnet hatte. War das Don Mateo gewesen? Bei der Schießerei in Isernhagen war Georg mit einer Arzttasche erschienen und hatte sachkundig und kompetent Necmi Özden versorgt.

Georg war Arzt.

Nierentransplantation.

Das war ein weiterer lukrativer Geschäftszweig der Organisation. Sie versorgten reiche Patienten mit neuen Organen und exklusiver medizinischer Versorgung. Die unscheinbare »Klinik« war einer besonderen Klientel vorbehalten. Zwei Ärzte, ständige Präsenz bei nur fünf Betten. Und die Lage in Wolfenbüttel über den Räumen der Bank war wieder einmal ein genialer Schachzug der Organisation. Niemand vermutete hier eine solche Einrichtung.

Noch einmal kehrten Fraukes Gedanken zur Nierentransplantation zurück. Wenn jemand eine neue Niere bekam, musste es auch einen Spender geben.

»Wo haben die die Niere her?«, fragte Frauke laut.

Putensenf nickte zustimmend. »Das habe ich mich auch gefragt. Achtzig Prozent der Bundesbürger stehen der Organspende positiv gegenüber, aber nur jeder siebente hat einen Spenderausweis.«

Sie sah Putensenf von der Seite an. »Woher haben Sie die Zahlen?«

»Ein Verwandter von uns ist betroffen«, sagte Putensenf leise. »Deshalb habe ich mich dafür interessiert. Zwölftausend Menschen warten allein in Deutschland auf ein neues Organ, ein Herz, eine Lunge oder eine Leber. Davon allein achttausend auf eine neue Niere. Täglich sterben drei von ihnen. Die anderen müssen im Durchschnitt sieben Jahre warten. Und die da oben?« Zornig schwenkte er den Arm in Richtung der Klinik. »Ich möchte wetten, dass deren

Organ nicht durch Eurotransplant in Holland vermittelt wurde, dass Don Mateo keiner von den sechzehntausend Menschen war, die auf der Warteliste stehen. Sechzehntausend. Das ist eine ganze Kleinstadt.«

»Das Geschäft mit der Gesundheit, der Angst vor dem Tod ist bei zahlungskräftigen Kunden besonders lukrativ. In einer solchen Situation können Sie jeden Preis verlangen. Und der begüterte Kranke ist bereit, es zu bezahlen. Was ist das für eine Welt?«

Und Georg mischt dort mit, überlegte Frauke. Der ganze Luxus, das Motorrad ... All das wird finanziert durch die zwielichtige Behandlung reicher Leute. War Georg dieser geheimnisvolle Dr. Fehrenkemper?

Anschließend fuhren sie noch einmal nach Braunschweig.

Das Servicecenter der Braunschweiger Zeitung verbarg sich hinter einer Bushaltestelle am Rande der Innenstadt in der Straße Schild. Es lag im Haus des Mövenpick-Hotels. Nebenan war der »Welfenhof«, eine gemütliche kleine Passage mit inhabergeführten Geschäften, die sich wohltuend von den uniformen Aufmachungen der großen Ketten abhoben. Putensenf zeigte auf das Schild einer großen Frikadellen-Braterei und deren Ableger.

»Im Mc-Dingsbums-Café bekommen wir sicher einen Kaffee«, sagte er. »Diesmal lade ich Sie ein.«

Frauke wunderte sich ein wenig über Putensenf. Seit den frühen Morgenstunden hatte er keinen einzigen bissigen Kommentar abgegeben.

Im Servicecenter sprachen sie mit einer Frau, die sich hilfsbereit zeigte, nachdem sie aufmerksam die Dienstausweise studiert hatte.

»Ich muss das raussuchen«, erklärte die Angestellte und gab etwas in ihren Computer ein. »Aha«, sagte sie schließlich. »Die Anzeige ist hier bei uns am Schild aufgegeben und gleich bar bezahlt worden.«

»Das heißt, Sie haben keine Adresse und keinen Namen?«, fragte Frauke.

»Leider nicht.«

»Die Anzeige war aber Chiffre. Was ist mit den Zuschriften geschehen?«

»Die wird der Inserent hier abgeholt haben«, erwiderte die Frau.
»Wer hat die Anzeige entgegengenommen?«
Statt einer Antwort wandte sich die Angestellte an ihre Nachbarin. »Elfie, kannst du mal gucken kommen?«
Die Kollegin rollte mit ihrem Bürostuhl heran, rückte ihre Halbbrille zurecht und warf einen Blick auf den Bildschirm. »Was ist damit? Was nicht in Ordnung?«
»Doch«, versicherte die erste Angestellte. »Die Herrschaften sind von der Polizei und möchten wissen, ob du dich an den Inserenten erinnern kannst?«
»Nee«, sagte die Kollegin und sah Frauke fast vorwurfsvoll an. »Haben Sie eine Ahnung, was hier los ist? Da kann man sich nicht jedes Gesicht merken.«
»Und wenn Sie sich in diesem Fall besondere Mühe geben?«, blieb Frauke hartnäckig.
»Ich arbeite immer sorgfältig und konzentriert«, erwiderte die Frau und schenkte den Beamten einen bösen Blick.
Dieser Versuch war fehlgeschlagen. Aber das war typisch für die Polizeiarbeit, dass die Ermittler oft Wege verfolgten, die in einer Sackgasse endeten.
»Schade«, sagte sie zu Putensenf, der nur die Schultern zuckte. »Zurück nach Hannover.«

Im Landeskriminalamt gab es viele Neuigkeiten. Frauke hatte ihr Büro noch gar nicht betreten, als Madsack sie bestürmte.
»Sie haben sich gestern mit Helmut Kiehnhorst getroffen?«
Frauke bestätigte es.
»Ich nehme an, er hat Ihnen Informationen zukommen lassen?«
»Nein, er hat mir den Vorschlag unterbreitet, dass wir das Steintorviertel aufgeben und als rechtsfreien Raum belassen. Die dortigen Bosse wollten alles untereinander regeln.«
»Wie das aussieht, hat Kiehnhorst schmerzlich erleben müssen. Man hat ihn heute Morgen um halb vier am Klagesmarkt gefunden.«
»Ist er tot?«, fiel Frauke dem Hauptkommissar ins Wort.
»Schlimmer«, sagte Madsack, und die Betroffenheit stand ihm ins Gesicht geschrieben. »Man hat sein Gesicht mit einem Messer

zerschnitten, Nase, Lippen und Ohren abgetrennt. Auf einem Auge wird er blind bleiben.«

»Wo ist Kiehnhorst jetzt?«

»In der Medizinischen Hochschule. Ich habe nachgefragt. Man hat mir gesagt, er würde in ein künstliches Koma versetzt. Wir werden vorerst keine Auskunft von ihm erhalten. Vielsagender ist ein Zettel, dem man in seine Jackentasche gestopft hatte. ›Verräter‹, stand dort drauf.«

Frauke atmete tief ein, lehnte sich zurück und streckte die Arme in die Höhe. »Die Organisation glaubt, Kiehnhorst hätte uns Informationen weitergeleitet, zum Beispiel über die Pensionen. Deshalb ist dieses Geschäftsmodell aufgeflogen. Die reagieren aber prompt.«

»Woher haben die ihre Informationen? Ich meine, so schnell?«

»Das müssen wir herausfinden«, erwiderte Frauke und verschwieg, dass sie während ihres Gesprächs mit Kiehnhorst erneut den südländisch aussehenden Mann mit der Sonnenbrille im Haar gesehen hatte.

»Machen Sie Druck, Madsack, dass wir eine vollständige Auswertung der Buchhaltungsunterlagen erhalten. Haben wir etwas von Herbert L'Arronge gehört? Gibt es schon erste Analysen zur Person des Mannes, der den Pensionswirten das Geld gebracht hat? Dann brauche ich alles, was wir an Informationen über Vittorio Gasparone aus Wolfenbüttel bekommen können, und schließlich möchte ich wissen, was die italienischen Behörden über Don Mateo Zafferano wissen. Haben Sie alles behalten?«

»Ja, aber was soll ich zuerst machen?« Es klang wie ein Klagelied.

»Alles«, sagte Frauke und entließ den Hauptkommissar.

Frauke versuchte, im Internet etwas über Dr. Fehrenkemper in Erfahrung zu bringen. Sie wurde schnell fündig. Der Arzt stammte aus Aschaffenburg, hatte bei Professor Dietl in Regensburg und München Medizin studiert, war an verschiedenen Krankenhäusern tätig gewesen und besetzte seit über fünf Jahren eine Oberarztstelle an der Medizinischen Hochschule Hannover. Sie überflog nur die Überschriften der vorwiegend englischsprachigen Fachartikel. Soweit Frauke es zuordnen konnte, war Dr. Fehrenkemper ein angesehener Chirurg, der sich insbesondere in der Transplantationsmedizin einen Namen gemacht hatte. Noch etwas stellte Frauke fest: Fehrenkemper war nicht Georg. Das Bild zeigte einen vielleicht fünfzehn Jahre jüngeren Mann mit braun gebranntem Gesicht.

Dann beorderte sie Schwarczer zu sich und wollte von ihm wissen, was es bei ihm für Neuigkeiten gebe.

»Ich habe mir gestern das Steintorviertel angesehen. Äußerlich ist nichts erkennbar. Mir ist lediglich aufgefallen, dass vor Stupinowitschs Bordell eine Gruppe von Leuten stand. Einige davon sind mir als Türsteher bekannt. Das ist in diesem Fall eine Umschreibung dafür, dass diese Leute ihre Vorstellung von bestimmten Dingen zur Not mit der Faust durchsetzen. Von ihnen ging gestern keine Gewalt aus, aber es wirkte bedrohlich. Einmal hat sich ein Freier trotzdem bis zur Tür von Stupinowitschs Etablissement getraut. Darauf ist einer aus der Gruppe ausgeschert und hat mit dem Mann gesprochen. Der zog es vor, wieder zu gehen. Während der Zeit meiner Beobachtung war der Boykott ausgesprochen wirkungsvoll.«

»Das heißt, die Steintorwirte machen Ernst. Sie haben der Organisation den Krieg erklärt und wollen Stupinowitsch aushungern.«

»So sieht es aus.«

»Dann dürfte einiges auf uns zukommen. Ich glaube nicht, dass die Organisation sich das gefallen lässt. Sie wird sich wehren müssen, um nicht noch mehr an Ansehen und Gesicht zu verlieren.«

Schwarczer nickte zustimmend. »Es reicht, wenn Kiehnhorst sein Gesicht verloren hat. Im wahrsten Sinne des Wortes.«

»Wir haben nie Zweifel daran gelassen, dass wir es mit einem gefährlichen Gegner zu tun haben, der vor nichts zurückschreckt.«

Sie wurden durch Fraukes Telefon unterbrochen.

»Reicht es jetzt?«, fragte die bekannte Stimme, die Frauke von den bisherigen Drohanrufen kannte. »Wir wollen kein Blut fließen lassen. Dafür sind Sie verantwortlich.«

Frauke hatte den Raumlautsprecher eingeschaltet, damit Schwarczer mithören konnte. Auch dem Anrufer war es nicht verborgen geblieben. »Wem übertragen Sie diesen Anruf?«, fragte er misstrauisch.

»Stört es Sie?«, ließ Frauke seine Frage unbeantwortet.

»Ist es der Russe?«

Für einen Moment stutzte Frauke und sah Schwarczer an. So hatte bisher nur Putensenf den jungen Kommissar genannt.

»Wir haben hier keine Russen«, sagte Frauke schnell.

»Ich habe nichts gegen Russen, nicht dass wir uns missverstehen«, erwiderte der Mann. Es klang nahezu beschwichtigend.

»Sie arbeiten ja eng mit Stupinowitschs Leuten zusammen«, sagte Frauke. Für einen kurzen Moment war es still in der Leitung.

»Sie phantasieren zu viel«, sagte der Anrufer. »Lassen Sie wieder Frieden in die Stadt einkehren. Der Blutzoll, den Sie einfordern, ist zu hoch.«

Frauke lachte laut auf. »Hat man Sie vorgeschickt, weil Sie der Dümmste sind? Ich kann mir nicht vorstellen, dass Stupinowitsch oder Don Mateo Ihnen den Auftrag gegeben hat, sich für so blöd zu verkaufen.«

Erneut war es still in der Leitung. Frauke deutete es so, dass der Anrufer das Nennen der beiden Namen verdauen musste.

»Können Sie Skat spielen?«, fragte Frauke und wartete die Antwort nicht ab. »Wen Sie noch nicht selbst aus Ihren Reihen umgebracht haben, der sitzt entweder im Gefängnis oder liegt im Krankenhaus. Da kommt schon eine Skatrunde zusammen. Die anderen paar bekommen wir auch. Wir sind Ihnen dicht auf den Fersen.«

»Sie quatschen Blödsinn. Aber als gute Christen legen wir Ihnen einen Blumengruß aufs Grab. Und du, Russe, falls du zuhörst, wirst sagen, dass Kiehnhorst noch Glück hatte, wenn wir mit dir fertig sind. Du bist schon jetzt tot, Russe.«

Frauke warf einen schnellen Blick auf Schwarczer. Der schien durch die Drohung nicht im Geringsten beunruhigt.

»Du stirbst in jedem Fall vor mir«, erwiderte der Kommissar ganz ruhig. »Versprochen.«

Ein zynisches Lachen drang aus dem Lautsprecher. Dann wurde aufgelegt.

»Die Organisation fühlt sich allmählich in die Enge getrieben«, sagte Frauke. »Durch solche Aktionen machen sie sich selbst Mut. Das ist, als würde jemand im dunklen Keller pfeifen.«

Schwarczer schwieg, aber sein Blick drückte deutlich genug seine Gedanken aus. Er war von Fraukes Optimismus nicht überzeugt.

Nachdem Schwarczer gegangen war, rief Frauke in der Medizinischen Hochschule an und ließ sich mit der Klinik für Allgemein-, Viszeral- und Transplantationschirurgie verbinden. Eine freundliche Mitarbeiterin erklärte ihr, dass »der Herr Oberarzt« im OP sei und sie nicht sagen könne, wann er zurückkomme. Sie notierte sich Fraukes Durchwahl.

Eine Stunde später rief Dr. Fehrenkemper an, fragte nach Fraukes Wunsch und vereinbarte mit ihr einen Termin für den späteren Abend.

Frauke nutzte die Zeit, fuhr in ihre Wohnung, holte die Lebensmittel aus dem Kühlschrank und lieferte sie im Labor der Kriminaltechnik ab.

»Was sollen wir damit?«, fragte der Mitarbeiter im weißen Kittel.

»Ich möchte, dass Sie die Lebensmittel untersuchen, ob sie präpariert oder vergiftet sind.«

»Alle?«, fragte der Mann. »Haben Sie eine Vorstellung, mit welchem Aufwand das verbunden ist?«

»Diskutieren Sie immer vor jedem Auftrag?«

»Sie hören von mir.« Es klang wie eine Drohung.

»Hoffentlich bald«, erwiderte Frauke und ließ den Labormitarbeiter stehen.

Anschließend suchte sie Madsack auf und fragte, ob es Neuigkeiten gebe.

»Nicht viel. Herbert L'Arronge bleibt verschwunden. Sein Handy, dessen Nummer wir kennen, schweigt. An seiner Wohnung fährt sporadisch eine Steife vorbei. Auch da Fehlanzeige. Die Auswertungen der Buchhaltung und der Computer laufen noch. Die Experten meinen, das kann noch Wochen dauern. Und von den Phantombildern habe ich auch noch keine Rückmeldung.«

»Also nichts«, sagte Frauke enttäuscht.

Madsack sah sie mit einem fast traurigen Blick an. Es schien, als würde er Schelte dafür erwarten, dass alles so schleppend voranging.

»Was wissen wir über Vittorio Gasparone, den Geschäftsführer?«

Jetzt leuchteten Madsacks Augen auf. »Da sind wir weitergekommen. Der stammt aus …« Madsack sah auf einen handgeschriebenen Zettel. »Sant'Agata sui due Golfi. Ich hoffe, ich habe es richtig ausgesprochen.«

»Wo ist das in Italien?«

»Nahe Sorrent.«

»Da hätte er lieber auf Capri fischen sollen statt in Hannover im Trüben«, sagte Frauke. »Das ist ein Stück südlich von Neapel. Da gibt es manche Familie, die den italienischen Behörden das Leben schwer macht. Und weiter?« Sie sah Madsack fragend an.

»Nichts weiter. Gasparone ist seit vier Jahren in Deutschland. Er ist noch nicht straffällig geworden. Gegen ihn liegt nichts vor. Es wurde auch nie gegen ihn ermittelt.«

»Was ist er von Beruf? Was hat er vorher gemacht?«

»Keine Ahnung«, gestand Madsack ein. »Ein unbeschriebenes Blatt. Soll ich eine Anfrage in Italien starten?«

»Was ist los, Madsack? Warum ist das noch nicht geschehen? Und was macht das Auskunftsersuchen nach Mateo Zafferano?«

»Läuft, aber noch keine Antwort.«

»Machen Sie Dampf.«

Madsack versprach es und kehrte in sein Büro zurück.

Frauke sah auf die Uhr. Es wurde Zeit, Dr. Fehrenkemper aufzusuchen.

Die Medizinische Hochschule Hannover lag auf einem Areal östlich der Eilenriede. Die Ursprünge gingen auf das Jahr 1965 zurück. Deshalb vermisste man alte Pavillonbauten, die häufig in historischen Krankenhausanlagen anzutreffen sind. Zahlreiche Gebäude des Vorzeigekrankenhauses stammten aus den sechziger Jahren. Schlicht und funktional gab sich auch das Gebäude »K11«, in dem die Station 85 untergebracht war, Fraukes Ziel.

Sie wandte sich an eine Krankenschwester auf dem langen Flur, die sie ins Ordinationszimmer Dr. Fehrenkempers führte.

Der Arzt erwies sich als sportlich aussehender Mittvierziger, der mit seiner gepflegten äußeren Erscheinung auch als Model in ein Lifestylemagazin gepasst hätte. Er bot Frauke den Besucherstuhl an seinem Schreibtisch an und erklärte:

»Das Transplantationszentrum der Medizinischen Hochschule Hannover ist das größte in Deutschland. Hier werden jährlich mehr als zweihundert Nieren transplantiert. Diese Erfahrung möchten sich auch die Patienten zunutze machen, die in Wolfenbüttel operiert werden.«

»Das verstehe ich nicht«, sagte Frauke. »Wenn Hannover eine Klinik der Maximalversorgung …«

»Supramaximal«, korrigierte sie Dr. Fehrenkemper.

»… ist, dann wäre dort doch so gut wie nirgendwo für das Patientenwohl gesorgt, insbesondere wenn es Komplikationen gibt. In der Wolfenbüttler Klinik bleibt ein Restrisiko.«

»Es gibt Patienten, die sich nur in eine solche Klinik begeben.«

»Warum?«, fragte Frauke. »Gibt es Gründe? Sind es Leute, die Anlass haben, die Öffentlichkeit zu scheuen?«

Dr. Fehrenkemper winkte ab. »Ich bin Arzt. Wenn etwas für mich medizinisch vertretbar ist, helfe ich.«

»Das wird sicher herausragend honoriert«, sagte Frauke.

»Nebensächlichkeiten«, wiegelte der Arzt ab. »Ich kann Ihnen versichern, dass auch wirtschaftlich alles völlig legal abgewickelt wird. Ich habe eine Genehmigung der Medizinischen Hochschule für die Nebentätigkeit. Und die MH stellt nicht nur weiteres qualifiziertes Personal, sondern auch andere Einrichtungen zur Verfügung, zum Beispiel das Transplantationslabor. Als Operateur beginne ich erst, wenn alles andere abgeklärt ist. Wer sollte sonst die anspruchsvolle Typisierung vornehmen?«

»Woher haben Sie die transplantierte Niere? Lag in dem zweiten Zimmer während unseres Besuchs der Spender?«

»Nein.« Es klang entschieden. »In diesem Fall wurde die Niere angeliefert.«

»Wer war der Spender?«

»Das ist anonym.«

»Interessiert es Sie als Arzt nicht, woher das Organ stammt?«

Dr. Fehrenkemper lächelte in sich hinein. »Ich glaube, Sie interpretieren zu viel in die ganze Sache. Als Arzt interessiert es mich, Menschen zu helfen. Ich stelle meine Kunst in den Dienst der guten Sache. Für mich bedeutet eine erfolgreiche Transplantation, dass ich einem Menschen Leben oder zumindest Lebensqualität zurückgeben konnte. Um falschen Vorstellungen vorzubeugen … Wirtschaftliche Interessen spielen dabei keine Rolle.«

»Sie wollen sich nicht als barmherziger Samariter auszeichnen?«

Jetzt lachte der Arzt. Es wirkte frisch und unverbraucht. »Nein. Um Gottes willen, auch wenn das Honorar ein angenehmer Nebeneffekt ist. Zugegeben.«

»Ist das Ganze nicht auch eine Frage der Ethik?«

Dr. Fehrenkemper kniff die Augen zu einem schmalen Schlitz zusammen. »Darüber wird viel Falsches in der Öffentlichkeit erzählt. Mein ehemaliger Chefarzt hier in Hannover, von dem ich viel, ach, eigentlich alles gelernt habe, ist darüber gestolpert. Wider alle Wahrheit hat ihn die Presse zerrissen, dabei hat er nur das getan, wozu Ärzte durch den Eid des Hippokrates verpflichtet sind: Leben gerettet.«

»Spezieller Personen«, riet Frauke.

»Was soll dieser Blödsinn? Wer maßt sich an, zu selektieren, was ein guter und was ein weniger guter Patient ist? Einzig die medizinische Beurteilung ist von Relevanz.«

»Und die Frage, ob jemand Privat- oder Kassenpatient ist«, erwiderte Frauke.

Dr. Fehrenkemper sprang erregt auf. »Das ist niveaulos, was Sie von sich geben. Wir sollten das Gespräch an dieser Stelle beenden. Guten Tag.«

Immerhin hielt er Frauke noch die Tür seines Ordinationszimmers auf, auch wenn sie hinter Frauke mit einem lauten Krachen ins Schloss fiel.

Als sie wieder im Auto saß, überkam sie die Müdigkeit. Die wenigen Augenblicke Ruhe der letzten Nacht hatten nicht gereicht. Außerdem war der Kühlschrank leer, und sie hatte keine Gelegenheit gefunden, neue Lebensmittel einzukaufen. So beschloss sie, zur »Pizzeria Italia« in die Gretchenstraße zu fahren. Sie stellte ihren Golf in einer Parklücke unweit ihrer Wohnung ab und suchte das Lokal auf. Judith, die Wirtin, begrüßte sie freundlich wie eine alte Bekannte und nahm ihre Bestellung auf. Sie gab auch keinen Kommentar ab, als Frauke nur Mineralwasser bestellte. Ein Glas Wein … Vermutlich wäre sie noch am Tisch eingeschlafen.

Die Pizza Caprese wurde zügig serviert, und während Frauke aß, meldete sich ihr Handy. Die Rufnummer war unterdrückt.

Frauke war versucht, sich mit »Hallo, Georg« zu melden, ließ den Namen aber weg.

»Frau Dobermann?«, fragte eine Stimme mit Akzent.

»Ja.« Sie klemmte sich das Telefon zwischen Schulter und Kopf, schnitt den nächsten Bissen der Pizza ab und führte ihn zum Mund.

»Ich möchte gern mit Ihnen sprechen.«

»Kommen Sie morgen ins Landeskriminalamt.«

»Non L'ho capito«, sagte die Stimme und übersetzte sogleich: »Ich habe Sie nicht verstanden.«

Frauke kaute noch zweimal und wiederholte ihre Antwort.

»Da kann ich nicht hinkommen. Es gibt Gründe dafür. Außerdem eilt es.«

Frauke sah auf ihre Pizza. Das Essen wollte sie unbedingt zu sich nehmen. Andererseits wollte sie niemanden hierherbestellen, diese Wohlfühladresse wollte sie nicht verraten. Sie seufzte. Womöglich kannte man bei der Organisation schon ihre Schwäche für diese Pizzeria.

»Gut«, sagte sie, »in einer halben Stunde in der Lister Meile. Dort gibt es eine Buchhandlung. Wir treffen uns im Eingangsbereich.«

Hastig schlang sie den Rest ihres Essens hinunter, zahlte und machte sich auf den Weg zur Lister Meile. Es waren nur wenige Gehminuten, aber Frauke wollte vor dem Unbekannten dort sein. Da sie den Treffpunkt genannt hatte, konnte sie vor ihm oder den anderen, falls es mehrere waren, die Örtlichkeiten inspizieren. Sie wechselte die Straßenseite und schlenderte unauffällig an der Buchhandlung vorbei bis zur nächsten Straßenecke, dann kehrte sie zurück. In einem Hauseingang fiel ihr ein Mann mit schütterem Haupthaar auf, der nervös die Straße in beide Richtungen absuchte. Als er ihrem Blick begegnete, schrak er zusammen.

Frauke überquerte die Straße.

»Was wollen Sie von mir?«, fragte sie.

»Ich möchte etwas loswerden.«

»Ein Deal?«

Er nagte an seiner Unterlippe. Frauke sah in das aufgedunsene Gesicht. Unruhig huschten die dunklen Augen hin und her und wichen ihrem Blick aus.

»Nein, oder vielleicht doch. Ich habe Informationen für Sie.«

»Welcher Art?«

»Helfen Sie mir im Gegenzug?«

»Dazu müsste ich wissen, was Sie zu bieten haben. Und was Sie fordern. Wer sind Sie überhaupt?«

»Meinen Namen möchte ich nicht nennen. Noch nicht.« Er beugte sich vor und sah wieder die Straße hinab, als würde er etwas suchen.

»Erwarten Sie jemanden?«

»Um Himmels willen. Nein. Ich möchte nur gucken, ob man mich verfolgt. Das wäre tödlich.«

»Sie wollen Ihre Kollegen verraten?«

»Nein, aber die ganze Sache wird brenzlig. Ich bin da in etwas hineingeraten ...«

»Das ist die stereotype Ausrede vieler Leute, die mit dem Gesetz in Konflikt geraten sind.«

»Ich weiß, das ist dumm. Ich habe auch selbst schuld. Können Sie mir helfen, wenn ich Ihnen sage, dass seit Beginn Ihrer Ermittlungen vieles ins Wanken geraten ist? Man sagt, dass die Paten die Kontrolle verlieren würden, wenn ihnen nicht bald irgendetwas Spektakuläres gelingen würde. Außerdem hat sich ein Radiojournalist in die Sache verbissen.«

»Nun verlassen die Ratten das sinkende Schiff?«

Es war gut zu hören, was Frauke schon vermutete. Ratte! Der Mann wäre sicher nie zum Verräter geworden, wenn er nicht gesehen hätte, wie das einst solide Fundament der Organisation Risse bekam. Jetzt wollte er sein Fell retten.

»Ich wollte immer schon aussteigen. Jetzt ist der Zeitpunkt gekommen.«

»Schön, dann reden Sie.«

Wieder suchte der Mann die Straße ab. »Nicht hier. Nicht jetzt. Ich brauche Zusagen von Ihnen.«

»Die kann ich Ihnen nicht geben. Dazu muss ich wissen, welcher Straftaten Sie sich schuldig gemacht haben.«

»Ich war nur der Buchhalter«, wiegelte der Mann ab. »Mit den anderen Dingen habe ich nichts zu tun.«

»Kennen Sie die Struktur der Organisation?«

Er nickte.

»Und den Mann im Hintergrund?«

»Es sind zwei. Mindestens«, versicherte er.

»Wer ist das?«

»Ich sage jetzt nichts. Zug um Zug. Erst Ihre Zusage. Außerdem will ich mit einem Anwalt sprechen.«

»Dottore Carretta?«

»Woher wissen Sie ...?«

»Das ist nicht schwer zu erraten. Glauben Sie, dass das der richtige Rechtsberater für Sie ist? Immerhin steht er der Organisation sehr nahe und verteidigt alle Mitglieder, derer wir habhaft geworden sind.«

»Das mag stimmen. Ich kann Ihnen aber versichern, dass man intern nicht glücklich über den alten Fuchs ist. Man glaubt, er unternimmt zu wenig und konspi...« Der Mann suchte nach dem Wort.

»Konspiriert«, riet Frauke.

»Richtig. Er konspiriert mit der Polizei. Ich habe schon gehört, dass man sich seiner entledigen möchte.«

Das war keine gute Nachricht, dachte Frauke. Der alte Anwalt war kein leichter Gegner der Ermittlungsbehörden, aber er hielt sich penibel an die Gesetze. Es konnte nicht im Interesse der Polizei sein, wenn Dottore Carretta eines der nächsten Opfer werden sollte.

»Wir fahren jetzt zu meiner Dienststelle. Dann erzählen Sie, was Sie wissen.«

»Nein. Morgen.«

Frauke unterdrückte mühsam ein Gähnen, es hätte auf den Mann wie Desinteresse gewirkt.

»Gut«, sagte sie. »Rufen Sie mich morgen an.« Sie gab ihm eine Visitenkarte mit ihren dienstlichen Kontaktdaten. »Woher haben Sie eigentlich meine private Handynummer?«

»Ach«, winkte der Mann ab, »die kursiert mittlerweile in ganz Hannover.«

Vorsichtig kam er aus dem Hauseingang hervor. Noch einmal sicherte er nach allen Seiten. »Bis morgen.« Hastig machte er sich auf den Weg Richtung Hauptbahnhof.

Frauke gähnte herzhaft. Das ließ sich nicht mehr unterdrücken.

Mit der gebotenen Vorsicht ging sie die wenigen Schritte bis zur Haustür. Sie bemerkte nichts Verdächtiges. Auch in der Wohnung fand sich kein Hinweis für einen neuerlichen Besuch von Fremden.

Sorgfältig sicherte sie ihre Wohnung und zog sich ins Bett zurück. Sie hatte den Eindruck, schon eingeschlafen zu sein, bevor ihr Kopf das Kissen berührte.

SECHS

Über Nacht hatte es zu regnen begonnen. Von der Fensterscheibe perlte das Wasser ab. Frauke sah hinaus. Pfützen standen auf den Straßen, von denen kleine Fontänen hochspritzten. Dicke Tropfen klatschten auf die Dächer der parkenden und vorbeifahrenden Autos.

Von alldem hatte Frauke nichts mitbekommen. Sie wusste nicht, wie lange der Wecker geklingelt hatte, bis sie ihn endlich wahrgenommen hatte und aufgestanden war.

Sie ließ sich Zeit im Badezimmer und fuhr anschließend ins Landeskriminalamt. Merkwürdig, dachte sie. Wenn es regnet, wirkt sich das auf den Fahrstil vieler Leute aus. Es war nur ein kurzes Stück, aber sie geriet in einen Stau, in dem die Autos nur mühsam vorankamen.

Frauke war nicht überrascht, dass Nathan Madsack schon an seinem Schreibtisch saß. Sie huschte an der offenen Bürotür vorbei, ohne von ihm bemerkt zu werden, stellte ihre Tasche in ihrem Zimmer ab und suchte die Kantine auf.

Kaffee und Brötchen waren eine ideale Ergänzung zur wohltuenden heißen und ausführlichen Dusche. Frauke war zwar immer noch müde, aber langsam kehrten die Lebensgeister zurück.

Auf dem Flur wurde sie von einem aufgelöst wirkenden Madsack erwartet.

»Guten Morgen. Ich suche Sie schon im ganzen Haus.« Madsack musste sich wirklich bewegt haben. Er sprach kurzatmig.

»Moin. Wo brennt es denn?«

»Wenn es nur brennen würde … Man hat einen Toten gefunden.«

In Sekundenschnelle war Fraukes Gelassenheit einer Anspannung gewichen.

»Wer? Wo?«

Madsack holte tief Luft. »Alessandro Boccone. Eine Gruppe aus einer Kindertagesstätte hat ihn auf einem Spielplatz gefunden.«

Frauke zeigte aus dem Fenster. »Bei dem Wetter? Ist die Geldnot bei den Kommunen jetzt schon so groß, dass man den Nachwuchs nur noch im Freien betreuen kann?«

»Das weiß ich auch nicht.« Madsack schnaufte. »Herr Ehlers hat gesagt, wir sollen sofort hinkommen, wenn ich Sie gefunden habe. Er ist schon am Tatort.«

»Ehlers ist am Tatort?«

Madsack nickte.

Das verhieß nichts Gutes, wenn der Kriminaloberrat persönlich hinausging.

»Ich hole meine Sachen«, sagte Frauke. »Kommen Sie.«

Sie fuhren mit ihrem Golf. Mit einem kritischen Seitenblick sah sie, wie Madsack sich mühsam auf den Beifahrersitz zwängte.

»Sie können den Sitz zurückschieben«, sagte sie.

»Danke, es geht.« Es klang eine Spur beleidigt.

Madsack dirigierte sie zur Celler Straße, die in die Wedekindstraße überging. Sie bogen in die Bödekerstraße ein, in der noch viele alte Häuser aus der Zeit vor dem Krieg standen.

»Ein Stück weiter ist die Musikhochschule«, erklärte Madsack. »Davor müssen wir scharf links abbiegen. Kurz danach können Sie parken.«

Ein Fußweg führte in das weite Areal der Eilenriede, deren westlichster Zipfel hier begann. Der Weg war nach dem Bürgerrechtler Holtorf benannt.

Madsack führte Frauke in das mit hohen Bäumen bestandene Erholungsgebiet. Radfahrer und Jogger kreuzten trotz des Regens ihren Weg. Frauke zog den Kopf zwischen die Schulterblätter, während Madsack neben ihr herstapfte. Der Hauptkommissar war wie immer korrekt mit einem Anzug, Schlips und Kragen bekleidet. Im Nu waren beide durchnässt. Madsack schien es nichts auszumachen. Zumindest zeigte er keine Regung.

»Hier entlang.« Der Hauptkommissar zeigte nach halb links. Sie überquerten eine Brücke, an der eine Plastik wachte. »›Der Steinbock‹ von Ernst Gorsemann«, sagte Madsack und blies ein paar Regentropfen von der Lippe.

Der Tümpel, den die Brücke überspannte, war schmutzig und versumpft. Jetzt sah Frauke den Eingang zu einem groß angelegten

Spielplatz, der von Bäumen umgeben war. Es war trotz der Lage inmitten der Großstadt ein idyllisches Plätzchen.

Fraukes Blick fiel auf eine gewaltige Blutbuche. Manche Symbole passen, dachte sie, als sie die Ansammlung von Uniformierten sah, die sich um ein Klettergerüst scharte. Die Spurensicherung war schon am Werk. Ein wenig abseits stand Kriminaloberrat Ehlers unter einem Regenschirm.

»Guten Morgen«, begrüßte er Frauke und nickte Madsack zu. »Sie triefen vor Nässe«, meinte Ehlers. »Das nenne ich keine optimale Vorbereitung.«

Es klang unzufrieden. Irgendetwas schien dem Kriminaloberrat zu missfallen.

Ehlers wies mit dem Regenschirm in Richtung des Spielgeräts, in dessen Zentrum ein hölzerner Turm stand. Von ihm ging eine Rutsche in den heute nassen Sand. Leitern, Sprossenwände, ein krummer Baumstamm zum Balancieren und eine Kletterwand boten vielerlei Möglichkeiten, den Turm zu erobern. Von einem etwas abseitsstehenden Podest führte eine Art waagerechte Strickleiter ebenfalls zum Turm. Zwei gehobelte Baumstämme links und rechts boten den Kindern Haltemöglichkeiten. Die gesamte Strecke war etwa zwei Meter lang. Mitten auf der Strickleiter lag ein Mann, dessen Hände und Füße mit Kabelbindern an den Leinen der Leiter befestigt waren. Sein Gesicht war dunkelviolett angelaufen.

»Der ist erstickt«, stellte Frauke auf Distanz fest.

Ehlers nickte und hob zweimal den Schirm. »Kommen Sie her. Stellen Sie sich mit unter.«

Sie schlüpfte unter den Schirm.

»Die Kollegen von der Spurensicherung haben Sand in Mund und Nase festgestellt. Man hat ihm mit dem Sand die Körperöffnungen verstopft. Ich würde es als Zeichen dafür deuten, dass der Mann ein Verräter war.« Ehlers musterte Frauke mit einem merkwürdigen Blick. »Er heißt Alessandro Boccone.«

»Madsack nannte vorhin den Namen. Mir sagte er bisher nichts.«

»Finden Sie das nicht eigenartig?«, fragte Ehlers.

Frauke schüttelte den Kopf, dass der Regen aus ihren Haaren flog.

»Ich bin ihm gestern Abend das erste Mal begegnet.« Sie berichtete von dem Treffen. »Seinen Namen hat er nicht genannt. Wir waren heute im LKA verabredet. Dort wollten wir Einzelheiten abstimmen.«

»Das erklärt die Sache mit dem Sand. In den Augen der Organisation war Boccone ein Verräter. Deshalb musste er sterben.«

Ehlers winkte einen Spurensicherer herbei.

»Zeigen Sie Frau Dobermann, was Sie in der Tasche des Toten gefunden haben.«

Der Mann bückte sich und holte aus einem Metallkoffer eine Klarsichttüte hervor, in der Fraukes Visitenkarte lag, die sie Boccone am Abend zuvor ausgehändigt hatte. Darauf war mit schwarzem Filzstift ein großes schwarzes Kreuz gemalt.

»Die reagieren schnell«, sagte Frauke. Ihre Stimme klang emotionslos.

Der Kriminaloberrat wandte sich ihr zu.

»Das Ganze nimmt Dimensionen an, die alles sprengen, was uns bisher begegnet ist. Sind Sie sich sicher, dass Sie den Ermittlungen mit Ihrem kleinen Team noch gewachsen sind?«

Es war eine vorsichtige Umschreibung. Frauke hatte verstanden. Ehlers begann an ihrer Kompetenz zu zweifeln. Vermutlich stand der Kriminaloberrat seinerseits unter Druck. Die Morde und Aktionen der Organisation fanden viel Aufmerksamkeit in den Medien. Unter Beobachtung der Presse sah sich mancher Politiker, aber auch die Behördenleitung dem Zwang zum Handeln ausgesetzt, mochte der Aktionismus auch unkoordiniert und wenig zielführend sein. Und da selbst der NDR sich des Themas angenommen hatte und Dieter Eigenbrodt »an der Sache dranhing«, wurde der Druck nach unten weitergegeben.

»Wir kommen nicht mit Quantität weiter, sondern nur mit Qualität«, sagte Frauke. »Es ist kein Chinesenproblem.«

Ehlers sah sie fragend an.

»Wenn ein Arbeiter eine Grube ausheben soll und dafür einhundert Stunden benötigt, können Sie über den Dreisatz ausrechnen, dass hundert Arbeiter eine Stunde benötigen. Wenn Sie schnell sein wollen, auch über Dreisatz errechenbar, setzen Sie tausend Arbeiter ein. Dann haben Sie die Grube in sechs Minuten ausgehoben.«

»Das geht doch nicht«, erwiderte der Kriminalrat. »Tausend Arbeiter können nicht gleichzeitig an einer Grube schaufeln.«

Frauke lächelte ihn an. »Dann lassen Sie unser Team in Ruhe weiterarbeiten.«

»Finden Sie nicht, dass Ihre Vorgehensweise gestern Abend unkonventionell war?«, versuchte es Ehlers auf eine andere Weise. »Vielleicht würde Boccone jetzt noch leben.«

»Wenn er gewusst hätte, dass man ihm auf der Spur ist, hätte er überhaupt nicht den Kontakt zu mir gesucht. Den Mann haben keine Gewissensbisse geplagt. Er wollte nur auf die andere Seite wechseln. Das hat nicht geklappt.«

»Sie sind reichlich cool«, stellte Ehlers fest.

»Als aufgeregter Hitzkopf können Sie gegen die Organisation keine Punkte machen.«

»Seien Sie vorsichtig. Wir haben schon einen Kollegen verloren«, sagte Ehlers mit besorgter Stimme.

»Ich glaube nicht, dass ich im Fokus stehe«, antwortete Frauke. »Professionelle Verbrecher akzeptieren, dass es Aufgabe der Polizei ist, sie zu stellen. Die sehen es sportlich. Wenn Drohungen gegen Ermittler ausgestoßen werden, dann nur von erregten Kleinkriminellen.«

Ehlers musterte sie. In seinen Augen las sie, dass der Kriminaloberrat ihren Worten keinen Glauben schenkte.

»Wir müssen die Ergebnisse der Autopsie abwarten, obwohl mir das Bild, das sich uns hier bietet, eigentlich schon alles verrät«, sagte Frauke. »Als Nächstes werden wir zu Boccones Wohnung fahren.«

»Wollen Sie warten, bis die Spurensicherung hier fertig ist?«

»Nein«, sagte Frauke. »Wir können hier im Augenblick nichts unternehmen.« Sie wandte sich an den Beamten im durchsichtigen Schutzanzug. »Wo wohnt das Opfer?«

»In Ricklingen.«

»Dann werde ich dorthin fahren.«

»Aber nicht allein«, mahnte Ehlers.

»Ich werde Schwarczer mitnehmen«, beschloss Frauke. »Madsack kann hier vor Ort alles Weitere koordinieren und nach Zeugen suchen. Irgendwie müssen Täter und Opfer ja hergekommen sein.«

Von der stark befahrenen Frankfurter Allee zwischen Ricklinger und Landwehrkreisel, die Teil der Westumgehung Hannovers war, drang der Straßenlärm herüber, der nur durch die mehrgeschossigen Häuser auf der anderen Straßenseite ein wenig abgeschirmt wurde. Es war ein ebenmäßiges Rauschen, das die Waßmannstraße erfüllte. Eine Kette gleicher Mehrfamilienhäuser prägte das gesamte Straßenbild. Jedes Gebäude war durch einen sauber gepflegten Vorgarten von der Wohnstraße abgegrenzt. In einem der Häuser wohnte Boccone.

Niemand interessierte sich für die beiden Beamten, die direkt vor der Haustür einen Parkplatz gefunden hatten. Es rührte sich auch nichts, als der Schlüsseldienst die Tür öffnete.

»Die Spurensicherung hat bei Boccone keinen Schlüssel gefunden«, erklärte Frauke Thomas Schwarczer. »Das überrascht mich nicht. Vermutlich haben die Täter, wenn wir davon ausgehen, dass es mehrere waren, sie dem Opfer abgenommen.«

Beim Betreten der Wohnung sahen sie, warum. Jemand hatte die Räume gründlich durchsucht und sich dabei nicht der Mühe unterzogen, es zu verbergen. Die Schubladen waren geöffnet, die Inhalte auf den Boden ausgekippt. Das galt auch für die Schränke. Selbst in der Küche waren die Schränke leer geräumt. Allerdings hatten die Besucher darauf verzichtet, das Porzellan zu zerschlagen. Ihnen war es nicht auf Zerstörung angekommen. Sie hatten etwas gesucht.

»Vermutlich dasselbe wie wir«, sagte Frauke. Sie musste nicht mehr ausführen. Schwarczer hatte ihren unausgesprochenen Gedanken erraten.

Sie unternahmen den Versuch, noch etwas zu finden, was die vorherigen Besucher vielleicht übersehen hatten. Es war ein vergebliches Hoffen. Alle persönlichen Gegenstände waren verschwunden. Es gab keine Bilder, keine Briefe oder Kontoauszüge, keine Rechnungen oder Notizen. Selbstverständlich hatten die Täter auch Notebook und Datenträger mitgenommen, falls sie vorhanden gewesen waren.

»Die Leute waren gründlich. Sie haben dem Opfer auch das Handy abgenommen«, sagte Frauke. »Ich hatte nichts anderes erwartet. Die Organisation arbeitet schnell und gründlich. Und konsequent. Ordern Sie die Spurensicherung, Schwarczer«, wies sie ihren Kollegen an. »Vielleicht finden die noch etwas, was wir und die Täter übersehen haben.«

Anschließend fuhren sie zur Justizvollzugsanstalt und ließen Bernd Richter vorführen.

Der ehemalige Hauptkommissar hatte eingefallene Wangen. Die Augen lagen tief in den Höhlen. Er war schlecht rasiert, sodass die dunklen Bartstoppeln Schatten warfen. Mit unstetem Blick musterte er abwechselnd Frauke und Schwarczer. Es war unübersehbar, dass die Haft an seinen Nerven zerrte. Frauke hoffte, dass der Druck der Untersuchungshaft, der nicht zuletzt durch die Mithäftlinge ausgeübt wurde, Richter irgendwann weich werden ließ.

In jedem Gefängnis gab es eine Hierarchie, die die Häftlinge untereinander ausmachten. Kinderschänder und ehemalige Polizeibeamte standen auf der untersten Sprosse. Da half auch Richters möglicherweise herausragende Position in der Organisation nichts. Vielleicht lag es auch daran, dass in dieser JVA keine Unterstützer für Richter einsaßen. Diesen Gedanken wollte Frauke verfolgen.

»Na, Richter? Sie sehen nicht gut aus. Beißen Ihre Zellengenossen?«

»Fuck you.« Richter zeigte den Mittelfinger. So hatte er sich früher nie ausgedrückt.

»Es scheint einsam um Sie zu sein. Haben Sie keinen *Supporter* hinterm Stacheldraht? Sie müssen sich nur ein wenig gedulden. Wer aus Ihrer Truppe noch nicht auf Engesohde liegt«, damit nannte Frauke den Namen des Stadtfriedhofs, »der wird in einem der Krankenhäuser gesund gepflegt, damit er ebenso wie Sie die tägliche Vollverpflegung genießen kann. Aber nicht hier in Hannover. Wir werden Ihre Kumpel gut verteilen. In Wolfenbüttel, in Celle. Und an anderen reizvollen Plätzen. Es wird keine Unterstützung für Sie geben. Und Simone Bassetti hat gestanden. Haben Sie ihn schon von Weitem gesehen?«

Frauke ließ unerwähnt, dass sie angewiesen hatte, dass sich die beiden nicht begegnen sollten.

»Sie sind ein Führer ohne Volk. Das ist ein schlimmer Zustand.«

Frauke legte die Fingerspitze an die Nase, als hätte sie einen plötzlichen Einfall.

»Ach, noch etwas. Mateo Zafferano hat den kürzesten Weg. Wenn er seine Nierentransplantation gut überstanden hat, wird er in Wolfenbüttel zur Reha nur über die Mauer gereicht. Sie wissen, dass Ihre Klinik direkt an die dortige JVA grenzt.«

»Das ist nicht *meine* Klinik. Und Don Mateo kenne ich auch nicht.«

Frauke wechselte einen Blick mit Schwarczer. Sie ließ sich Zeit dabei, damit Richter es mitbekam. Dann lächelte sie süffisant.

»Der Aufenthalt hinter Gittern scheint Sie zu zermürben. Sie haben sehr schnell verlernt, was man Ihnen beigebracht hat. Richter. Richter.« Sie schüttelte den Kopf. »Ich sprach von Mateo Zafferano. Nicht von *Don Mateo*. So wird der Pate nur innerhalb der Organisation genannt. Ist das nicht blöde?«

Richter sprang auf und wollte zur Tür laufen. »Ich will hier raus«, schrie er.

»Natürlich. Das ist ein berechtigter Wunsch«, sagte Frauke amüsiert. »Äußern Sie ihn noch einmal in zwanzig Jahren. Dann dürfen Sie das Gefängnis verlassen und kommen direkt ins Pflegeheim, weil der Aufenthalt Sie fertiggemacht hat.« Frauke zeigte ihm Daumen und Zeigefinger, zwischen denen sie einen Zentimeter Platz gelassen hatte. »So klein, Richter.«

»Das ist Psychoterror, was Sie hier veranstalten«, rief der ehemalige Polizist und wischte sich den Speichel aus den Mundwinkeln.

»Psycho ist wesentlich harmloser als das, was Sie getan haben. Lars von Wedell haben Sie auf dem Gewissen. Kaltblütig von hinten erschossen. Einen jungen Kollegen, der Ihnen vertraut hat. Gibt es Widerwärtigeres, als auf diese Weise zu meucheln? Nicht nur die Zeit hinter diesen Mauern, sondern auch die Art und Weise, wie Sie sie verbringen werden, wird sehr unangenehm. Sie wissen, dass sich viele Abhängige unter Ihren Mitbewohnern befinden. Die würden alles dafür geben, um an Stoff zu kommen. Wie reagieren diese Leute, wenn sie erfahren, dass Sie, Richter, einer der Bosse eines Drogenkartells sind, der auch im Knast uneingeschränkt an Stoff kommt, aber nichts abgeben will?«

Richter trommelte mit beiden Fäusten auf die Tischplatte. »Ich will hier raus«, schrie er. Mit wirrem Blick sah er Frauke an. »Und ich werde hier herauskommen. Schneller, als du glaubst, du Schlampe.«

Frauke nahm die Beschimpfung gelassen hin. Sie hatte Richter an den Punkt geführt, an dem sie ihn haben wollte.

»Vielleicht sollten Sie es mit einem guten Anwalt probieren. Wie wäre es mit Dr. Eigelstein? Oder Dottore Carretta? Ach, den können Sie nicht nehmen. Stimmt. Der vertritt zwar viele Mitglieder der Gang, aber er rät ihnen stets, ihre Schuld zu bekennen. Vielleicht manchmal auch ein wenig mehr, um damit von denen abzulenken, die noch draußen sind. Ich vermute, dass der Advokat diese Taktik zuvor mit den Bossen bespricht und deren Entscheidung dann hinter die Gefängnismauern trägt. Das klappt bei Ihnen nicht. Sie sind ja einer der Bosse.«

Richter legte sich über die Tischplatte und beugte sich ganz an Schwarczer heran. »Die spinnt doch, die Alte. Die ist doch nicht ganz dicht. Jakob Putensenf hatte völlig recht. Oder ist das ein Hormonproblem?«

Schwarczer saß bewegungslos da und wich Richters Blick nicht aus. Er schwieg. Manchmal war er sogar Frauke unheimlich.

»Wenn Sie mir ein Hormonproblem andichten wollen, Richter, dann wüsste ich, wie ich das beseitigen könnte. Aber Sie?«

»Ich komm hier raus«, schrie Richter. »Ich komm hier raus.«

Frauke stand auf, weil der ehemalige Hauptkommissar einen hysterischen Anfall bekommen hatte. Immerzu schrie er diese Worte, auch als ihn der Vollzugsbeamte der JVA gemeinsam mit zwei zu Hilfe geeilten Kollegen abführte. Sie mussten Richter förmlich über den gefliesten Boden schleifen.

»Das dauert nicht mehr lange«, sagte Frauke zufrieden, als sie gingen. »Und da wir so gut in Form sind«, sagte sie fast fröhlich, »statten wir jetzt Igor Stupinowitsch einen Besuch ab.«

Das weiße Haus in der Scharnhorststraße im vornehmen Zooviertel lag friedlich da. Lag es am Regen, dass weit und breit kein Passant zu sehen war? Sie hatten Glück. Die Haustür stand offen. Sie klingelten an der Wohnungstür, aber nichts rührte sich.

Frauke blieb hartnäckig. Sie legte den Zeigefinger auf die Lippen und wählte Stupinowitschs Handy an. Deutlich war der Klingelton durch die Wohnungstür zu vernehmen. Der Mann war zu Hause.

Schwarczer schlug mit der flachen Hand gegen das Holz, dass die Tür im Rahmen vibrierte. Irgendwo im Haus wurde eine Tür geöffnet, und jemand rief: »Eh, was ist da los?«

»Wir sind von der Polizei«, antwortete Frauke laut, sodass es nicht nur der Nachbar, sondern auch der Wohnungsinhaber hören musste. »Wir wollen zu Stupinowitsch.«

»Warum das?«, fragte die Stimme.

»Warten Sie ein paar Minuten, dann sagen wir es Ihnen«, rief Frauke.

Kurz darauf wurde die Wohnungstür geöffnet, und Igor Stupinowitsch erschien. Er war unrasiert und trug einen seidenen Morgenmantel.

»Seien Sie leise«, sagte er wispernd. »Dürfen Sie das überhaupt?« Dann bat er sie in die Wohnung und führte die Beamten in das Zimmer, das sie schon vom ersten Besuch kannten.

»Stupinowitsch«, begann Frauke, wurde von dem Weißrussen aber unterbrochen.

»*Herr* heißt das.«

»Es freut mich, dass Sie gut mit unserer Sprache vertraut sind. Es wird eng für Sie. Wir haben Sie umzingelt. Die Lucky Holding in Wolfenbüttel ist aufgeflogen.«

Stupinowitsch versuchte ratlos auszusehen.

»Was ist damit? Ich glaube, daran bin ich beteiligt.«

»Nun spielen Sie uns hier nicht den dummen Affen vor«, herrschte Frauke ihn an, sodass der Mann sie irritiert ansah. Mit einem solchen Frontalangriff hatte er nicht gerechnet. »Sie wissen genau, mit welch schmutzigen Geschäften Sie Ihr Geld verdienen. Wir haben das Geflecht um die Reichenberger Immobilien Verwaltung, die diversen Vermögensverwaltungen und die Lucky Holding enttarnt. Sie haben sich alle Mühe gegeben, den Weg des gewaschenen Geldes zu verschleiern. Aber es reichte nicht.«

Stupinowitsch hielt die Hände vors Gesicht und stöhnte: »*Bozhe moĭ. To, chto bylo so mnoĭ sdelali?*«

Frauke wollte ihn gerade anschnauzen, dass er Deutsch mit ihr reden sollte, als Schwarczer leise übersetzte: »›Mein Gott. Was hat man mir angetan.‹«

Stupinowitsch riss sich fast die Hände vom Gesicht. Er gab sich keine Mühe, seine Überraschung zu verbergen.

»*Moĭ drug*! Woher kennst du meine Sprache?«

»Ich bin nicht Ihr Freund«, erwiderte Schwarczer höflich, aber bestimmt.

»Nun heulen Sie uns hier nichts vor. Sie haben genau gewusst, worauf Sie sich eingelassen haben.«

Stupinowitsch schlug sich mit der Faust auf die Brust, als würde er sich geißeln wollen. »Es ist nicht gut, wenn man sogenannten Freunden vertraut. Erst das Pech mit dem ungetreuen Danielo Bataligia –«

»Sie wollen nicht behaupten, dass Sie nichts von den Geschäften in Ihrem Bordell geahnt haben?«

»Ich bin ein Businessmann«, jammerte Stupinowitsch. »Natürlich wusste ich, dass sich in meinem Klub in der Reitwallstraße Männer vergnügen. Warum auch nicht? Die Deutschen und wir Russen sind uns ähnlich. Beide Völker lieben das Schöne, nicht wahr, Madame?«

»Sparen Sie sich solche Sprüche.«

»Aber ... Madame. Haben Sie eine Vorstellung, wie teuer die Renovierung des Klubs ist, damit es dort wieder mit rechten Dingen zugeht?«

»Und der Gemüsehandel mit Ihrer Heimat?«

»Ich tue Gutes, wenn ich meine darbenden Landsleute mit frischem Gemüse beliefere.«

»Hören Sie mit dem Blödsinn auf. Die Ware ist nach dem Ausladen vergammelt. Es ging Ihnen nur um den getarnten Schmuggel schmutziger Arzneimittel nach Deutschland.«

Erneut schlug sich Stupinowitsch an die Brust.

»Ich frage Sie ehrlich: Man ist umgeben von Leuten, die einen ausnutzen. Wie kann ich die Bösen erkennen? Dazu muss man ein geübtes Auge wie Sie haben. Wenn Sie nicht mehr bei der Polizei arbeiten möchten, so könnten Sie mich beraten, damit ich nicht mehr auf solche Menschen hereinfalle. Ich zahle gut.«

Das war nicht nur ein gut getarnter Bestechungsversuch, sondern gleichzeitig auch das Bestreben, sich als der Hintergangene darzustellen. Es fehlte an handfesten Beweisen gegen den Weißrussen. Das wusste auch Stupinowitsch.

»Ihre Geldwaschanlage ist aufgeflogen«, sagte Frauke.

»Ich habe nur investiert. Das wird Ihnen auch mein Anwalt bestätigen. Alle anderen Dinge hat mein Partner organisiert.«

Frauke horchte auf. Boccone hatte schon angedeutet, dass es hinter den Kulissen knirschte.

»Hat Don Mateo Sie über den Tisch gezogen?«

Erneut zeigte Stupinowitsch eine unfreiwillige Reaktion, als Frauke den Namen des Italieners nannte. Seine Augenlider flackerten nervös.

»Don Mateo ist mein Freund. Ein Ehrenmann.«

»Das passt. Wir sprechen bei der Mafia auch von der ehrenwerten Gesellschaft. Nun würde mich interessieren, wer von Ihnen der Pate ist, der hinter den ganzen Verbrechen steckt?«

»Verbrechen?«, echote Stupinowitsch. »Herrje. Was sagen Sie da. Welche Verbrechen?«

Frauke zählte auf, was sie und ihr Team bisher gegen die Organisation ermittelt hatten. Sie hatte keinen Anlass, etwas zurückzuhalten. Stupinowitsch war nicht der Ehrenmann, als der er sich hier präsentieren wollte. Für Frauke reduzierte sich der Kreis der Männer, die im Hintergrund die Fäden zogen, auf vier Namen. Ihr Gegenüber, Don Mateo, möglicherweise Bernd Richter und der unheimliche Georg, der es geschafft hatte, sie einzuwickeln, sodass sie alle Vorsichtsmaßnahmen und jedes Fingerspitzengefühl hatte vermissen lassen. Mein »Animus« hat mich verlassen, dachte sie und meinte damit nicht den Glauben an anthropomorphe seelische Mächte, sondern die innere »Ahnung«, die der Husumer Große Jäger schlicht als »mein Bauchgefühl« bezeichnen würde.

Ein Hauch Blässe zeigte sich auf Stupinowitschs Antlitz.

»Das alles hat Don Mateo hinter meinem Rücken begangen? Das kann ich nicht glauben.« Er schüttelte den Kopf. »Ich habe ihn immer für meinen Freund gehalten.« Stupinowitsch beugte sich vor, faltete die Hände wie zum Gebet und streckte sie gen

Himmel. »Was raten Sie mir? Ich werde sofort meinen Anwalt konsultieren.«

»Dr. Eigelstein.«

»Ein tüchtiger Mann. Er hat mich in allen geschäftlichen Dingen gut beraten.«

»Dann sollten Sie ihn fragen, ob er auch Ihre Strafverteidigung übernimmt. Sonst müssten Sie Dottore Carretta bitten.«

»Ich habe volles Vertrauen zu Dr. Eigelstein. Wer ist der andere, Dr. Lametta?«

Frauke unterließ es, den falsch ausgesprochenen Namen des Advokaten zu korrigieren. Stattdessen tippte sie sich mit dem Zeigefinger gegen die Stirn.

»Wir haben ein gutes Gedächtnis. Ich habe Sie mit Don Mateo, Giancarlo Rossi und dem Anwalt in dem Restaurant im Zooviertel getroffen.«

Stupinowitsch war ein schlechter Schauspieler. »Ach, den alten Herrn meinen Sie. Der ist Anwalt? Don Mateo hatte die beiden Herren als Gäste mitgebracht.«

»Und worüber haben Sie gesprochen?«

Der Weißrusse tat, als müsse er überlegen. »Ich erinnere mich. Mit Rossi hatte ich geschäftlich zu tun. Der hatte diesen fürchterlichen Unfall.«

»Das war kein Unfall. Der Mann ist ermordet worden.« Frauke erinnerte sich, dass sie Stupinowitsch gegenüber eine Andeutung gemacht hatte, dass die Polizei Rossi für einen Mittäter hielt. Wenig später hatte der Italiener sterben müssen. Für Frauke war das ein weiterer untrüglicher Beweis für die Vernetzung von Stupinowitsch und Don Mateo.

»Schlimm. Schlimm«, sagte Stupinowitsch.

»Und welche Rolle hat der Anwalt bei diesem Gespräch gespielt?«

»Das weiß ich auch nicht«, erwiderte Stupinowitsch. »Ich glaube, Don Mateo hatte ihn dabei, damit er ihn rechtlich berät. Es ging schließlich um vertragliche Angelegenheiten.«

»Was haben Sie geplant?«

Stupinowitsch winkte ab.

»Das hat sich erledigt. Die Leute sind tot für mich. Alle.«

»Hoffentlich nehmen Sie das nicht wörtlich«, sagte Frauke und stand auf. »Wir werden Sie unter Beobachtung halten. Haben Sie vor, in der nächsten Zeit zu verreisen?«

»Ich bin Geschäftsmann und ständig unterwegs.«

»Dann sollten Sie in Hannover bleiben und hier Ihre Geschäfte abwickeln. Vielleicht macht es Sinn, die Verbindung zu den Italienern abzubrechen und auf weitere gemeinsame Unternehmungen zu verzichten.« Sie streckte ihm den Zeigefinger entgegen und bewegte ihn wie in einer Drohgebärde. »Nun haben Sie von mir einen guten Rat bekommen. Und das völlig kostenfrei.«

Sie ließen einen verunsicherten Igor Stupinowitsch zurück. Trotz aller nach außen gezeigten Gelassenheit begann der Weißrusse die Nerven zu verlieren. Fraukes Ansinnen war aufgegangen. Sie hatte die Saat der Zwietracht erfolgreich ausgebracht.

Im Landeskriminalamt wurden sie von Nathan Madsack erwartet.

»Es gibt Neuigkeiten«, strahlte der Hauptkommissar und begann schon auf dem Flur zu berichten, während er neben Frauke herwatschelte. »Die Analyse der Buchhaltung und die Auswertung der beschlagnahmten Computer bestätigt unsere Vermutung, dass die gewaschenen Gelder über die fingierten Pensionserlöse bei Reichenberger in Braunschweig zusammengelaufen sind. Von dort wurden die Gelder über die sogenannten Vermögensverwaltungen zur Lucky Holding weitergeleitet. Die hat, nachdem alles ordnungsgemäß versteuert worden ist, den Gewinn an die beiden Gesellschafter ausgeschüttet. Mit den aus illegitimen Geschäften generierten Gewinnen hat die Organisation übrigens kräftig in legale Objekte investiert. Wer Anteile an diesem Firmengeflecht besitzt, ist ein gemachter Mann. Das ist wie eine Gelddruckmaschine. Die haben Objekte erworben, teilweise saniert und weiterverkauft. Es ist sicher auch zu prüfen, warum manche Eigentümer weit unter Marktpreis an Reichenberger veräußert haben. Ob bei denen, die sich vertrauensvoll an die Immobiliengesellschaft gewandt haben, ein Kommando der Organisation erschienen ist und den potenziellen Verkäufern klargemacht hat, dass sie ihre Preisvorstellungen zugunsten Reichenbergers reduzieren sollen, prüfen die Kollegen vor Ort.«

Sie hatten Fraukes Büro erreicht. Madsack stand vor ihrem Schreibtisch und holte tief Luft. Sein langer Vortrag während des Gehens hatte ihn atemlos werden lassen.

»Was ist mit Herbert L'Arronge und Vittorio Gasparone?«

»Von beiden haben wir noch nichts gehört. Die sind untergetaucht und bleiben verschwunden. Das ist aber noch nicht alles.« Er sah Frauke an und wartete auf ein Lob. Für Frauke hatte sein Verhalten Ähnlichkeit mit dem eines Hundes, der für ein vollbrachtes Kunststück ein Leckerli erwartete.

»Was gibt es sonst noch?«

»Der Abgleich der Phantombilder, die wir aufgrund der Aussagen der Pensionsinhaber angefertigt haben, war erfolgreich.«

»Ja? Und? Haben wir einen Namen?«

Madsack nickte. »Es gibt fast keine Zweifel mehr, dass es Alessandro Boccone war.«

»Das würde Sinn machen«, sagte Frauke nachdenklich. »Mir gegenüber hat Boccone gesagt, dass er als ›Buchhalter‹ für die Organisation tätig war.« Frauke spreizte ihre zehn Finger, hielt sie in die Luft und klappte hintereinander fünf Finger ab. »Es ist wie bei den zehn kleinen Negerlein, Madsack. Die Organisation verliert immer mehr ihrer Leute. Es wird nicht mehr lange dauern, bis der Pate selbst das Geld einsammeln muss.«

»Über die Verträge haben wir auch den Namen des angeblichen Mieters bei den Pensionen herausgefunden. Da war die Organisation ziemlich einfallslos.«

»Kennen wir das Unternehmen?«

Madsack schüttelte den Kopf. »Das gibt es nicht. Die Adresse lautet ›Hohenzollernring‹. Es ist eine wunderschöne alte Stadtvilla gegenüber der Musikhochschule, in der ein renommierter Arzt und ein Institut für Gesundheitscoaching untergebracht sind. Die sind über jeden Verdacht, mit unlauteren Machenschaften in Verbindung zu stehen, erhaben.«

»Moment«, stoppte Frauke. »Unweit davon wurde doch Boccone ermordet aufgefunden?«

»Schon«, sagte Madsack gedehnt. »Das ist aber Zufall.«

»Hoffentlich haben Sie recht«, erwiderte Frauke skeptisch.

»Ganz bestimmt. Die haben seit Jahren einen exzellenten und

untadeligen wissenschaftlichen Ruf.« Sie sah auf die Uhr. Es wurde Zeit, den Georgsplatz aufzusuchen. Dort war sie ›Georg‹ das erste Mal begegnet. Vielleicht fand sie Biker, die ihr bei der Suche nach seiner wahren Identität behilflich sein konnten.

Im Treppenhaus traf sie den Mitarbeiter der Kriminaltechnik, dem sie ihren Kühlschrankinhalt zur Analyse anvertraut hatte. Er war mit einem halben Dutzend Kollegen auf dem Weg in die Kantine.

»Ach, Frau äh …«, sagte er so laut, dass die ganze Gruppe aufhorchte und stehen blieb. »Die Lebensmittel … Ich würde das nicht mehr essen.«

»Also haben Sie etwas gefunden?«

»Das nicht, aber um ein paar abgelaufene Lebensmittel zu analysieren, war das mit reichlich Aufwand verbunden. Die interne Abrechnung der Laborkosten geht an Herrn Ehlers?«

Frauke überlegte kurz, ob sie die Kosten selbst übernehmen sollte. Aber das hätte sie auch in Erklärungsnot gebracht.

»*Funny Money*«, sagte sie.

»Was, bitte?«

»*Funny Money*. So nennt man es in der Wirtschaft, wenn innerhalb eines Unternehmens die einzelnen Betriebsteile interne Leistungen gegeneinander verrechnen. Geld, das nicht wirklich existiert.«

»Versuchen Sie das nächste Mal, von Ihrem Kühlschrankinhalt selbst zu kosten«, riet ihr der Labormitarbeiter, bevor er lachend seinen Weg fortsetzte.

Frauke nahm den Wagen, um den Kern der Innenstadt zu umrunden, und steuerte den Georgsplatz an. Es war eine Enttäuschung, obwohl sie nichts anderes erwartet hatte. Bei dem heute herrschenden Regen hatte sich kein einziger Biker auf dem Platz eingefunden. Missgelaunt kehrte sie zum Landeskriminalamt zurück und verschanzte sich hinter ihrem Schreibtisch.

Sie schreckte auf und warf dem Telefon auf dem Schreibtisch einen bösen Blick zu, bevor sie den Hörer abnahm.

»Knast Hannover, Mahlstedt«, meldete sich eine sonore Stimme.

»Bitte?«

Ein tiefes Lachen, das eher einem Brummen ähnelte, kam aus der Leitung.

»Justizvollzugsanstalt Hannover. Das ist viel zu lang. Wenn ich mich anders melde, weiß jeder, von wo aus ich anrufe. Man hat mir verraten, dass einer unserer Langzeitgäste ein Zögling von Ihnen ist.«

»Bernd Richter?«

»Jo. Und weil der wohl in Sorge darum ist, einem gestrengen Namensvetter gegenübertreten zu müssen, hat er anwaltlichen Rat eingeholt.«

»Dottore Alberto Carretta?«, riet Frauke.

»Jo. Da wir Beamte im Allgemeinen schlecht entlohnt werden, sollten Sie versuchen, ein wenig als nebenberufliche Hellseherin dazuzuverdienen.«

»Und Sie? Arbeiten Sie nach Feierabend als Maurer, weil bei Ihnen keine Fuge bleibt, durch die etwas entschlüpfen könnte?«

»Nee.« Frauke schien es, als wenn das Grinsen Mahlstedts aus dem Telefonhörer dringe. »Ich habe einen Nebenjob bei der Feuerwehr, weil ich nichts anbrennen lasse. Was haben Sie heute Abend vor?«

»Moment«, erwiderte Frauke, wartete einen Augenblick und fuhr fort: »Ich habe auf den Nummernautomaten gesehen, den ich für diese Situation installiert habe. Vor Ihnen sind noch vierunddreißig andere Herren dran.«

»Schade. Dann werde ich heute Abend doch mit meiner Frau vorliebnehmen müssen.«

»Vergessen Sie die Schwiegermutter nicht.«

Mahlstedt stöhnte theatralisch auf. »Bis eben waren Sie mir sympathisch.«

»Nutzen Sie Ihre Kräfte, um Richter zu bewachen.«

»Der entkommt mir nicht. Dem schmiede ich eine Kugel ans Bein.«

Hoffentlich reicht das, dachte Frauke, da Richter so selbstsicher davon ausging, bald wieder frei zu sein. Sie wünschte Mahlstedt einen schönen Tag.

Also doch Dottore Carretta. Zu gern hätte Frauke gewusst, ob Richter sich nach ihrem Besuch in der JVA an den Anwalt gewandt hatte oder die Organisation dem ehemaligen Polizisten den Juristen aufgezwungen hatte, um ihm auf diese Weise Anweisungen zukommen zu lassen.

Sie rief beim Finanzamt Braunschweig an. Es war nicht zuständig. Beim zweiten Versuch wurde sie mit Frau Sonnenschein verbunden.

Die Finanzbeamtin zeigte sich reserviert und wollte keine Auskünfte geben. Sie war vorsichtig und wollte erst mit Frauke sprechen, nachdem sie diese beim LKA zurückgerufen hatte.

»Ich bitte um Ihr Verständnis, aber ich kann Ihnen weder telefonisch noch auf andere Weise behilflich sein.«

»Ich verstehe Ihre Pflicht zur Verschwiegenheit. Können Sie mir nicht verraten, dass es auch ehrliche Steuerzahler gibt?« So großzügig das Finanzamt auch den Datenschutz zu seinen Gunsten unterlief und illegal erworbene Daten von angeblichen Steuersündern käuflich erwarb, so verschwiegen ging es mit Informationen um, die ihm über die Steuerpflichtigen bekannt wurden.

»Wie meinen Sie das?«, fragte Frau Sonnenschein, die ein wenig gehetzt wirkte.

»Steht jemand hinter Ihnen?«, fragte Frauke.

»Nein. Ich bin eine alleinerziehende Mutter und muss nach Hause, ganz bis Goslar. Mein Sohn … Die Schule …«, beließ sie es bei Andeutungen.

»Es geht um vielfachen Mord«, sagte Frauke. »Ich möchte Sie nicht zum Bruch des Steuergeheimnisses verleiten, aber Sie könnten uns sehr behilflich sein.«

Frau Sonnenschein schwieg. Frauke nahm zur Kenntnis, dass sie nicht protestierte.

»Frau … Ich habe Ihren Vornamen nicht verstanden.«

»Gaby Sonnenschein«, verriet die Frau.

»Ihr Name ist Programm«, schmeichelte Frauke. »Ich möchte Ihnen jetzt ein paar Firmennamen nennen und nur wissen, dass alle Unternehmen unauffällige Steuerzahler sind.«

Gaby Sonnenschein hörte sich alle Namen an, notierte sie, bat um etwas Geduld und bestätigte schließlich, dass es sich um steuerlich völlig unauffällige Unternehmen handelte.

»Sie sind hier übrigens mit der Rechtsbehelfsstelle verbunden«, klärte sie Frauke auf. »Gibt es, hm ... Anhaltspunkte, die für unsere Prüfer von Interesse sein könnten?«

»Ich darf Ihnen auch nichts verraten«, sagte Frauke. »Aber wenn ich zwei verschiedene Kandidaten für die nächsten Prüfungen hätte, würde *ich* nicht knobeln, wen ich zuerst besuchen würde. Das war ein nettes ›Nichtgespräch‹«, bedankte sich Frauke zum Abschied.

Während des Telefonats hatte sich ihr Mail-Programm gemeldet. Madsack teilte ihr mit, dass die italienischen Behörden überraschend schnell geantwortet hatten. Natürlich kannte man Don Mateo Zafferano. Er war ein bekannter Wohltäter in seiner Heimatregion, ein Mäzen und ein überaus ehrbarer und untadeliger Ehrenmann. Seit Generationen war die Familie in vielen Geschäftsbereichen erfolgreich tätig, galt als wohlhabend, und Zafferano war als Unternehmer das Aushängeschild der Provinz Benevento, die in der Region Kampanien lag.

Das hatte Frauke nicht anders erwartet. Über Vittorio Gasparone, den Geschäftsführer, hatte Madsack noch angefügt, gab es keine Informationen.

Necmi Özden lag immer noch im Klinikum Nordstadt und war nicht ansprechbar. Der vor dem Krankenzimmer wartende Beamte hatte sich gemeldet und mitgeteilt, dass ein Rechtsanwalt vorstellig geworden war und zu Özden wollte, aber von den Ärzten keinen Zutritt erhalten hatte. Eine Krankenschwester hatte das dem Beamten vertraulich mitgeteilt, nachdem sich ein Besucher, der nicht vorgelassen wurde, auch nicht ausweisen wollte. Der Polizist hatte eine gute Beschreibung abgegeben. Für Frauke bestand kein Zweifel, dass es sich um Dottore Alberto Carretta handelte.

»Dann können wir den Fall bald abschließen«, sagte sie zu sich selbst. »Der Dottore wird Özden raten, ein Geständnis abzulegen.« Frauke war gespannt, mit welcher Notsituation der Anwalt Özdens Morde rechtfertigen würde.

Sie beauftragte Schwarczer, alle Informationen zusammenzutragen, die über Igor Stupinowitsch vorlagen. »Ich hätte auch keine Einwände, wenn Sie Ihr Ohr im Rotlichtviertel auf das Pflaster legen würden«, ergänzte sie. »Es reicht mir ein informeller Bericht. Ein Protokoll können Sie sich sparen.«

Madsack und Putensenf erhielten den Auftrag, nach Kontakten von Alessandro Boccone zu forschen. Auch wenn der Buchhalter der Organisation bis zu seinem beabsichtigten Verrat verschwiegen gewesen war, so musste er irgendwelche Leute getroffen haben.

»Eine Frau«, sagte Frauke, »Freunde. Wo verkehrte er? Bankverbindung? Restaurant? Tankstelle? Supermarkt?« Sie fügte an, dass sie kurzfristige Ergebnisse wünsche.

In ihre Anweisungen hinein meldete sich der Empfang. »Hier ist jemand, der von der Inspektion Ost zu uns geschickt wurde. Die Frau möchte mit jemandem sprechen, der mit dem Mord in der Eilenriede zu tun hat.«

»Dann schicken Sie sie zu mir hoch.«

»Das geht nicht. Sie müssen Ihren Besuch schon selbst abholen. Und Ihr Laufbursche bin ich schon gar nicht.«

Niedersachsen!, dachte Frauke grimmig und machte sich auf den Weg. Vieles war in Flensburg einfacher gewesen. Aber wenn man es ehrlich betrachtete, war die überschaubare Dienststelle im Norden auch wesentlich kleiner gewesen.

Sie wurde ungeduldig von einer zur Rundlichkeit neigenden Frau erwartet, die aufgeregt von einem Bein auf das andere trat und Frauke erwartungsvoll entgegensah.

»Ich möchte zu dem Herrn, der für den Mord in der Eilenriede zuständig ist. Wissen Sie, der von heute Morgen.«

»Mein Name ist Dobermann. Ich bin die zuständige Ermittlungsleiterin«, sagte Frauke.

»Sie?« Es klang erstaunt. »Kein Oberinspektor?«

»Bei uns heißt es Kommissar«, belehrte Frauke die Frau und führte sie in ihr Büro. Dort fragte sie nach dem Namen.

»Waltraud Heimlich.« Sie kicherte dabei. »Da haben sich meine Freundinnen früher lustig gemacht, als ich mich mit meinem damaligen Mann im Park getroffen habe, nach Einbruch der Dunkelheit. Die trifft sich heimlich mit dem Heimlich, haben die mich geneckt.«

»Sie haben etwas beobachtet?«, fragte Frauke direkt, da sie nicht an den Familiengeschichten der Zeugin interessiert war. Doch die ließ sich nicht ablenken.

»Der Guschi hat sich schon vor Jahren davongemacht. Ganz heimlich. Wie der Name schon sagt. Ist das nicht lustig?« Erneut kicherte sie. »Jetzt wohne ich schon lange mit Josip zusammen.« Sie hielt ihre Hände in die Höhe. »Aber verheiratet sind wir nicht.«

»War Ihr Lebenspartner bei Ihrer Beobachtung gegenwärtig?«

Frau Heimlich sah Frauke an und öffnete den Mund. In ihrem Gesicht spiegelte sich Ratlosigkeit wider. Sie hatte Fraukes Frage nicht verstanden.

»Sie haben etwas gesehen. Waren Sie dabei allein, oder war Josip bei Ihnen?«

»Nee. Ich war allein. Josip ist zuckerkrank, wissen Sie. Deshalb geht er früh schlafen, während ich immer keine Ruhe finde. Mir zuckt es oft in den Beinen. Darum bin ich gestern noch mal weg, um bei Heinzi ein paar alte Freunde zum Klönen zu treffen. Als ich wieder zurück bin, da hab ich sie gesehen.«

»Wen?«

»Na, die zwei Männer. Die sind da aus dem Wald raus, gleich vorn, an der Ecke von der Bödeker. Ich wohn gleich da drüben in der Heinrichstraße. Grade gegenüber vom Hotel. Die hatten das richtig eilig, um zu ihrem Wagen zu kommen.«

»Was für ein Fahrzeug war das?«

Waltraud Heimlich rieb sich das Doppelkinn. »Sagen Sie, gibt das eigentlich eine Belohnung? Josip hat gesagt, ich soll gleich danach fragen.«

»Sie sind verpflichtet, der Polizei bei der Aufklärung von Straftaten behilflich zu sein. Sie kommen damit auch Ihrer guten Bürgerpflicht nach.«

»Also keine Belohnung?« Es klang wie eine Enttäuschung. »Na, vielleicht kommt ja doch noch was. Was wollten Sie noch wissen? Ach ja. Das Auto. War so ein schwarzes, wie so ein Kleinlaster.«

»Haben Sie sich die Marke gemerkt?«

»Nee. Davon kenn ich nichts. Aber das Kennzeichen. Weil die doch wie die Verrückten davongeprescht sind. Ich hab mir noch gedacht: Junge. Junge. Haben die das eilig. Das war Zufall mit dem Kennzeichen. Also Hannover. Ist klar, nicht? Und dann war das WH. Gut, oder?«

Frauke notierte sich das Kennzeichen einschließlich der Zahlenkombination, die noch folgte, während die Frau ergänzte: »WH. Wie meine In Italien.«

»Initialen«, korrigierte Frauke und dachte daran, dass »Italien« ein gutes Stichwort wäre.

Es kostete sie Mühe, Frau Heimlichs Redefluss zu bremsen, ein schnelles Protokoll zu verfassen und die Frau wieder hinauszukomplimentieren.

Dann machte sie eine Halterabfrage. Auf das Kennzeichen war ein grüner Opel Corsa zugelassen.

Frauke variierte die Abfrage, bis sie als Suchergebnis auf einen schwarzen Toyota Land Cruiser stieß, der auf Romeo Carlucci zugelassen war. Als Anschrift war die Ferdinand-Wallbrecht-Straße angegeben.

Sie rief Schwarczer zu sich und forderte den Kommissar auf, sie zu begleiten.

Die Straße mit dem lebhaften Durchgangsverkehr war dicht mit Laubbäumen bestanden, die sich in einem prächtigen frühherbstlichen Farbkleid präsentierten. Das Grün war eine passende Begleitung für die Häuser mit den sehenswerten Fassaden, an deren Ornamenten und Friesen das Auge gern einen Moment verweilte.

Frauke schenkte dem keine Beachtung. Sie hatten einen Parkplatz vor einem Kiosk auf der gegenüberliegenden Straßenseite gefunden, vor dem ein Gestell mit mehreren Kaugummiautomaten Frauke an unschuldige Kindheitstage erinnerte.

Carlucci wohnte in einem Haus mit grauer Fassade, an dessen Erker im oberen Bereich zwei zornig dreinblickende Gipsgesichter prangten.

Frauke wies Schwarczer auf den dunklen Toyota hin, der ein paar Fahrzeuge weiter auf dem Randstreifen abgestellt war. »Er scheint zu Hause zu sein.«

Neben der Eingangstür hatte ein Sprayer sein *Tag* an die Wand geschmiert.

Sie hatten Glück. Die Haustür war nur angelehnt. Hintereinander gingen sie die Treppe hinauf, bis sie vor der Wohnungstür mit Carluccis Namensschild standen.

»Der Mann ist nicht ungefährlich«, wisperte Frauke. Sie überlegte, ob es sinnvoller wäre, Unterstützung durch das MEK anzufordern.

Schwarczer betätigte den Klingelknopf, nachdem die Beamten ihre Dienstwaffen gezogen und durchgeladen hatten. Lehrbuchmäßig stellten sie sich nicht direkt vor die Tür, sondern versetzt hinter den Mauervorsprung.

Nichts rührte sich, obwohl Frauke ein leises Scharren hinter der Tür zu hören glaubte.

Sie klopfte gegen das Holz.

»Aufmachen, Carlucci. Polizei!«, rief sie.

Sie hatte die Worte kaum ausgesprochen, als es dreimal hintereinander krachte, Holz splitterte und Geschosse in der gegenüberliegenden Wohnungstür eindrangen.

Erschrocken fuhren die beiden Polizisten zurück. So viel Aggression hatte Frauke nicht erwartet.

»Haut ab, ihr Bullenschweine!«, war eine männliche Stimme zu vernehmen. Frauke glaubte, sie zu erkennen. Es war die Stimme, die ihr mehrfach am Telefon Todesdrohungen übermittelt hatte.

Am Telefon hatte sich Carlucci immer bestimmt, aber gewählt ausgedrückt. Seine Wortwahl heute wich von seinem bisherigen Verhalten ab. Lediglich als er Drohungen gegen Schwarczer ausgesprochen hatte, war der Begriff »Russe« gefallen. Man hatte also nicht nur über Frauke Informationen vorliegen, sondern auch über den jungen Kommissar.

Zwei weitere Schüsse fielen. Erneut splitterte Holz. Das Türfutter ähnelte einem Sieb. Wenn sich Menschen in der anderen Wohnung aufhielten, würde es unverantwortlich gefährlich werden, überlegte Frauke und teilte Schwarczer ihre Befürchtungen mit.

»Ob er flüchten kann?«, fragte sie anschließend.

»Kaum«, erwiderte Schwarczer. »Zum Springen ist es zu hoch. Und eine Feuerleiter gibt es nicht. Er sitzt in der Mausefalle, und das weiß er.«

Wie zur Bestätigung schoss Carlucci erneut durch die Tür.

Schwarczer gab Frauke ein Zeichen, dass sie sich etwas weiter hinter den Mauervorsprung zurückziehen solle. Sie dachte, es wäre eine Vorsichtsmaßnahme, und war überrascht, als der Kommissar plötzlich vorsprang, gegen die Tür trat und sofort wieder in Deckung ging. Mit einem Krachen brach die Tür aus der Füllung, schlug gegen die Wand und pendelte wieder zurück.

Frauke hielt ihre Waffe um die Mauerecke und gab einen Schuss ab, der hoch oben in die Decke schlug. Sie wollte damit ein Zeichen setzen, ohne gezielt auf einen Menschen zu schießen. Noch einmal antwortete die Waffe Carluccis. Dann war es still.

»Geben Sie auf. Sie haben keine Chance«, rief Frauke. Er gab keine Antwort. Vorsichtig plierte sie um die Ecke, dann gab sie der Tür einen sanften Stoß, dass sie sich ganz öffnete. Der Flur war leer. Carlucci musste sich in einen der Räume zurückgezogen haben.

Sie nickte Schwarczer zu. »Los«, hieß es. Gleichzeitig sprangen die beiden Beamten los und stürmten in den Flur. Am ersten Zimmereingang hielt Frauke und sicherte um die Ecke. Nichts. Der Raum schien leer zu sein.

Schwarczer hatte sich an die gegenüberliegende Flurwand gepresst. Sein ganzer Körper schien vor Spannung zu bersten. Er wirkte wie eine Raubkatze, die zum entscheidenden Sprung ansetzt. Plötzlich federte er vor und war mit einem Satz in der offenen Tür. Die Pistole hielt er lehrbuchmäßig mit beiden Händen. Es dauerte keinen Lidschlag, bis Schwarczer in Kombatstellung im Türrahmen stand und zweimal schoss. Keine halbe Sekunde später stand Frauke neben ihm, die Waffe im Anschlag, und sah in den Raum.

Carlucci stand mitten im Zimmer, eine Pistole auf den Polizisten gerichtet, und starrte die beiden Beamten ungläubig an. Seine Finger versuchten krampfhaft, den Abzug der Pistole zu betätigen, aber es gelang ihm nicht mehr. Es schien eine Ewigkeit zu dauern, bis der Mann in den Knien einknickte und seitlich auf den Boden fiel. Die Waffe hielt er dabei immer noch mit dem Finger im Abzug fest.

Frauke warf Schwarczer einen schnellen Blick zu. Carlucci hatte auf sie geschossen, hatte ihren Tod billigend in Kauf genommen. Aber das war eine Hinrichtung. Es war wie bei einem Duell im Wilden Westen, dachte Frauke. Wer zuerst schießt, hat recht. Sie bückte sich nieder und kontrollierte Atem und Herzschlag.

Carlucci sah sie aus gebrochenen Augen an. Er stöhnte leise, dann begann er zu röcheln. Schaumiges Blut schoss aus seinem Mund, als er plötzlich krampfartig hustete.

Frauke sprang auf, griff ihr Handy und wählte den Notruf. »Schnell, einen Notarzt. Schwere Schussverletzung. Lebensgefahr«, sagte sie und gab die Adresse durch.

Sie zog den Kopf ein, als hinter ihr ein weiterer Schuss dröhnte. Schwarczer stand im Raum, hatte die Waffe Carluccis in der Hand und einen Schuss in die Wand abgegeben, etwa in Kopfhöhe ebender Stelle, an der er vorher gestanden hatte.

»Sind Sie wahnsinnig?«, brüllte Frauke ihn an. Sie war rasend vor Wut. Bei aller Abneigung gegen das Verbrechertum, gegen die Gewalt, die von diesen Leuten ausging, verabscheute sie Methoden dieser Art, auch wenn sie beim Überfall durch Necmi Özden auf sie und Georg genauso reagiert hatte.

Schwarczer legte die Waffe wieder an den Platz, an dem Carlucci sie hatte fallen lassen. »Das erfordert die Situation«, sagte er mit einer erschreckend kalten Stimme. »Sie kennen das.«

War das der Preis dafür, dass er zu ihren Gunsten gelogen hatte, als sie nicht preisgeben wollte, was sie nach Isernhagen geführt hatte?

Frauke sah ihm in die dunklen Augen, die sie emotionslos musterten und versuchten, in ihrem Mienenspiel zu lesen.

»Das hat Konsequenzen«, sagte sie.

Schwarczer zuckte nur die Schultern. »Notwehr«, sagte er lapidar. »Die Ermittlungen sind reine Routine.«

Frauke beugte sich zu Carlucci hinab. Blutiger Schaum hatte sich um die Lippen ausgebreitet. Die Augen waren starr und blickten leblos an ihr vorbei. Für ihn kam jede Hilfe zu spät.

***

Der weiße Fiat Fiorino mit der Aufschrift »Clean Partner« verließ das Firmengelände im Gewerbegebiet Hainholz.

Hanne Keltermann hatte ein merkwürdiges Gefühl im Magen. Plötzlich überkamen sie Zweifel, ob es richtig war, worauf sie sich eingelassen hatte. Nach der Zeit der Kinderbetreuung hatte ihr Ehemann sich von ihr getrennt und ihr die Verantwortung für die drei

Kinder überlassen. Erich war bei VW in Hannover tätig gewesen und einer der ersten Restrukturierungsmaßnahmen zum Opfer gefallen. Später hatte er seinen alten Arbeitsplatz wieder einnehmen können, als es wieder aufwärtsging, allerdings als Zeitarbeiter zu wesentlich schlechteren Konditionen. Er war bemüht, den Unterhalt für die Kinder aufzubringen, aber manchmal klappte es nicht, weil in seinem »neuen Leben« auch zwei hungrige Mäuler darauf warteten, gefüttert zu werden. Selbst wenn Erich seinen Verpflichtungen immer nachgekommen wäre, hätte das Geld nicht gereicht. Sie selbst hatte in ihren alten Beruf als kaufmännische Angestellte nicht zurückkehren können. Mit fadenscheinigen Begründungen hatte man sie abgelehnt.

»Hanne, als Frau bist du entweder zu jung, weil du noch keine Kinder bekommen hast und die Schwangerschaft droht, oder du hast Kinder, aber die könnten ja krank werden, was genauso schlecht für den Arbeitgeber ist. Hast du diese Jahre aber überwunden, bist du plötzlich zu alt, oder du hast den beruflichen Anschluss verpasst«, hatte ihre Freundin einmal erklärt.

Hanne hatte resigniert und den Job bei »Clean Partner« angenommen. Sie hätte sich früher nicht träumen lassen, dass sie einmal als Reinigungskraft tätig werden würde. Die Arbeit war schlecht bezahlt, sodass sie zwei Objekte übernommen hatte. Morgens ab fünf Uhr schrubbte sie ein Bürogebäude in der Innenstadt, abends hatte sie ein zweites Objekt, bei dem sie zur Objektleiterin aufgestiegen war. Irgendwie erfüllte es sie mit Stolz, dass es »ihr« Gebäude war, für das sie mit vier ausländischen Mitarbeiterinnen verantwortlich zeichnete. Früher waren es sechs Kolleginnen gewesen, aber ihr Chef hatte ihr erklärt, dass man neue und teurere Maschinen einsetzen würde, die es zu amortisieren galt und die es ermöglichten, die gleiche Arbeit mit weniger Personal zu bewältigen. Auf die neuen Maschinen warteten die Frauen bis heute.

Vor einigen Tagen hatte sie ein Mann angehalten, kurz nachdem sie das Firmengelände an der Meelbaumstraße verlassen hatte. Er hatte sich als Mitarbeiter der ersten Stunde und Vertrauter von Josef Beutel vorgestellt. Jeder in Hannover kannte Josef Beutel, der es vom Fensterputzer zum vielfachen Millionär gebracht hatte. »Clean Partner« war eines seiner Unternehmen.

Der Mann hatte sie angesehen. »So wie Sie hat unser Chef auch angefangen. Kaum einer weiß es noch, aber er ist mit Schrubber und Besen durch die Gänge gezogen. Wissen Sie eigentlich, welch verantwortungsvolle Aufgabe man Ihnen übertragen hat? Dort, wo Sie jetzt das Kommando führen, hat Josef begonnen. Nun wird er fünfundsiebzig. Und ist immer noch jeden Tag im Büro, um die Arbeitsplätze zu erhalten. Sie haben keine Vorstellung, wie sehr es Josef in den Fingern juckt, wie gern er, statt am Schreibtisch zu sitzen, wieder einmal sauber machen würde. Wir, seine engsten Freunde und Mitarbeiter aus der Konzernzentrale, haben uns deshalb eine besondere Überraschung ausgedacht. Wir möchten dem alten Josef eine besondere Freude bereiten. Und was wäre schöner, als ihn zu Hause abzuholen, zum Ort seines ersten Kunden zu fahren und ihn dort eine Schicht wieder putzen zu lassen. So wie damals.«

Das hatte Hanne Keltermann verstehen können.

»Die Überraschung soll aber wirklich gelingen. Deshalb darf niemand etwas erfahren. Auch nicht Ihr Chef. Holen Sie in zwei Tagen den Firmenwagen ganz normal ab und fahren Sie nicht sofort auf die Schulenburger, sondern biegen Sie in die Sokelantstraße ab. Dort übernehmen wir den Wagen. Und Sie und Ihre Kolleginnen haben an diesem Tag frei. Aber wie gesagt – kein Wort zu irgendjemandem. Mit Sicherheit wird sich Josef Beutel für Ihre Mitwirkung großzügig erkenntlich zeigen.«

Jetzt bog Hanne Keltermann ab. Es klang alles einleuchtend. Niemand hatte Josef Beutel bisher zu sehen bekommen, aber alle sprachen voll Ehrfurcht von dem Patriarchen. Man sagte, er konnte jähzornig werden und warf auch schon einmal mit Gegenständen um sich. Es war sicher besser, nicht den Spielverderber zu geben. Andererseits hatte der Mann sich nicht vorgestellt und keinen Namen genannt. Aber er musste ein Insider sein, sonst hätte er nicht Hanne Keltermann gezielt angesprochen und genau gewusst, welches Objekt sie betreute. Trotzdem war das merkwürdige Gefühl da. Obwohl sie ihren direkten Vorgesetzten nicht leiden konnte, hätte sie gern mit ihm gesprochen. Aber dem standen die Worte des Fremden entgegen. Hanne hatte sich ihrer Freundin anvertraut.

»Deine Chance«, hatte die geantwortet. »Mensch, Hanne. Tu das.«

Sie hielt hinter dem großen BMW mit den abgedunkelten Scheiben, an dessen Kotflügel sich der Mann, der sie angesprochen hatte, lässig lehnte. Sie stieg aus und übergab ihm die Auto- sowie den Generalschlüssel für das Objekt.

»Ich weiß nicht«, sagte sie zögerlich.

Der Mann hielt ihr die Schlüssel hin. »Dann nehmen Sie die zurück. Ich weiß nicht, wie Josef Beutel reagieren wird. Er sitzt dahinten im Auto«, dabei zeigte er auf den BMW, »und fiebert der Überraschung wie ein kleines Kind entgegen. Was er sich wohl denken wird, wenn ich ihm jetzt sage, dass alles geplatzt ist.« Der Mann zeigte erneut auf den BMW. »Winken Sie ihm zu, damit er Sie sieht.«

Schüchtern bewegte Hanne Keltermann die Hand.

»Was meinen Sie, wie Josef sich jetzt freut. Da«, jetzt wies der Mann nach vorn, »steht ein Taxi, das Sie jetzt nach Hause bringen wird.« Er beugte sich zu ihr herab und näherte sich ihrem Ohr. »Das holt Sie heute Abend auch wieder ab. Seien Sie aber nicht zu überrascht, wenn Josef selbst kommt und Sie mit seinem BMW abholt.«

Hanne Keltermann schluckte. Sie wollte noch etwas sagen, bekam aber vor Aufregung keinen Ton heraus.

»Bis dann«, sagte sie und ging zur wartenden Taxe.

»Die Fahrt ist schon bezahlt«, rief ihr der Mann hinterher.

Hanne Keltermann hatte es nur im Unterbewusstsein wahrgenommen. Ihre Gedanken waren vorausgeeilt. Was sollte sie anziehen, falls Josef Beutel später am Abend persönlich bei ihr vorfahren würde?

Der Mann grinste, als er sich umdrehte und zum BMW zurückging. Er stieg in den Wagen mit den abgedunkelten Scheiben ein und beobachtete, wie die Frau mit der Taxe davonfuhr.

»Los jetzt«, sagte er, und die drei Männer im Auto zogen sich die bereitgelegten Overalls an, die farblich der Dienstkleidung der »Clean Partner«-Mitarbeiter ähnelten, ohne deren Firmenemblem auf der Brusttasche zu tragen.

»Kann ich den Schlitten fahren?«, bettelte ein durch Akne gezeichneter junger Mann.

»Halt die Schnauze, Schlossarek«, fuhr ihn der Mann an. »Du Arsch machst uns alles kaputt. So ein Depp wie du kann mit dem Geschoss nicht umgehen.«

Alexander Schlossarek öffnete den Mund, als wollte er antworten, überlegte es sich dann aber doch anders und schwieg.

»Raffaele, du stellst den BMW an die verabredete Stelle. Wir fahren getrennt dorthin. Wir gabeln dich dann auf.«

»*Sì*, Carmelo«, antwortete Raffaele Buffolo, stieg aus, umrundete den BMW und setzte sich hinters Steuer.

»Beweg dich, du Saftsack«, fluchte Lunardini in Schlossareks Richtung, der die Limousine ebenfalls verlassen hatte.

»Scheiß-Itaker«, murmelte der junge Mann leise vor sich hin.

Lunardini hatte es gehört. Ansatzlos holte er aus und schlug Schlossarek mit der flachen Hand ins Gesicht, quer über Nase und Wange. Dann zog er seine Hand mit der scharfen Kante seines Rings über die aknegeschädigte Haut. Sofort blutete es.

»Nenn mich nie wieder Itaker, *cane rognoso*, verstanden? Das nächste Mal trete ich dir in die Eier.«

Ein wütender Blick streifte Carmelo Lunardini, als Schlossarek hinter ihm herging. Wortlos zwängte sich der junge Mann auf den Beifahrersitz des Fiat Fiorino und wischte sich mit dem Hemdsärmel das Blut aus dem Gesicht.

»Du Sau«, schrie ihn Lunardini an. »Willst du so zum Kunden? Und schnall dich fest. Ich will nicht auffallen, nur weil du so bescheuert bist.«

Carmelo Lunardini startete den Motor und fuhr los. Er reihte sich auf der Schulenburger Landstraße in den laufenden Verkehr ein und achtete sorgfältig darauf, nicht aufzufallen. Unterwegs schaltete er das Radio ein und suchte NDR 1 Niedersachsen.

Eine sympathische Frauenstimme sagte den nächsten Musiktitel an. »Und nun folgt ›Taxi nach Paris‹ von Felix De Luxe.«

»Muss das diese Rentnermusik sein?«, maulte Schlossarek. »Da gibt es andere Sender, die richtige Musik haben.«

»Halt endlich die Fresse!«, schrie ihn Lunardini an. Das wirkte, bis sie ihr Ziel erreicht hatten.

Der BMW stand schon in einer Parklücke in der Straße »Auf dem Emmerberge«. Raffaele Buffolo lehnte gegen das Fahrzeug und rauchte.

»Bist du bescheuert?«, herrschte ihn Lunardini an. »Was machst du mit deiner Kippe? Da sind jede Menge Spuren dran.«

»Scusa.«

»Eine Entschuldigung führt uns nicht weiter. Steck dir die Kippe in die Hosentasche. Kapiert? *Ne ho abbastanza di questo figlio di una cagna.*«

Dabei zeigte er auf Schlossarek, der nicht verstanden hatte, dass Lunardini sich beschwerte und meinte, ihm würde dieser Hurensohn reichen.

»Los, Arschloch, verkriech dich auf die Ladefläche«, wies Lunardini den jungen Mann an.

Buffolo drückte die Zigarettenkippe aus und ließ sie in der Streichholzschachtel verschwinden.

»Los denn«, sagte er, nachdem er auf dem Beifahrersitz Platz genommen hatte. Er hatte keinen Blick für die wunderbaren alten Stadthäuser aus der Gründerzeit, vor denen sie den BMW abgestellt hatten.

Schlossarek hatte kurz »Aua« gesagt, als er sich zwischen den Besen, Eimern und Kanistern mit Putzmitteln hineinquetschte, die Beine verrenkte und den Kopf schief halten musste. Es wurde nicht bequemer, als der Fiat über das Kopfsteinpflaster rumpelte und noch vor dem viel befahrenen Rudolf-von-Bennigsen-Ufer nach links abbog.

Lunardini hielt vor der heruntergelassenen Schranke an, ließ die Seitenscheibe herab und rief: »Die Saubermänner.«

Der Pförtner im kleinen Häuschen öffnete die kleine Klappe in der Glasscheibe und winkte ihn zu sich heran.

»Ich kenne euch nicht«, sagte er.

»Hanne ist verhindert. Die haben eine Betriebsversammlung. Nun müssen wir ran. Ist schon blöd, da wir unsere eigenen Sachen auch noch machen müssen. Die machen Terz, und wir müssen es ausbaden.«

»Trotzdem kenne ich euch nicht.«

Lunardini winkte ab. »Ist auch gut.« Er drehte sich um. »Dann machen wir heute nicht sauber bei euch. Kommt mir sehr gelegen. Habe sowieso keinen Bock darauf.«

Er machte Anstalten, zum Auto zu gehen.

»Augenblick«, rief ihm der Pförtner hinterher. »Kennt ihr euch denn aus?«

Lunardini zeigte auf den Beifahrersitz. »Der Kollege hat hier schon geputzt.«

Plötzlich hob sich die Schranke und gab den Weg frei.

Der Fahrer sah sich suchend um. Geradeaus begrenzte ein flacher Bau mit Fliesen, die an einen früheren Fleischereiladen erinnerten, einen kleinen Platz, auf dem zwei Fahrzeuge parkten. Lunardini bog nach links ab, umrundete einen lindgrün gestrichenen Betonklotz, auf dessen Dach große Satellitenantennen ihre Ohren in den Himmel streckten, und stutzte, als vor ihm ein von Garagen umsäumter Platz auftauchte, auf dem zahlreiche weiß lackierte Fahrzeuge mit dem NDR-Logo standen.

»Rechts. Da ist der Eingang«, half ihm Buffolo aus.

Hinter dem Betonklotz gab es weitere Parkmöglichkeiten. Lunardini stellte den Fiat ab. Vor der Rampe, die zu einer gläsernen Automatiktür führte, standen zwei einsame Fahrräder in der langen Reihe der Ständer.

Buffolo wies auf ein Schild an der Wand. »Null eins«, sagte er. »Das ist richtig.« Es polterte in ihrem Rücken, als sich Schlossarek bewegte und dabei Kanister mit Reinigungsmitteln gegeneinanderstießen.

»Wer hat uns nur diesen Idioten auf den Hals gehetzt?«, sagte Buffolo auf Italienisch.

»Uns sind die Leute ausgegangen«, erwiderte Lunardini in ihrer Muttersprache. »Es gibt keinen anderen. Da muss man mit solchem Schrott wie ihm zufrieden sein.«

»Der versaut uns die ganze Aktion.«

»Sieh das mal so: Den benutzen wir als Bremsklotz. Der steht im kritischen Fall als Puffer zwischen uns.«

»Glaubst du, Carmelo, dass es gefährlich wird?«

»Nein. Dafür liegen alle Trümpfe in unserer Hand. Die Deutschen sind viel zu dumm für so etwas. Außerdem wagen die nichts. Wenn du denen drohst, haben sie Angst vor den Folgen und gehen auf alle Forderungen ein. Abgesehen davon ist unsere Aktion so spektakulär, dass die alle überrumpelt sind.«

Sie stiegen aus und behielten dabei die Handschuhe an, die sie sich auf Lunardinis Anweisung angezogen hatten, bevor sie in den Wagen des Reinigungsunternehmens gekrochen waren.

»Endlich«, stöhnte Schlossarek, als er sich mühsam aus dem Frachtraum herausgequält hatte.

Lunardini strafte ihn mit einem Blick. Dann griff er zu den Segeltuchtaschen, die sie mitgenommen hatten, öffnete sie und verteilte den Inhalt.

»Geil«, sagte Schlossarek mit glänzenden Augen, hielt die Maschinenpistole HK MP 7 an der Hüfte, drehte sich und rief: »Ratta-ta, ratta-ta, ratta-ta.«

»Wenn du das noch einmal machst, lege ich dich um«, schrie ihn Lunardini an und trat Schlossarek so brutal gegen das Schienbein, dass der junge Mann in die Knie ging.

Nicht ohne Grund hatte der Anführer diese Waffe gewählt. Sie war kompakt, nur unwesentlich größer als ein DIN A4 Blatt und vereinte die Vorteile mehrerer Waffentypen auf sich. Das Gewicht und die Handhabung entsprachen nahezu einer Pistole, sie hatte aber eine wesentlich höhere Durchschlagskraft. Sie war so konstruiert, dass sie auch verdeckt getragen werden konnte. Waffen bauen, das konnten die Deutschen wie keine andere Nation, aber sonst … Lunardini sah verächtlich auf Schlossarek, der sich mit schmerzverzerrtem Gesicht das Schienbein rieb.

»Los jetzt«, trieb er seine beiden Kumpane an.

»Wo sind meine Handgranaten?«, fragte Schlossarek schüchtern.

»Du Idiot sprengst uns damit unfreiwillig in die Luft.« Lunardini machte Anstalten, Schlossarek ins Gesäß zu treten. Er hasste den jungen Mann mit dem Narbengesicht, in dem auch noch das getrocknete Blut klebte.

Sie nahmen eine Treppe, an deren Fuß ein Ascher für Raucher stand, die hier wie in allen anderen öffentlichen Gebäuden aus dem Haus verbannt worden waren. Die Tür öffnete sich automatisch, als sie sich ihr näherten. Sie fanden sich auf einem langen menschenleeren Flur wieder, von dem auf beiden Seiten Büros abgingen. Das Gros der Mitarbeiter hatte bereits Feierabend gemacht.

Lunardini trieb die kleine Gruppe an. Nach ein paar Metern zweigte rechts ein Gang ab, der durch eine Glastür mit der Aufschrift »NDR Kultur« abgegrenzt war.

»Hier entlang«, sagte Lunardini und bog ab. Er verbarg seine Waffe unter dem Arm, damit der einsame Raucher, der in einem grünen Innenhof seinem Laster frönte, es nicht mitbekam. Rechts vom Gang zweigten Türen mit kleinen Glasfenstern ab, hinter denen sich Studios verbargen.

»Wo hat der Eigenbrodt sein Büro?«, fragte Schlossarek im Laufen und stieß mit einer Frau mit kurzen rotbraunen Haaren zusammen, die in diesem Moment eines der Studios verlassen wollte und zurückschreckte, als die drei Männer an ihr vorbeieilten.

Lunardini schenkte ihr keine Beachtung. Er hatte sie nur als Schatten aus den Augenwinkeln wahrgenommen und war sich sicher, sie würde die Männer als Putzkolonne auf dem Weg zur Arbeit zuordnen. Er und Buffolo trugen die Maschinenpistolen so, dass ein flüchtiger Betrachter sie nicht wahrnehmen konnte. Schlossarek, der den beiden Italienern halb hinkend folgte, schwenkte hingegen seine Waffe am langen Arm. Er bemerkte das Aufblitzen in den Augen der Frau nicht, die geistesgegenwärtig in der Bewegung innehielt, hinter sich griff und die Studiotür wieder aufdrückte.

Vorsichtig lugte sie um die Ecke und sah, wie die kleine Gruppe am Ende des Ganges nach links abbog und Richtung Foyer lief. Dort blieben die Männer stehen. Es sah aus, als würde es einen Disput zwischen zwei Männern geben, bis der Letzte aus der Gruppe, der der NDR-Mitarbeiterin am gefährlichsten schien, sich in der Mitte des Foyers positionierte und seine Maschinenpistole im Anschlag hielt, während einer zur Pförtnerloge des Haupteingangs lief und kurz darauf den Mitarbeiter von der Pforte mit seiner Waffe vor sich hertrieb. Die beiden überließen ihn dem »Gefährlichen« und entfernten sich den Gang entlang.

Die Frau zog sich ins Studio zurück und wählte die Eins-Eins-Null.

Lunardini hatte Schlossarek im Foyer zurückgelassen und ihm den Pförtner als Geisel anvertraut.

»Mach keinen Scheiß, sonst bist du fällig«, hatte er Schlossarek gemahnt. Dann waren er und Buffolo den Gang weiter entlanggelaufen. Sie suchten dabei die Namensschilder an den Türen ab.

»Es muss auf der rechten Seite sein«, sagte Buffolo mit keuchendem Atem. Er war das Laufen nicht gewohnt.

Ein Stück weiter stoppte Lunardini, sodass Buffolo auflief.

»Mist«, fluchte er.

Beide zogen die Sturmmasken vor das Gesicht, rissen die Tür auf und stürzten in das Büro der Hannover-Redaktion.

Erschrocken sahen die beiden Männer auf, die ins Gespräch vertieft waren. Einer saß auf dem Schreibtischstuhl, hatte sich weit zurückgelehnt, die Beine übereinandergeschlagen und relaxed die Hände hinter dem Kopf verschränkt. Der Zweite saß auf der Schreibtischkante und ließ die Beine knapp über dem Fußboden baumeln.

»... meine Schwiegermutter mit unseren Kindern nach ...«, sagte der Mann auf dem Stuhl und hielt mitten im Satz inne, als er die beiden Eindringlinge gewahrte.

»Los – los – los«, rief Lunardini, dessen Stimme durch die Maske gedämpft wurde. »Wer ist Eigenbrodt?«

Die beiden NDR-Mitarbeiter wechselten einen raschen Blick. Ihr Erschrecken angesichts der auf sie gerichteten Maschinenpistolen war unübersehbar.

Der Mann auf dem Stuhl räusperte sich. Dann sagte er: »Ich bin Dieter Eigenbrodt.« Er schluckte. »Und wer sind Sie?«

»Werd nicht frech«, fuhr ihn Lunardini an und ließ die Spitze des Laufs seiner Waffe zu dem Mann auf dem Schreibtisch weiterwandern.

»Und wer ist das?«

»Ein Kollege«, erwiderte Eigenbrodt. »Haben Sie sich in der Tür geirrt? Sie sind hier beim Radio. Und da verdient man nicht so viel, dass ein Überfall lohnt.«

»Halt die Klappe. Du redest nur, wenn du gefragt wirst. Ist das klar?« Lunardini beschrieb mit seiner Waffe einen kleinen Kreis. »Du hast Lügengeschichten über die Organisation verbreitet, Unwahrheiten über die wahren Ziele der wohltätigen Gesellschaft im Radio erzählt, die Menschen scharfgemacht, zu einem Kesseltreiben gegen die Organisation aufgerufen.«

»Das ist nicht wahr. Wir sind unserer journalistischen Pflicht nachge–«

»Schweig«, unterbrach ihn Lunardini und sah auf die Uhr. »In fünf Minuten beginnt die Tageszusammenfassung. Ich will, dass du diesen Text vorliest.« Er zog ein zusammengefaltetes Blatt hervor und reichte es Eigenbrodt.

Der Journalist nahm es zur Hand und suchte umständlich nach seiner Brille.

Lunardini hatte das Ablenkungsmanöver bemerkt. »Wenn du das noch mal versuchst, hau ich dir eine rein«, schimpfte er und zeigte auf den Schreibtisch.

Dieter Eigenbrodt las den Text. Dann wedelte der mit dem Blatt Papier.

»Da sind wir nicht die richtige Adresse. In diesem Punkt kann ich Ihnen nicht weiterhelfen.«

»Quatsch keine Opern. Mach einfach.«

»Da gibt es zwei Dinge, die dem entgegenstehen. Zum einen darf ich das nicht, zum Zweiten kann ich das nicht.«

»Natürlich kannst du.« Lunardini zeigte die erste Spur Nervosität. Er hatte es sich einfacher vorgestellt. Wenn jemand mit einer Waffe bedroht wurde, zeigte er keine Renitenz. Der Rundfunkmann zierte sich. Lunardini kam näher und stieß ihm die Spitze des Laufs in die Rippen.

»Was hindert dich daran, unsere Forderung zu erfüllen?«

»Ich kann nicht einfach das Programm ändern«, sagte Eigenbrodt.

»Du sollst einfach nur etwas über den Sender quatschen. Das macht ihr doch ständig. Diesmal ist es ein Text von uns. Was ist daran so schwer zu verstehen, Mann?«

»Hör mal!« Eigenbrodt wischte mit der Hand durch die Luft. Er war auch zum Du übergegangen. »Radio ist nicht so, wie es sich der Hörer vorstellt. Hier im Hause gibt es ganz viele kleine Studios. Darin sitzen wir und nehmen unsere Texte auf. Die werden von der Technik zusammengeschnitten und in einen Computer eingespeist. Der steuert ganz automatisch das Programm.«

Lunardini fühlte sich unsicher. Er konnte nicht abschätzen, ob ihm der Redakteur eine Mischung aus Wahrheit und Phantasie vorlog.

Eigenbrodt fuhr in ruhiger Stimme fort: »Ich bin nur ein kleiner Reporter. Journalist. Versteht ihr? Von Technik verstehe ich nichts. Ich habe keine Ahnung, an welchen Hebeln man drehen muss. Dafür haben wir Fachleute im Haus. Ohne die läuft gar nichts.« Demonstrativ sah er auf die Uhr. »Hast du gesehen, dass der Flur leer war? Wir sind eine Behörde. Jetzt ist Feierabend. Die sind alle zu Hause.«

»Du lügst«, fluchte Lunardini.

***

Kaum jemand ahnte, mit welchem bürokratischen Aufwand die polizeiliche Ermittlungsarbeit verbunden ist. Es galt nicht nur, den Täter zu entlarven, sondern ihm die Tat auch hieb- und stichfest nachzuweisen und das Ganze beweissicher zu dokumentieren. Gewiefte Verteidiger stürzten sich auf die Akten und zerpflückten sie, suchten nach Ungereimtheiten in den Protokollen und zerlegten unglückliche Formulierungen. Manch guter Polizist drohte an solchen Dingen zu scheitern. Frauke fiel Oberkommissar Große Jäger aus Husum ein, der mit Hauptkommissar Christoph Johannes ein kongeniales Ermittlerpaar bildete, vor allem auch deshalb, weil ihm Christoph die lästige Büroarbeit abnahm. Habe ich jetzt »Christoph« gesagt?, durchfuhr es Frauke. Sie wurde durch ihr Telefon abgelenkt.

»Sind Sie die zuständige Kommissarin in der Sache mit der Mafia?«, fragte eine resolut klingende Frauenstimme.

»Sie sind mit der Ermittlungsgruppe organisierte Kriminalität verbunden«, antwortete Frauke ausweichend.

»Hier ist Margarete von Schwarzkopf. Ich bin Kulturredakteurin beim NDR hier in Hannover. Das Landesfunkhaus ist soeben überfallen worden. Ich habe drei Leute mit Maschinenpistolen gesehen.«

»Wie bitte?« Frauke war überrascht. Das war eine ungeheuerliche Meldung. »Wann war das?«

»Das ist schon ein paar Minuten her. Es hat fürchterlich lange gedauert, bis ich mit Ihnen verbunden war.«

»Warum haben Sie nicht die Hundertzehn angerufen?«

»Dann wäre hier ein großes Polizeiaufgebot angerollt. Vielleicht ist es besser, das Problem mit Intelligenz anzugehen«, sagte Margarete von Schwarzkopf.

»Wie viele Leute haben Sie gesehen?«

»Drei.«

»Sind das alle?«

»Mehr sind mir nicht aufgefallen. Die Leute trugen übrigens die Kleidung der Reinigungsfirma.«

»Gut. Wir kommen«, sagte Frauke. »Ich gebe Ihnen meine Handynummer. Rufen Sie mich darauf an und berichten Sie mir weitere Details, während wir unterwegs sind.«

»Ist in Ordnung«, erwiderte die Redakteurin.

Frauke trommelte ihre drei Mitarbeiter zusammen. Im Laufschritt eilte das Team zur Fahrbereitschaft. Madsack schnaufte heftig, als er sich ins Polster fallen ließ. Auf dem Weg zum Auto hatte Frauke mit knappen Sätzen die Kollegen informiert. »Schwarczer, Sie fordern das SEK an. Die sollen sich aber zurückhalten und in Deckung bleiben.«

Putensenf hatte sich hinters Lenkrad geklemmt und das mobile Blaulicht eingeschaltet. Mühsam bahnte er sich einen Weg durch den Feierabendverkehr. Während der Fahrt suchte er im Radio nach NDR 1 Niedersachsen. Alle vier zuckten zusammen, als in Überlautstärke Lena Meyer-Landruts »Satellite« erklang.

»'tschuldigung«, sagte Putensenf.

»Ah, ich höre, Sie haben uns drauf«, sagte Margarete von Schwarzkopf, die eine Verbindung zu Frauke hergestellt hatte. Sie schilderte, was sie gesehen hatte.

»Wo sind die Leute jetzt?«, fragte Frauke.

»Einer steht im Foyer. Er hat eine Maschinenpistole und sieht sich ständig nervös um. Den Pförtner hat er als Geisel bei sich. Ich sehe quer hinüber durch einen Innenhof und muss ein wenig vorsichtig sein, damit ich nicht entdeckt werde. Nein. Ich sehe keinen weiteren NDR-Kollegen in der Nähe. Wenn Sie kommen, meiden Sie den Haupteingang am Rudolf-von-Bennigsen-Ufer. Fahren Sie über Auf dem Emmerberge. Dort ist der Eingang zum Hof. Dann nehmen Sie aber nicht die Tür gegenüber vom Pförtner, sondern etwas weiter links. Dort ist ein großes Schild ›Haus 1‹. Von dort aus weise ich Sie weiter ein.«

Während ihres Gesprächs mit der Redakteurin hatte Frauke mit den anderen verfolgt, wie Schwarczer das MEK informierte und dabei wie ein Simultandolmetscher das weitergab, was er aus Fraukes Telefonat mit Margarete von Schwarzkopf aufgeschnappt hatte. Madsack hatte inzwischen Kontakt zur Leitstelle aufgenommen und angeordnet, dass keine Streifenwagen den Tatort ansteuern sollten und alle Polizeifahrzeuge, die in die Nähe des Landesfunkhauses kamen, möglichst das Martinshorn abschalten sollten, um die Täter nicht nervös zu machen.

»Haben Sie eine Idee, was die Leute im Funkhaus wollen?«, fragte Frauke.

»Ich bin mir nicht sicher«, erwiderte Margarete von Schwarzkopf. »Ich hörte aber den Namen des Kollegen Eigenbrodt. Und der hängt im Moment an der Sache mit der organisierten Kriminalität dran.«

Die Redakteurin hatte wunderbar kombiniert, dachte Frauke. Mit hoher Wahrscheinlichkeit steckte die Organisation dahinter. War das der große Coup, von dem Boccone gesprochen hatte? Das spektakuläre Ereignis? Was wollten die Täter im Rundfunkgebäude? Sich an Eigenbrodt rächen? Kaum. Dazu musste man nicht ein so waghalsiges Unternehmen starten. Dem Journalisten hätte man auch anders auflauern können.

***

Lunardini bemerkte, wie Buffolo ihn von der Seite ansah. Es war ein kritischer Blick. Er war der Boss des Kommandos. Ihm hatte man die heikle Mission anvertraut. Es war sein erster größerer Einsatz. Endlich konnte er aus dem Schatten derer heraustreten, die man schon verhaftet hatte oder die tot waren. Er durfte hier nicht versagen.

»Nun erzähl uns keinen Mist«, schrie er Eigenbrodt an. »Du machst jetzt, was ich dir aufgetragen habe. Wie du das anstellst, ist deine Sache. Und wenn es sein muss, lassen wir alle Puppen in dieser Bude tanzen.«

»Ich akzeptiere, dass ihr derzeit das Sagen habt«, erklärte Eigenbrodt und griff mutig zur Spitze des auf ihn gerichteten Laufs, um ihn ein wenig zur Seite zu schieben. Dann hob er beide Hände. »Aber wenn ihr jetzt befehlen würdet, wir sollen fliegen, könnten wir es immer noch nicht. Trotz aller Drohungen.«

»Hör endlich auf zu quatschen. Du kommst jetzt mit.« Lunardini sah Eigenbrodts Kollegen an. »Alle beide.«

»Ja. Sicher. Aber wohin denn?«

»Dahin, wo wir die Nachricht übers Radio senden können. Jetzt sofort. Augenblicklich.«

»Aber die Techn...« Eigenbrodt hielt mitten im Satz inne, als Lunardini die Waffe hochriss und einen kurzen Feuerstoß in die Decke abgab. Dann richtete er die Waffe auf den zweiten Mitarbeiter. »Wie heißt du?«

Die beiden Rundfunkleute waren ebenso zusammengezuckt wie Buffolo. Der Lärm klang noch in den Ohren nach. Aus der Zimmerdecke rieselte der Putz. Die Geschosse waren als Querschläger im Büro herumgesirrt. Es war nicht ungefährlich. Die Nerven lagen blank.

»Peter Wolffsohn«, sagte der Kollege mit belegter Stimme.

»Hast du Familie?«

»Ja.«

»Kinder?«

»Zwei.«

»Hoffentlich hast du dich von denen heute Morgen ordentlich verabschiedet, weil du als Erster stirbst. Los jetzt. Wir gehen.«

Lunardini ließ den beiden NDR-Mitarbeitern keine Alternative. »Ins Studio«, schrie er, und sein Finger krümmte sich um den Abzug.

»Ist schon gut«, sagte Eigenbrodt. »Wir versuchen es.«

»Nicht versuchen. Machen.«

Sie standen auf, und Eigenbrodt öffnete die Tür, als ihm Lunardini die Waffe schmerzhaft in den Rücken stieß. »Wenn du das noch einmal versuchst, leg ich dich um. Ist das klar?«

»Ich bin im Stress. Wundert dich das?«, versuchte sich Eigenbrodt zu verteidigen, machte zwei Schritte zurück zum Schreibtisch und nahm den Zettel mit dem vorbereiteten Text mit. Dann trat er auf den langen Flur und sah nach beiden Seiten. Er zuckte zurück, als er am anderen Ende einen jungen Mann mit einer Maschinenpistole sah, der sie sofort auf ihn richtete und zielte. »Sag dem da, er soll sich zurückhalten«, forderte er Lunardini auf.

Lunardini streckte seinen Kopf aus der Türöffnung und rief: »Schlossarek. Halt dich zurück.«

»Okay, okay«, kam es von der anderen Seite. »Wie geht es weiter? Verdammt.«

»Halt die Fresse«, rief ihm Lunardini zu. Er bekam nicht mit, wie die beiden Rundfunkleute einen schnellen Blick wechselten. Die Anspannung war deutlich zu spüren. Die ganze Situation hatte sich aufgeschaukelt.

»Los. Jetzt geht's auf direktem Weg zum Mikrofon«, befahl Lunardini. »Sonst liegt die erste Leiche auf dem Flur.«

Eigenbrodt nickte ergeben. Er hatte eingesehen, dass weiterer Widerstand zwecklos war. Er führte die kleine Truppe den Gang entlang. Links zweigte ein Querweg ab, der an einem weiteren Innenhof entlangführte. An der Ecke lag ein kleiner Besprechungsraum, in dem um einen ovalen Tisch ein gutes Dutzend Stühle gruppiert war.

Ein Stück weiter öffnete Eigenbrodt die Tür zu einem kleinen Studio. Er betätigte den Lichtschalter, und kurz darauf flammte die Deckenbeleuchtung auf.

Lunardini sah sich um. Für ihn als Laien wirkte es wie ein Rundfunkstudio. Der Raum war mit Schallschluckwänden ausgekleidet, die aus lauter kleinen Löchern zu bestehen schienen. Hinter einer dichten Glaswand schloss sich ein weiterer Raum an, in dem ein Besprechungstisch stand.

»Was ist das?«, fragte Lunardini.

»Da sitzen mehrere Teilnehmer, wenn wir eine Gesprächsrunde aufzeichnen.«

»Und hier?« Lunardini zeigte auf den Tisch mit dem Mischpult, den beiden großen Computerschirmen und der weiteren Technik, die für ihn unverständlich war.

»Mach zu«, drängte er.

»Ich bemühe mich ja«, knurrte Eigenbrodt.

»Du stellst dich dahin«, wies Lunardini Wolffsohn an und dirigierte ihn in die Ecke hinter dem Technikarbeitsplatz. »Ich will dich im Auge haben.«

»Mein Kollege kann hier nicht bleiben«, sagte Eigenbrodt. »Das versaut uns die ganze Aufnahme, wenn hier zu viele Leute sind. Da spielt die Technik nicht mit.«

»Noch ein Wort, und dein Kumpel hat eine zerschossene Kniescheibe«, drohte Lunardini und richtete seine Waffe auf Wolffsohns Bein.

Eigenbrodt suchte nach dem Schalter, um die Anlage einzuschalten. »Hast du einen Computer?«, fragte er, ohne Lunardini dabei anzusehen. Es klang wie ein Selbstgespräch. »Dann weißt du, dass die Kisten ewig brauchen, um hochzufahren. Hier ist die Technik noch komplizierter. Ich sag's nur, weil –«

»Sei leise. Dein Reden geht mir auf den Geist«, fauchte ihn Lunardini an.

Den vier Männern schien es eine Ewigkeit zu dauern, bis die Lampen aufflackerten, es surrte und blinkte, Symbole auf den Bildschirmen erschienen und das System in den Betriebszustand hochfuhr.

»Verarsch mich nicht«, fluchte Lunardini. Doch Eigenbrodt zuckte nur mit den Schultern.

»Ich habe gleich gesagt, dass ich kein Techniker bin. Ich verstehe hiervon nichts. Ich habe den Kollegen nur zugesehen und versuche, es nachzumachen.«

»Du wirst es können, sonst krepiert dein Kumpel.«

»Ich bin dabei«, versuchte Eigenbrodt die beiden Täter zu beruhigen.

»Los, nun schalte dich in das Programm und sag den Text auf.« Lunardini hatte seine Selbstsicherheit verloren. Es war alles schlecht vorbereitet. Niemand hatte ihnen taktische Anweisungen gegeben. Von der Frau vom Reinigungsservice hatten sie lediglich erfahren, wo Eigenbrodts Büro war. Es war Glück, dass der Journalist noch im Hause war. Was wäre geschehen, wenn sie den Journalisten nicht angetroffen hätten?

Schlossarek war ein Versager. Überhaupt waren drei Leute zu wenig für diese Aktion. Sie hatten keine Kontrolle über das Funkhaus. Lunardini wusste nicht, was sich in den anderen Räumen des Hauses tat, wie viele Leute noch anwesend waren, ob ihr Auftreten schon bemerkt worden war und man Alarm ausgelöst hatte. Alles war stümperhaft vorbereitet. Sie hatten keine Funkgeräte dabei, um sich mit Schlossarek verständigen zu können. Lunardini hatte keine Handynummer, um Rat oder weitere Anweisungen einholen zu können. Selbst an so simple Sachen wie ein tragbares Radiogerät hatte niemand gedacht, mit dem sie hätten kontrollieren können, was derzeit über den Sender lief. Er war einfach zu euphorisch gewesen, als man ihm diesen Auftrag übertragen hatte. Er hatte es als Chance angesehen, in der Hierarchie aufzusteigen, sich als beinharter und kompromissloser Akteur hervorzutun. Aber jetzt sah alles anders aus. Von alten Männern hatte er als Kind gehört, dass man im Krieg, als man mit den Deutschen Seite an Seite als Verbündeter kämpfte, die Italiener oft in ein Minenfeld vorausgeschickt hatte. Jetzt hatte er es in der Hand, den Spieß umzudrehen, den verhassten Teutonen zu zeigen, wie die Macht verteilt war, wenn nur die Planung besser gelaufen wäre. Er sah auf die Uhr.

»In zwei Minuten sprichst du den Text, sonst ist dein Kollege ein Invalide.« Anspannung und Entschlossenheit lagen auf seinem Gesicht. Mit einer gewissen Genugtuung sah er, dass Eigenbrodt es ihm abkaufte.

***

Sie bogen in die Einfahrt zum Gelände des Landesfunkhauses ab und hielten vor der geschlossenen Schranke. Irritiert sah der Pförtner sie an. Putensenf stieg aus und hielt dem Mann seinen Ausweis hin.

»Polizei.«

Der Mann konnte damit nichts anfangen. Frauke begriff, dass sich das, was sich im Hause abspielte, noch nicht herumgesprochen hatte. Hier wusste keiner etwas von dem Überfall.

»Sind hier Fremde durchgekommen?«, fragte Putensenf.

»Was für Fremde?«

»Leute, die hier nicht hergehören.«

»Bei mir nicht.«

»Von der Reinigungsfirma.«

»Das sind doch keine Fremden.«

»Aber andere als sonst?«

»Ja, aber …«

»Machen Sie sofort die Schranke hoch«, befahl Putensenf.

Der Mann folgte der Anweisung. Frauke verstand ihn. Er hatte nichts falsch gemacht. In der Zwischenzeit war Madsack ausgestiegen. Frauke hatte ihn als Kontaktmann zum MEK abgestellt. Er sollte hier auf die Kollegen warten und sie einweisen. Sie hielten Verbindung zwischen zwei Handys, von denen Schwarczer das andere trug.

Frauke wies Putensenf ein, als sie auf den Hof rollten. Margarete von Schwarzkopf hatte ihr alles exakt beschrieben. Dort stand ein weißer Fiat Fiorino mit der Aufschrift »Clean Partner«.

Frauke sprang aus dem Auto, nachdem sie sich vergewissert hatte, dass die Gangster keine Wache bei dem Fahrzeug zurückgelassen hatten. Nach den Beobachtungen der Redakteurin schienen die Täter ihren Rückzug nicht abgesichert zu haben. Merkwürdig, dachte Frauke. Das sprach für die These, dass der Organisation das qualifizierte Personal ausgegangen war und zudem ein strategischer Kopf wie Richter, der eine solche Aktion hätte planen können, fehlte.

Frauke öffnete den Lieferwagen. Er war mit Reinigungsutensilien beladen. Auf den ersten Blick fiel ihr nichts Besonderes auf. Plötzlich stutzte sie. Inmitten des Krimskrams auf der Ladefläche entdeckte sie zwei Handgranaten, die jemand dort vergessen hatte. Trotz aller Stümperhaftigkeit durften die Leute nicht unterschätzt werden.

Die drei Beamten hatten ihre Dienstwaffen gezogen, betraten das Gebäude durch die Automatiktür und schlichen dicht an die Wand gedrängt den menschenleeren Flur entlang bis zum ersten Quergang. »NDR Kultur«, las Frauke die Aufschrift auf der Glastür. Vorsichtig sah sie um die Ecke und entdeckte die Frau, die in einer Türnische kauerte und von dort im Stil einer Live-Reporterin ihre Beobachtungen schilderte.

»Sehen Sie einmal nach hinten«, bat Frauke und nickte Margarete von Schwarzkopf zu, als die Journalistin in ihre Richtung blickte. »Geht es dort, wo Sie jetzt stehen, ins Studio?«

Die Frau nickte.

»Gut. Ich möchte, dass Sie sich jetzt dorthin zurückziehen und den Raum unter keinen Umständen verlassen. Wir beenden jetzt unsere Telefonkonferenz, da ich die Verbindung für andere Zwecke benötige.«

Margarete von Schwarzkopf nickte erneut. Dann verschwand der Kopf mit der modischen Kurzhaarfrisur, und es war ein kaum wahrnehmbares Klacken zu hören, als die Studiotür zufiel.

Frauke zog sich in den Gang zurück. Wispernd beriet sie sich mit ihren beiden Kollegen.

»Wie wollen wir vorgehen?«, fragte Putensenf.

»Ich möchte, dass Sie hier stehen bleiben und diesen Abschnitt sichern. Von hier können Sie durch den Innenhof den Mann sehen, der den Raum vor dem Foyer eingenommen hat. Nach unserer Information hat er den Pförtner des Haupteingangs als Geisel genommen. Wir müssen alle Vorsicht walten lassen.«

Der Kriminalhauptmeister nickte und nahm die angewiesene Position ein.

Frauke sah Schwarczer an. »Wir beide werden hier gemächlich den Parallelgang entlangmarschieren, als wären wir unbeteiligt. Vielleicht sieht uns der Mann von gegenüber. Wenn wir aber so tun, als würden wir ihn nicht wahrnehmen, lässt er uns unbehelligt. Zwischen uns liegt der Innenhof. Ich hoffe, dass wir damit die Geisel nicht gefährden.«

Frauke straffte sich, legte den Gurt ihrer Handtasche betont leger über die Schulter und marschierte los. Schwarczer schritt an ihrer Seite. Beide waren in ein Gespräch vertieft und vermieden es, den Geiselnehmer zu beachten. Frauke wusste nicht, ob die beiden Beamten durch den Innenhof gesehen worden waren. Jedenfalls erfolgte keine Reaktion. Dann schlichen sie sich von der anderen Seite an das Foyer heran. Frauke bückte sich und lugte vorsichtig um die Ecke.

Der gesamte Komplex bestand aus zwei parallel angelegten Hausreihen, die durch mehrere Quergänge miteinander verbunden waren. Einer dieser Quergänge führte zum Haupteingang. Auf den blickte Frauke. Hinter der Glastür toste der Verkehr auf der lebhaften Uferstraße. Dahinter lag der Maschsee.

Frauke hatte einem Wegeplan entnommen, dass sich der kleine

Sendesaal dem Foyer anschloss. Das Foyer hatte man so belassen, wie es zur Zeit der Errichtung des Hauses modern gewesen war. Die Eleganz der fünfziger Jahre spiegelte sich im Design wider: Die Seitenwand war nicht gerade, sondern glich einer Wellenlinie, die aus senkrechten Holzleisten bestand; die Garderobe verbarg sich hinter einem grünen Vorhang, Säulen, Lampen und Sitzmöbel perfektionierten die Illusion, in eine andere Zeit einzutauchen.

Auf einem der Stühle hockte kerzengerade der Pförtner. Er hatte die Hände wie ein Pennäler auf dem Oberschenkel abgelegt und sah aus, als würde er sich nicht trauen, die Rückenlehne des Stuhls zu benutzen. Dort, wo Längs- und Quergang sich kreuzten, stand einer der Täter, wechselte nervös von einem Bein aufs andere und sah sich in alle Richtungen um. Er hatte von dort einen guten Überblick und hatte auch den Eingang unter Beobachtung. Es war nicht möglich, sich ihm unentdeckt zu nähern. Andererseits, überlegte Frauke, war der Mann auch ohne Deckung.

Frauke betrachtete ihn. Es war ein noch junger Mann mit einer blühenden Akne im Gesicht. An seiner Wange klebte getrocknetes Blut. Er trug eine Maschinenpistole, die er immer wieder auf imaginäre Ziele richtete und mit der er einen Schusswechsel simulierte. Leider war auch der Pförtner eines seiner Zielobjekte. Die Lippen bewegten sich ununterbrochen, ohne dass der Mann sprach. Deutlich war ihm die Anspannung anzumerken.

Frauke hielt ihn nicht für einen kaltblütigen Geiselnehmer. Die Angst stand ihm ins Gesicht geschrieben. Er hielt weder ein Funkgerät noch ein Mobiltelefon in der Hand. Wie amateurhaft gingen die Täter vor?, dachte Frauke. Sie schienen nicht einmal untereinander in Kontakt zu stehen.

Frauke zog sich einen halben Meter zurück und erläuterte Schwarczer ihren Plan. Schwarczer nickte. Dann tauschten sie die Plätze, und der junge Kommissar legte sich flach auf den Fliesenfußboden, kroch bis zur Ecke und sah um sie herum. In seiner Hand hielt er den Gegenstand, den Frauke ihrer Handtasche entnommen und ihm ausgehändigt hatte.

***

Dieter Eigenbrodt las den Zettel. Dabei bewegten sich leise seine Lippen.

»Mach schon«, drängte Lunardini.

Der Redakteur sah ihn an. »Ihr habt wirklich keine Ahnung, was? Ich muss mich damit vertraut machen, den Inhalt aufnehmen. So schnell geht das nicht.«

»Doch. Mach keine Faxen.«

Eigenbrodt las den Text noch einmal, dann strich er den Zettel glatt, straffte sich, räusperte sich mehrfach und las laut: »Hier ist Radio Hannover. Wir sind von der demokratischen Volksfront besetzt. In deren Namen fordern wir die sofortige Freilassung unserer folgenden widerrechtlich inhaftierten Freunde: Bernd Richter, ein aufrichtiger und ehrlicher Beamter, der der Korruption seiner Vorgesetzten auf die Schliche gekommen ist und die Missstände angeprangert hat ...«

Eigenbrodt hielt inne.

»Was soll das bringen, wenn wir das ins Programm nehmen? Wir sind für Nachrichten da, objektive Informationen. Entscheidungen müssen andere treffen. Die Staatsanwaltschaft, der Innenminister, der Polizeipräsident.«

Lunardini nagte an seiner Unterlippe. »Los«, befahl er schließlich. »Dann sagst du zusätzlich, die sollen alle herkommen. Sofort. Sonst fließt Blut.« Um seine Forderung zu unterstreichen, stieß er Eigenbrodt so schmerzhaft den Lauf der Waffe in die Rippen, dass es knackte. Der Redakteur krümmte sich zusammen und hielt sich die Rippen.

»Stell dich nicht an. Das war gar nichts gemessen an dem, was dich sonst noch erwartet. Oder ihn da.« Die Waffe schwenkte kurz zu Peter Wolffsohn hinüber.

»Außerdem ist das falsch.« Eigenbrodt wies auf den Text. »Wir sind nicht Radio Hannover, sondern NDR 1 Niedersachsen. Wenn wir einen falschen Namen benutzen, weiß doch niemand da draußen, an wen er sich wenden muss.«

Erneut nagte Lunardini an der Unterlippe. Dann sah er Buffolo an, als würde er sich von ihm Hilfe erwarten. »Mach den Text richtig«, befahl er.

Eigenbrodt nahm einen Schreiber zur Hand und begann, den

Text zu überarbeiten. Er strich Worte, überschrieb andere Textteile und begann leise zu fluchen.

»Was ist?«, fragte Lunardini und beugte sich über Eigenbrodts Schulter.

Der Redakteur zeigte dem Italiener das unleserliche Durcheinander. »So kommt es«, schimpfte er, »wenn man unter Druck gesetzt wird. Und wenn wir vor das Mikrofon treten, soll es doch professionell und glaubwürdig klingen. Sonst nimmt euch keiner ernst.«

Lunardini trat von einem Fuß auf den anderen. »Zwei Minuten«, befahl er und setzte die Waffe an Wolffsohns Schläfe an.

Eigenbrodt nahm ein leeres Blatt und schrieb den Text nieder.

»Und jetzt sendest du das«, schrie ihn Lunardini an.

»Ich muss noch –«

»Gar nichts musst du. Nur senden. Los jetzt.«

Der Redakteur zog das Mikrofon zu sich heran, sagte: »Eins, zwei«, veränderte die Stellung, rückte das Blatt zurecht, räusperte sich noch einmal und begann zu sprechen:

»Zwei mit Maschinenpistolen und Handgranaten bewaffnete Männer italienischer Herkunft haben heute das Landesfunkhaus Hannover überfallen und –«

»Bist du bescheuert?«, fiel ihm Lunardini ins Wort. »Willst du nicht gleich unsere Beschreibung mit rausgeben?«

Eigenbrodt seufzte, strich umständlich im Text herum und begann erneut:

»Bewaffnete Männer haben heute das Landesfunkhaus Hannover überfallen und Geiseln genommen. Ihre erste Forderung ist die Freilassung von Inhaftierten aus der Justizvollzugsanstalt Hannover. Die Lage ist derzeit unübersichtlich. Der Anführer der Geiselnehmer verlangt, umgehend mit der Staatsanwaltschaft –«

Lunardini beugte sich vor, stieß Eigenbrodt zur Seite und schrie mit sich überschlagender Stimme in das Mikrofon: »Wir fordern den Innenminister auf, in einer Viertelstunde hier zu erscheinen. Sonst gibt es Tote. Klar?«

Nachdem Eigenbrodt mehrere Knöpfe bedient hatte, stieß ihm der Anführer erneut die Maschinenpistole in die Rippen. »Ist das jetzt gesendet worden?«

»Ich hoffe, ja.«

»Was heißt, du hoffst?«

»Ich habe doch erklärt, dass alles über Computer läuft und ich kein Techniker bin. Mehr weiß ich nicht.«

Lunardini zog sein Handy hervor. »Ich frage nach, und wenn nicht, bist du tot.«

Mehrfach verhaspelte er sich beim Wählen, dann schien er die richtige Nummer erwischt zu haben. Angestrengt lauschte er am Gerät, dann sah er auf das Display. »Scheiße. Hier ist kein Empfang.«

»Der Raum ist schalldicht abgeschirmt«, erklärte Eigenbrodt.

»Wo ist hier die Zentrale?«, fragte der Geiselnehmer.

»Welche Zentrale?«

Lunardini riss seine Waffe hoch und feuerte sie knapp über Wolffsohns Kopf ab. Erschrocken duckten sich die beiden NDR-Mitarbeiter und Raffaele Buffolo.

»Wo?«, schrie Lunardini mit sich überschlagender Stimme.

»Kommt mit«, sagte Eigenbrodt und stand auf.

»Du gehst vorweg«, befahl Lunardini.

Der Redakteur öffnete die Tür und trat auf den Flur.

»Wenn dort Bullen gewesen wären, hätten Sie dich jetzt erschossen.« Lunardini griente, bevor er einen Blick auf den Flur warf und dann folgte.

»Wo ist Schlossarek?«, fragte Buffolo, als er mit Wolffsohn auf den Flur trat.

Lunardini sah sich um in Richtung Foyer.

»Scheiße«, rief er aufgebracht. »Die Sau ist getürmt. Ich habe es gleich gesagt. Der taugt zu nichts.«

»Nun ist unser Rückzug nicht gedeckt«, beklagte sich Buffolo.

»Natürlich kommen wir hier raus, *il mio amico*.« Er trat Eigenbrodt ins Gesäß, sodass der vorwärtsstolperte. »Auf. Vorwärts.«

Niemand war auf dem Flur zu sehen. Lunardini wunderte sich, dass offenbar noch niemand im Haus ihr Eindringen bemerkt hatte. Er gewann an Selbstsicherheit zurück. Sie hatten sich beim Pförtner an der Garageneinfahrt so professionell verhalten, dass der keinen Verdacht geschöpft hatte. Plötzlich fiel ihm etwas ein. »Verdammt, was ist mit dem Pförtner geschehen, auf den Schlossarek aufpassen sollte?«

»Den hat Schlossarek umgelegt«, vermutete Buffolo. »Sonst hätte der schon lange Alarm geschlagen.«

»Hast du das gehört?«, fauchte Lunardini Dieter Eigenbrodt an. »Den ersten Toten haben wir. Und es werden weitere folgen. Kapiert?«

Das schien Eindruck auf die beiden Rundfunkleute zu machen. Widerstandslos führte Eigenbrodt die kleine Gruppe eine Treppe hinunter, öffnete eine Tür und blieb in einem kahlen Raum stehen, an dessen einer Seite eine Wand aus senkrechten Holzlamellen angebracht war. Die Wand war durch ein schallisoliertes Fenster unterbrochen, das den Blick in ein Studio freigab. Eine junge Frau mit sportlichem Kurzhaarschnitt sah auf, als die vier Männer vor dem Fenster standen.

»Los, da rein«, befahl Lunardini und folgte den anderen drei.

»Was soll das?«, fragte die Frau mit einer angenehmen Stimme.

»Martina, die Leute hier –«

»Halt die Klappe«, unterbrach ihn Lunardini. »Wie heißt du?«

»Martina Gilica.«

»Du machst hier die Sendung ... und so?«

»Ich moderiere, ja.«

»Du quatschst also ins Radio?«

»Ich sagte schon, ich moderiere.«

»Er da hat eben etwas gesendet. Ist das angekommen?« Dabei zeigte Lunardini auf Eigenbrodt.

Der Redakteur zwinkerte seiner Kollegin zu. »Ich habe eine wichtige Meldung aufgezeichnet und in den Sendecomputer eingestellt. Nun verstehe ich nichts von Technik und hoffe, den Computer so bedient zu haben, dass die Meldung über den Sender gegangen ist.«

»Da war was«, sagte Martina Gilica. Sie ließ ihren Blick mit den großen ausdrucksvollen Augen zwischen den Männern hin- und herwandern.

»Ich glaube euch nicht«, schrie Lunardini und zeigte auf einen Lautsprecher, aus dem deutschsprachige Unterhaltungsmusik drang. Er sah sich suchend um und wusste nicht, auf welchen Computerbildschirm er sehen musste. Über neun Displays flimmerten Zahlen, Buchstaben und Zeichen. Mal waren die bunten Kolonnen waagerecht, mal senkrecht angebracht. Dazwischen lagen Tastaturen herum, Kopfhörer, Pulte mit Knöpfen und Schiebereglern. An mehreren Teleskoparmen hingen Mikrofone.

Lunardini sah auf einen Bildschirm. »Jetzt läuft …«, las er vor, »G.G. Anderson: ›Good Bye My Love, Good Bye‹.« Daneben lief ein Countdown in Sekunden. Als das Stück zu Ende war, wechselte die Farbe auf die nächste Zeile, und es erklang der Folgetitel.

»Das ist das Sendeprotokoll«, erklärte Eigenbrodt in beschwichtigender Tonlage.

»Wo steht, was du gesagt hast?«, wollte Lunardini wissen.

»Das hier ist das, was *geplant* ist. Der Wortbeitrag gehörte nicht dazu. Den haben wir dazwischengeschoben.«

Lunardini überlegte. »Ich will, dass sie das noch einmal vorliest. Hier. Jetzt und sofort.«

Martina Gilica verknotete ihre Finger ineinander, dann fasste sie sich an die Kehle und spielte mit dem goldenen Anhänger, der von einer der drei Ketten an ihrem Hals herabhing.

Für einen kurzen Moment musterte Lunardini die attraktive Frau in dem weißen Pullover, der ihre Figur vorteilhaft zur Geltung brachte.

Dann zog die Moderatorin eine Augenbraue in die Höhe und legte den Finger auf die Lippen.

»Ich muss jetzt eine Ansage machen«, erklärte sie. »Bitte keinen Ton, sonst fällt Ihr Besuch im Studio jedem auf.«

Das sah Lunardini ein. Er beobachtete, wie die Moderatorin ein paar Knöpfe bediente, die Musik langsam ausklang und die geübte Rundfunkstimme die nächsten Titel ansagte. »Nach der Tageszusammenfassung auf NDR 1 Niedersachsen Regional geht's jetzt weiter mit einem Hit aus den achtziger Jahren. Die Eurythmics mit ›Sweet Dreams‹.«

Dann erlosch das rote Licht an der Studiowand wieder.

»Los, den Text.«

Eigenbrodt tastete seine Taschen ab. »Verflixt.« Es gelang ihm, Lunardini vorwurfsvoll anzusehen. »Wir sind so hastig aufgebrochen, dass ich den Zettel im Studio vergessen habe.«

»Dann hol ihn«, schrie Lunardini, dem die Kontrolle zu entgleiten drohte.

Zögernd ging der Redakteur zur Studiotür, als der Geiselnehmer hinterherrief.

»Halt, das machen wir anders. Dein Kumpel geht. Und du, Raffaele, begleitest ihn.«

»Ich?«, fragte der zweite Täter erstaunt. »Dann ist jeder von uns allein?«

»Mach schon. Verdammt. Ich will das hier durchziehen.« Lunardinis Stimme überschlug sich. »In zwei Minuten seid ihr zurück. Oder ich bringe den Ersten um.«

Durch das große Fenster des Studios sah Lunardini, wie sein Kumpan Peter Wolffsohn vor sich hertrieb.

***

In der gegenüberliegenden Glaswand, die zum Innenhof führte, spiegelte es sich, sodass Frauke Schwarczers Aktion sehen konnte. Millimeterweise robbte der Kommissar vorwärts. Für Sekunden hielten beide Beamten den Atem an, als Schwarczers Gürtelschnalle über die Bodenfliesen ratschte. Aber der Täter hatte es nicht gehört. Dessen Nervosität hatte sich weiter gesteigert. Abwechselnd sah er auf die Uhr, drehte sich im Kreis, riss die Maschinenpistole hoch und ließ sie wieder sinken. Dem Mann war anzusehen, dass er sich in diesem Augenblick weit wegwünschte. Er war hoffnungslos überfordert und wirkte wie ein Tierjunges, das sich im Fell der Mutter verkriechen möchte.

Vorsichtig schob Schwarczer den Kopf um die Ecke, sodass er mit einem Auge sein Ziel anvisieren konnte. Dann folgte die rechte Hand mit dem Gegenstand, den Frauke ihm ausgehändigt hatte.

Frauke hatte sich entschieden, diesen Weg zu beschreiten. Wenn es ihnen gelang, den ersten Mann auszuschalten, war ein strategisch wichtiger Platz auf der Kreuzung der beiden Gänge nicht mehr durch die Täter besetzt.

Die Waffe in der Hand des jungen Mannes war gefährlich. Mit ihr konnte er in einer Kurzschlussreaktion viel Unheil anrichten und, ohne nachzudenken, seine Geisel töten. Um das Leben des Pförtners zu schützen, könnte ein Scharfschütze des MEK aus Schwarczers Position einen finalen Rettungsschuss abgeben. War das bei der derzeitigen Gefahrenlage angemessen? Diese Frage musste der Einsatzleiter vor Ort entscheiden, und hinterher würden studierte Juristen das Für und Wider abwägen und dem Beamten vor Ort vorwerfen, dass seine Entscheidung falsch war. Der Innenminister hatte einen Polizeibeamten wegen des Einsatzes von Pfefferspray gegen einen Gewalttäter in Schutz genommen und war dafür öffentlich gerügt worden. Das hatte zur Folge, dass andere solch entschlossenes Eintreten künftig wohl unterließen und der Beamte vor Ort noch einsamer bei seiner Entscheidungsfindung war. Dabei bedurfte es keiner Diskussion. Kein Polizist war schießwütig. Und auch Frauke hätte nie die Anweisung zu einem finalen Schuss erteilt. Sie hatte sich anders entschieden und verfolgte atemlos Schwarczers Aktion.

Der Kommissar beobachtete das Vorgehen des Täters. Sein Verhalten lief nach einem festen Rhythmus ab. Der Mann sah auf die Glastür Richtung Straße, dann den langen Flur entlang, wo seine Kumpane verschwunden waren. Von dort warf er einen Blick in das Foyer, beschränkte sich aber darauf, den Pförtner anzusehen, um anschließend die andere Gangseite zu kontrollieren. Dann sah er auf die Uhr. Bei allen Bewegungsabläufen wanderte der Lauf seiner Maschinenpistole stets mit der Blickrichtung. Wenn er auf die Uhr sah, hielt er die Waffe kurz auf den Boden gerichtet.

Die beiden Polizisten ließen mehrere dieser Rhythmen verstreichen.

Jetzt schob Schwarczer die rechte Hand vor, hielt sie unter dem Kopf und richtete den Gegenstand auf den Täter. Als dessen Blick auf die Uhr fiel und er für den Bruchteil einer Sekunde abgelenkt war, schrie der Kommissar: »Polizei. Sie sind umstellt. Waffe fallen lassen.«

Der Täter fuhr zusammen. Er riss seine Maschinenpistole hoch und gab einen unkontrollierten Feuerstoß in die Richtung ab, aus der die Stimme kam.

»Ich schieße«, rief Schwarzer.

In diesem Moment gab Frauke einen Warnschuss ab, der hoch über dem Kopf des Täters in die Deckenverkleidung fuhr.

Der Täter zuckte zusammen und zog automatisch den Kopf zwischen die Schultern.

»Sieh dich an«, rief Schwarczer. »Der nächste Schuss sitzt. Rundherum sind Scharfschützen positioniert.«

Der Mann ließ sich einschüchtern. Er sah an sich hinab und stöhnte auf. »Mein Gott«, schrie er. »Mein Gott. Tu's nicht.« Entsetzen trat in sein Gesicht, als er in Richtung des aus seiner Sicht immer noch unsichtbaren vermeintlichen Schafschützen blickte. Instinktiv ließ seine linke Hand die Maschinenpistole los und wanderte zu der Stelle, auf die der rote Punkt des Präzisionsgewehrs gerichtet war. Womöglich hätte ein Anvisieren des Herzens, der Brust oder des Kopfes ihn nicht so irritiert wie der rote Punkt, der exakt auf seine Männlichkeit ausgerichtet war. Es war eine hilflose, fast kindische Reaktion, als der Täter seine Hand davorhielt, als könne er damit seine Kostbarkeiten schützen.

»Es gibt keine zweite Warnung«, drohte Schwarczer. »Die nächste Kugel ist ein Volltreffer.« Der Kommissar ließ ihm einen Atemzug Pause, um seine Drohung wirken zu lassen, bevor er weitersprach. »Finger vom Abzug.«

Frauke verfolgte in der spiegelnden Scheibe, wie der Täter gehorchte.

»Ganz langsam die Waffe auf den Boden legen«, befahl Schwarczer.

Auch dieser Aufforderung kam der Geiselnehmer nach.

Frauke atmete tief durch. Sie hatte sich an den elektronischen Laserpointer erinnert, den sie in ihrer Handtasche mit sich führte und den sie bei Dienstbesprechungen einsetzte, um auf Einzelheiten am Whiteboard, am Videoschirm oder am Flipchart zu verweisen. Der rote Markierungspunkt hatte den Täter irritiert.

Wie gut, dass der Mann der Generation angehört, die Fiktion und Wirklichkeit durch die Ballerspiele am Computer nicht mehr zu trennen vermag, dachte Frauke. Ein weiterer glücklicher Umstand war, dass der Mann so unerfahren war.

Sie kam hinter der Ecke hervor und richtete ihre Waffe lehrbuchmäßig auf den Täter aus. Schwarczer war aufgestanden und folgte ihr.

»Hände in die Höhe. Zwei Schritte vor«, befahl Frauke.

Zögernd kam der Täter ihrer Aufforderung nach.

»Noch zwei. Los.« Fordernd bewegte sie ihre Pistole.

Der Geiselnehmer schob seine Füße über die Fliesen. Das reichte. Jetzt war er nicht mehr auf dem Gang zu sehen, in dem die Mittäter verschwunden waren.

Es galt, schnell zu handeln. Beide Beamten spurteten los. Schwarczer riss den Täter zu Boden und drückte ihn nieder, während Frauke die Maschinenpistole zur Seite nahm und den Gang sicherte.

Putensenf hatte den ganzen Vorgang aus seiner Deckung beobachtet und tauchte jetzt ebenfalls im Foyer auf. Er half Schwarczer, dem Täter Handfesseln anzulegen. Dann hoben die beiden Beamten den Mann hoch.

»Wie heißen Sie?«, fuhr ihn Putensenf an.

»Schlossarek.«

»Den ganzen Namen.«

»Alexander Schlossarek.«

»Wie viele seid ihr insgesamt?«

Aus Schlossareks Gesicht war jede Farbe gewichen. Es sah aus, als würde er jeden Moment ohnmächtig werden. Er zitterte am ganzen Leib wie Espenlaub.

Putensenf kniff ihn in den Oberarm.

»Los. Antworte.«

»Drei«, stammelte Schlossarek.

»Wo sind die anderen?«

»Dahinten. Zuerst in einem der Zimmer. Dann sind sie den Gang runter. Irgendwo nach links verschwunden. Ich weiß nicht ...«

»Wie heißen die?«

Schlossarek zuckte die Schultern.

»Verdammt. Die Namen. Aber fix.«

»Raffaele und Carmelo.«

»Italiener?«

Schlossarek nickte. »Scheiß-Itaker.«

»Und die Zunamen?«

»Buffolo.«

»Sind das Brüder?«

»Weiß nicht.«

»Wie heißt der andere?«

»Raffaele Buffolo. Wie Carmelo heißt ... Keine Ahnung.«

»Ist Buffolo der Boss?«

»Nein. Der andere.«

»Wie sind die bewaffnet?«

Schlossarek zeigte mit dem Kopf in Richtung Maschinenpistole.

»Ist das alles?«

Er schüttelte den Kopf. »Sie haben noch Handgranaten.«

Frauke und ihre Mitarbeiter wechselten einen raschen Blick. Das gab der Aktion eine unerwartete Wende, da nicht davon auszugehen war, dass die anderen Täter genauso leicht zu überwältigen waren wie Schlossarek. Die Geiselnehmer verfügten folglich über mehr als die beiden Handgranaten, die sie im Auto vergessen hatten.

Sie nickte leicht mit dem Kopf, und Putensenf führte den Täter ab.

»Wo ist der Scharfschütze?«, fiel dem Geiselnehmer ein.

»Bei der Polizei sind alle Einsatzkräfte hervorragend ausgebildet«, sagte Frauke.

»Oh, was für ein Scheiß …«, jammerte Schlossarek, als er abgeführt wurde.

Jetzt tauchten auch die Beamten des MEK auf.

»Wir haben Sie beobachtet«, sagte der Einsatzleiter, »uns aber zurückgehalten, nachdem Ihr Mitarbeiter uns eingewiesen hatte. Meine Leute haben den Eingangsbereich gesichert.« Dabei zeigte er auf die große Glastür. Von innen war nichts zu sehen. »Außerdem haben wir mehrere strategisch wichtige Stellen an den Ausgängen besetzt, uns im Gebäude aber zurückgehalten. Wir wissen derzeit nicht, wo sich die Täter aufhalten.«

Frauke berichtete, was ihr Schlossarek erzählt hatte. Auf einen Wink des Einsatzleiters tauchte ein Beamter mit einem mobilen Notebook auf. Frauke wiederholte den Namen des einen Täters.

»Raffaele Buffolo«, sagte der Beamte wenige Sekunden später. Es klang ein wenig gepresst unter seinem Gesichtsschutz hervor. »Vorbestraft wegen unerlaubten Waffenbesitzes, Körperverletzung, Autodiebstahl. Es hat bisher nur zu einer kleineren Freiheitsstrafe gereicht. Kein wirklich großes Kaliber. Wie hieß der andere?«

»Carmelo.«

Jetzt dauerte die Suche ein wenig länger. »Da gibt es mehrere. Insgesamt drei. Aber nur einer war in Hannover aktiv.«

»Nachnahme?«

»Lunardini.«

»Vorstrafen?«

»Ähnlich wie Buffolo. Die beiden könnten sich daher kennen.«

»Warum beauftragt man nur Mittelgewichtler mit einer solchen Aktion?«, dachte Frauke laut nach. »Nach unseren Informationen sind das nicht wirklich eiskalte Verbrecher. Darin könnte eine Chance für uns liegen.«

»Pst«, wurden sie von einem Beamten des MEK unterbrochen, der einen kleinen flexiblen Schlauch um die Ecke gelegt hatte und auf einem Miniaturmonitor den Flur überwachte. »Da tut sich was.«

Frauke sah dem Einsatzleiter über die Schulter. Zwei Männer waren auf den menschenleeren Flur abgebogen. Einer trieb einen anderen vor sich her, indem er ihm den Lauf einer Maschinenpistole in die Rippen stieß. Dabei sagte er etwas, was aufgrund der Distanz aber nicht verständlich war.

Es war nur ein gezischtes Kommando, und schon hatten sich die MEK-Beamten in Stellung gebracht, um den Geiselnehmer zu überraschen. Frauke bewunderte die Routine des eingespielten Teams.

»Die betreten ein Büro«, kommentierte der Beamte. Frauke hatte es auf dem Monitor mitbekommen.

»Wenn es wirklich nur drei Täter sind, dann haben sie sich jetzt aufgeteilt. Offenbar haben sie dabei keinen Kontakt untereinander. Trauen Sie sich zu, den Mann mit seiner Geisel zu überwältigen?«

Der Einsatzleiter nickte. Dann liefen er und drei seiner Leute über den langen Flur. Obwohl sie schnell waren, vernahm Frauke kaum Geräusche. Aus der Entfernung sah sie, wie sich die Beamten neben der Tür positionierten, eine Art Stethoskop an die Milchglasscheibe setzten, eine Weile lauschten und sich dann zunickten. Im selben Moment öffnete sich die Bürotür, und ein Mann trat auf den Flur. Sofort riss ihn einer der Beamten zur Seite und drückte ihn auf den Boden. Dabei warf er sich über ihn. Zwei andere Polizisten stürzten sich auf den zweiten Mann. Während der erste Polizist beherzt den Lauf der Maschinenpistole packte und zur Seite schob, schlug der zweite auf den Unterarm, dass Frauke das Krachen bis zu ihrer Position zu hören glaubte. Der Hieb musste so schmerzhaft gewesen sein, dass der Täter die Waffe losließ, die der Polizist, der den Lauf gepackt hatte, zur Seite riss.

»Vorsicht. Handgranaten«, warnte der Einsatzleiter und packte mit zu, als sie den Mann überwältigten und auf den Boden warfen. Das alles hatte sich in Bruchteilen von Sekunden abgespielt.

Frauke war froh, dass diese Aufgabe das MEK übernommen hatte.

Die Beamten zogen die beiden Männer hoch. Während die Geisel von einem Beamten Richtung Foyer abgeführt wurde, schleiften zwei andere den überwältigten Täter hinter sich her. Dann bogen sie um die Ecke in den Vorraum des kleinen Sendesaals, in dem Frauke und die anderen warteten.

»Alles okay?«, fragte einer der Beamten die Geisel.

Der Mann nickte.

»Ihr Name?«

»Peter Wolffsohn.«

Er wurde befragt, wo sich der dritte Täter aufhielt, wer in seiner Gewalt war und welche Forderungen er stellte.

»Der heißt Raffaele«, sagte Wolffsohn noch und zeigte dabei auf den überwältigten Täter.

»Dann ist der Dritte Carmelo Lunardini«, stellte Frauke fest und sah Buffolo an. »Richtig?«

Sie war überrascht, als der Täter nickte.

»Warum haben die Täter sich getrennt?«

Wolffsohn reichte ihr ein Blatt Papier. »Den haben wir im Büro vergessen. Der sollte geholt werden. Der Text daraus soll von der Moderatorin ins laufende Programm eingespielt werden.«

Frauke warf einen Blick auf den Zettel. Jetzt verstand sie den Grund der dilettantisch angelegten und ausgeführten Aktion. Die in der Justizvollzugsanstalt einsitzenden Häftlinge der Organisation sollten befreit werden.

Sie zweifelte daran, dass die Leute im Hintergrund wirklich diese Absicht verfolgten. Alles, was die Organisation bisher unternommen hatte, war gut durchdacht und vorbereitet gewesen. Der Überfall auf das Landesfunkhaus entsprach nicht dem Standard, den die Organisation sonst an ihre Aktionen anlegte. Sie war am Ende.

Zwei Beamte brachten den gefesselten Buffolo vor das Haus und übergaben ihn den uniformierten Polizisten, die inzwischen mit mehreren Streifenwagen eingetroffen waren.

Frauke registrierte, dass Madsack die ganze Aktion aus dem Hintergrund vorzüglich organisierte. Bisher war alles generalstabsmäßig abgelaufen, ohne dass es komplexe Lagebesprechungen gegeben hatte. Alle Einsatzkräfte wirkten zusammen, als würden sie eine Übung abhalten, deren Verlauf vorher abgesprochen worden war.

Jetzt gruppierte der Einsatzleiter seine Leute um den Fluchtplan, in dem der Grundriss des verschachtelten Gebäudes abgebildet war. Er bildete kleine Teams und wies sie ein. Lautlos huschten die Männer davon. Frauke, Putensenf und Schwarczer folgten dem Einsatzleiter und zwei seiner Beamten. Sie liefen den langen Flur entlang, der am kleinen Sendesaal vorbeiführte. Im Vorbeilaufen sah Frauke eine große Wandtafel mit der Überschrift »Pressespiegel – Hallo Niedersachsen«, an der Zeitungsausschnitte angeheftet waren. Den Gang schmückten farbenfrohe Bilder mit Motiven aus dem Land. Auf jedem war zudem das Logo »NDR 1 Niedersachsen« aufgedruckt. Eine Showtafel zeigte »Unsere Moderatoren«.

Hinter einem gläsernen Besprechungsraum führte eine Treppe hinab.

»Den Beschreibungen nach können wir uns dem Studio nicht ungesehen nähern«, sagte Frauke, als die Gruppe vor der Tür einhielt. »Lunardini wartet auf seinen Kumpan. Er hat zwei Geiseln. Wenn wir dort in kriegsmäßiger Ausstattung auftreten, dreht der Mann durch. Er weiß dann, dass er allein ist. Wie reagiert er? Gibt er auf? Oder sprengt er sich und seine Geiseln in die Luft?«

»Wir sollten die Verhandlungsgruppe einschalten«, schlug der Einsatzleiter vor.

»Das wäre sicher der richtige Weg«, erwiderte Frauke. »Wir haben hier aber eine außergewöhnliche Situation. Der Täter sitzt direkt im Herzen des Senders. Wenn er eine niedrige Hemmschwelle hat, kann er durch Zwangsmaßnahmen gegen seine Geiseln praktisch den Sendebetrieb beherrschen. Wollen wir das dulden?«

»Wir müssen an das Leben und Wohl der Geiseln denken«, mahnte der Einsatzleiter.

Natürlich hatte er recht.

»Er wartet auf den Text«, sagte Frauke. »Ich werde ihn hineinbringen.« Sie nahm ihr Handy, ließ sich die Nummer des Einsatzleiters geben und forderte Putensenf auf, ihr das Gerät in den rückwärtigen Verschluss ihres Büstenhalters zu klemmen, was bei Putensenf einen Hauch Verlegenheit hervorrief. Die Sprechprobe klappte. Der Einsatzleiter konnte sie hören.

Dann holte sie noch einmal tief Luft, nahm ihre Waffe, öffnete die Tür und schlüpfte durch die Öffnung. Mit einem satten Geräusch fiel die Tür hinter ihr ins Schloss.

Sie stand in einem kahlen Raum, der durch eine Wand vom Studio abgetrennt war. Durch die große Scheibe sah sie drei Leute. Eine Frau in weißem Pullover, einen Mann, der in einer Ecke stand, und den dritten, der eine Maschinenpistole in Händen hielt.

Alle drei blickten zu ihr heraus. Es verging fast eine Minute, bis der Täter die Waffe auf den Mann, es musste Dieter Eigenbrodt sein, richtete und in Richtung Studiotür zeigte.

Der Redakteur hob die Hände, verschränkte sie hinter dem Nacken und öffnete dann die Tür. Er blieb im Rahmen stehen.

»Wer sind Sie?«, fragte er und sah dabei über die Schulter.

»Mein Name ist Dobermann. Ich bin von der Polizei.«

Eigenbrodt gab es in den Raum weiter und nahm neue Anweisungen entgegen.

»Sie sollen sofort verschwinden.«

Frauke schüttelte den Kopf. »Ich soll mit Ihnen verhandeln. Im Namen des Innenministers.« Sie war dabei ganz langsam vorgegangen und stand jetzt im Türrahmen. Mit den Fingerspitzen hielt sie ihre Dienstpistole am Lauf, zeigte sie Lunardini, bückte sich und legte die Waffe auf den Fußboden. »Sie sehen, ich will wirklich mit Ihnen sprechen.«

»Ich aber nicht mit Ihnen.« Lunardini zuckte nervös mit der Schulter und blinkerte mit den Augenlidern. Frauke erkannte darin deutliche Zeichen einer Überreizung. Lange würden die Nerven des Mannes nicht mehr mitspielen.

»Wir kennen Ihre Forderungen.« Dabei machte sie einen Schritt vorwärts, schob Eigenbrodt sachte aus dem Türrahmen und trat in das Studio. »Ihr ganzes Unternehmen ist gescheitert«, sagte sie und versuchte Mitleid in ihre Stimme zu legen. »Ihre beiden Kollegen haben aufgegeben. Einen haben wir in Gewahrsam genommen.«

Lunardini leckte sich über die Lippen. »Und der andere?«

»Es soll noch einen weiteren gegeben haben«, log Frauke. »Den haben wir aber nicht angetroffen. Der ist vorher stiften gegangen. Herr Lunardini. Geben Sie auf. Es ist zwecklos.«

Der Täter schüttelte den Kopf, als müsse er sich selbst Mut zusprechen. »Niemals«, sagte er. Es klang halbherzig. Plötzlich stutzte er. »Woher kennen Sie meinen Namen? Von … Das kann nicht sein.«

»Doch«, sagte Frauke ernst. »Woher wissen wir von Ihrer Aktion hier? Der hat sich bei uns gemeldet und uns darauf hingewiesen, dass er drei Leute hierhergeschickt hat. Sie sollen ein Zeichen setzen. Das war aber noch nicht alles.«

Für einen kurzen Moment senkte Lunardini die Spitze seiner Waffe ab.

»Das ist nicht wahr«, schrie er. »Sie lügen.«

»Woher sollten wir sonst Ihren Namen kennen? Schlossarek ist abgehauen. Und Ihr Kumpel Raffaele Buffolo hat Sie nicht verraten. Nein. Sie sollen geopfert werden. Mensch, Lunardini. Wofür? Für Ihren Boss, der Sie sinnlos ins Feuer schickt?«

»Das ist doch Blödsinn.«

»Genau. Er hat uns alle Einzelheiten aufgegeben, uns über ihre Bewaffnung im Detail informiert. Dazu hat er gesagt, Sie, Lunardini, wären mordsgefährlich. Sie wären ein kaltblütiger, eiskalter Mörder, der hemmungslos tötet. Wie Sie es schon oft gemacht haben.«

»Das ist gelogen. Ich habe noch nie jemanden umgebracht. Ich war dabei, als Romeo Carlucci Boccone auf dem Spielplatz ermordet hat.« Er schüttelte sich. »Ich musste auch zusehen, wie er Kiehnhorst das Gesicht zerschnitten hat.«

»Dann beweisen Sie, dass Sie auch heute niemandem schaden

wollen. Alles, was ich Ihnen erzählt habe, wissen die hundert Polizisten auch, die vor dem Haus auf Sie warten. Darunter sind Scharfschützen. Bevor Sie einmal Luft holen, sind Sie tot. Das gilt auch, wenn Sie einer der hier anwesenden Personen auch nur ein Haar krümmen.« Sie machte einen Schritt auf den Mann zu und streckte die Hand aus. »Es lohnt nicht. Nicht für den Verräter, der sich Boss nennt.«

Dem Geiselnehmer lief der Schweiß in Sturzbächen. Plötzlich riss er die Waffe hoch und zielte auf die Moderatorin.

»Wenn ich etwas verspreche, halte ich es. Los. Sie soll den Text vorlesen.«

Frauke reichte den Zettel an Martina Gilica weiter. Die nickte Frauke zu, nahm das Papier, setzte sich an das Pult und drückte einen Knopf. Grünes Licht flammte auf.

»Was heißt das?«, schrie Lunardini hysterisch.

»Wir sind jetzt auf Sendung«, erklärte die junge Frau gelassen und las den Text in Richtung eines Mikrofons vor. Dann drückte sie wieder auf den Knopf, und der rote Schriftzug *»on air«* erschien.

»Und was ist das?«, rief Lunardini.

»*On air* – alles für die Luft. Jetzt geht nichts über den Sender«, sagte die Moderatorin.

Frauke trat ganz langsam auf Lunardini zu, von dem die Anspannung abgefallen schien. »Sie haben Ihr Ziel erreicht«, sagte sie. »Die Meldung ist über den Sender gegangen. Hunderttausende haben es gehört. Nur Ihr Boss, der Feigling, wird sich wundern.«

Sie stand vor ihm und nahm ihm die Maschinenpistole aus der Hand, ohne dass er sich wehrte. Dann führte sie ihn aus dem Studio zu den wartenden MEK-Beamten.

Als sie den Täter übergeben hatte, schüttelte Putensenf den Kopf.

»Das ist zu viel für mich. Wie hat die das gemacht? Die ist doch eine Frau.«

»Eben. *Nur* eine Frau, Putensenf.«

Frauke kehrte in das Studio zurück und sah in die erleichterten Gesichter der beiden Rundfunkmitarbeiter.

Eigenbrodt atmete tief durch. Dann nahm er seine Kollegin kurz in den Arm. »Das hast du gut gemacht«, lobte er sie. »Wenn wir Radio so machen würden, wie wir es denen vorgeführt haben ... Da würde nichts über den Sender gehen. Wie gut, dass dieser Kelch noch einmal an uns vorübergegangen ist. Jetzt zur *drivetime* hören besonders viele Leute Radio.«

Martina Gilica sah ihm nach, als er winkend das Studio verließ. Dann ließ sie sich auf den bequemen Stuhl mit der hohen Rückenlehne nieder, rollte dicht an das Pult heran und zog den Teleskoparm mit dem Mikrofon in die Nähe ihres Mundes. Sie blickte zu Frauke und legte den Zeigefinger auf die Lippen, lauschte konzentriert den letzten Takten von Ray Charles' »Hit the Road Jack« und beobachtete dabei den Countdown des laufenden Musiktitels.

Sanft zog sie den Regler herunter und öffnete das Mikrofon. Sie holte noch einmal tief Luft.

»Hier ist NDR 1 Niedersachsen«, sagte sie dann mit fester Stimme. »Ich hoffe, Sie hatten heute einen angenehmen und ruhigen Tag. Ich wünsche Ihnen, dass der Feierabend das bringt, was der Tag versprochen hat. Wer könnte das besser untermalen als ein Klassiker. Hier kommen die Edwin Hawkin Singers mit ›Oh Happy Day‹. Falls Sie noch mit dem Auto unterwegs sind, wünsche ich Ihnen eine gute Fahrt. Am Mikrofon freut sich mit Ihnen Ihre Martina Gilica.« Sie schloss für einen kurzen Moment die Augen und hörte in die ersten Takte des neuen Stücks. Dann nickte sie Frauke zu. »Keine zwei Stunden mehr«, sagte sie mit ihrer angenehmen Stimme. »Dann darf ich heim zu meiner Familie.«

»Ich wünsche Ihnen einen schönen Abend im Kreis Ihrer Familie«, verabschiedete sich Frauke, nachdem das rote Licht *»on air«* erloschen war. Dann verließ auch sie das Studio. Von außen winkte sie noch einmal der Moderatorin zu.

SIEBEN

Es war ein ereignisreicher Tag gewesen, der mit viel Glück überstanden war. Der Überfall auf das Landesfunkhaus hätte auch anders ausgehen können, wenn Richter die Planung innegehabt und die Organisation nicht zweitklassige Täter eingesetzt hätte. Das war für Frauke gleichzeitig der Beweis, dass die Wurzeln der Organisation hier in Hannover waren. Die Organisation war keine Zweigstelle einer global operierenden Bande, die aus einem größeren Reservoir hätte schöpfen und in Zeiten der Bedrängnis neue Killer aus Italien hätte rekrutieren können. Die Leute im Hintergrund waren in Deutschland ansässig.

Frauke war am Vorabend todmüde ins Bett gesunken. Zum ersten Mal seit Langem hatte sie keine Sorge, dass ihr nachts unliebsame Überraschungen drohen könnten.

Doch mit dem Aufstehen kreisten ihre Gedanken wieder um den Fall und die Frage, wer hinter den Verbrechen stand.

Nach der morgendlichen Teambesprechung, an der auch Kriminaloberrat Ehlers teilnahm, rief Frauke in der Justizvollzugsanstalt an. Es dauerte eine Weile, bis man sie mit dem gewünschten Gesprächspartner verbunden hatte.

»Knast Hannover. Mahlstedt«, meldete sich die sonore Stimme.

»Dobermann. Wie viel Macht haben Sie in der JVA?«

Der Mann lachte herzhaft. »Wenn der Papst in Rom halb so mächtig im Vatikan wie ich im Knast wäre, dann würde die Welt staunen.«

»Beweisen Sie es.«

»Klar doch. Ich bin jetzt über zwanzig Jahre im Bau. Als meine Große ins Gymnasium kam und in der Vorstellungsrunde sagte: ›Mein Vater ist im Gefängnis‹, gab es Irritationen. Das stört mich aber nicht. Ich weiß, was hier läuft. Sie auch? Hier funktioniert nichts ohne Gegengeschäft. Wenn Sie etwas von mir wollen, dann treffen wir uns nach Dienstschluss.«

»Okay«, sagte Frauke, »ich lade Sie und Ihre Frau ein.«

»Meine Frau? Das geht nicht. Die muss Günther Jauch gucken.«

»Schön. Dann treffen wir uns morgen. Und wenn Sie möchten, bringen Sie auch noch Ihre Schwiegermutter mit.«

»Gewonnen.« Mahlstedt lachte herzhaft auf. »Was kann ich für Sie tun?«

»Können Sie Bernd Richters Zelle filzen? Ich möchte wissen, ob er im Besitz von Unterlagen oder Informationen ist, die bei ihm nichts zu suchen haben.«

»Kein Problem. Wir werden ihn kitzeln, bis er lacht«, versprach der Vollzugsbeamte. »Ich melde mich wieder bei Ihnen.«

Fraukes Handy vibrierte. Sie warf einen Blick auf das Display. Ein »unbekannter Teilnehmer« versuchte sie zu erreichen.

»Hallo?«, meldete sie sich.

»Hallo!«

Georg.

»Ich will sofort mit dir reden. Du kommst augenblicklich in das Landeskriminalamt. Oder meldest dich auf einer anderen Polizeidienststelle«, fauchte sie ihn an.

Einen Moment war es still in der Leitung. Frauke befürchtete, Georg hätte aufgelegt.

Dann vernahm sie sein entschiedenes »Nein!«.

»Ich lasse dich zur Fahndung ausschreiben.«

Er lachte bitter auf.

»Das habe ich dir schon einmal erklärt: Nach wem willst du suchen lassen? Und mit welcher Begründung?«

»Das lass meine Sorge sein.«

Georg atmete tief durch. »Ich möchte mich stellen.«

Jetzt war die Verblüffung auf Fraukes Seite.

»Es wird auch Zeit«, sagte sie.

»Stimmt. Jetzt ist alles überstanden.«

»Wo kann ich dich abholen lassen?«

»Kommst du selbst und allein?«

»Bist du bescheuert?«

»Na – na. Solche Ausdrucksweise kenne ich nicht von dir. Daran müssen wir aber noch arbeiten. Ich treffe mich mit dir unter einer einzigen Bedingung.«

»Ich stelle die Bedingungen«, fuhr Frauke ihn an.

»Ich weiß, wann ich verloren habe. Vielleicht ist es das letzte Mal, dass ich mir die Entscheidung vorbehalte. Also. Heute Abend um acht Uhr bei ›Enrico Leone‹. Das ist in der Königstraße gegenüber dem ›City-Hotel‹, zwischen der Berliner Allee und der Hinüberstraße. Du hast doch eine besondere Vorliebe für alles, was italienisch klingt.«

»Hinüberstraße?«, fragte Frauke ungläubig und ärgerte sich über die süffisant vorgetragene Anmerkung zum Thema Italien.

»Die heißt wirklich so. Nimm es wörtlich. Und vergiss nicht: allein. Ich merke es, wenn du deine Schergen irgendwo platzierst.« Dann hatte Georg aufgelegt.

Frauke legte das Handy auf die Tischplatte und sah ungläubig auf das Gerät. Mit allem hatte sie gerechnet, aber nicht damit, dass Georg sich mit einem solchen Ansinnen bei ihr melden würde.

Sie nahm ihre Handtasche auf, holte die Dienstwaffe heraus. Sorgfältig überprüfte sie den Inhalt des Magazins, kontrollierte, dass sich keine Patrone im Verschluss befand, und visierte einen Punkt hinter dem Fenster an. Dann nahm sie schulbuchmäßig die Pistole in beide Hände und drückte ab. Klack. Sie wiederholte diesen Vorgang zweimal, bevor sie das Magazin wieder einführte. Die Waffe war so nicht einsatzbereit. Es war zu gefährlich, mit einer scharfen Pistole in einem Restaurant zu sitzen.

Für einen Moment überlegte sie, das Restaurant heute Abend sperren und stattdessen das Mobile Einsatzkommando dort speisen zu lassen. Das Lokal war in Hannover eine bekannte Institution, und es bestand kein Zweifel daran, dass die Betreiber ehrbare Leute waren und in keinem Zusammenhang mit unlauteren Geschäften standen.

Sie musste das Risiko eingehen und allein dort erscheinen. Bei aller Skrupellosigkeit der Organisation würde Georg kein Gemetzel in der Öffentlichkeit anzetteln. Sie hoffte immer noch, dass er seinem Eid als Arzt verpflichtet war. Morde anordnen war eine Sache, sie selbst ausführen etwas anderes.

Sie starrte auf die gegenüberliegende Wand und kämpfte mit sich. Sie konnte niemanden um Rat fragen. Schließlich fasste sie einen Entschluss.

»Schwarczer«, sagte sie, als sich der Kommissar meldete. »Kommen Sie zu mir.«

Wenige Augenblicke später stand er ihr gegenüber.

»Schließen Sie die Tür«, sagte sie zur Begrüßung. Dann weihte sie ihn in das Treffen am Abend ein.

»Bei ›Enrico Leone‹?« Schwarczer sah sie erstaunt an. »Das ist eine erstklassige Adresse. Da muss etwas anderes dahinterstecken. Wie bei allen Orten in der Öffentlichkeit, die die andere Seite vorgeschlagen hat, sind es unverdächtige Locations. Gut. Ich werde als Gast anwesend sein.«

Frauke musterte Schwarczer, der keine Regung zeigte. Er stellte keine Fragen, mit wem sich Frauke dort treffen wollte, wer der Unbekannte war und welches Thema behandelt werden sollte.

»Danke.«

Schwarczer nickte kaum merklich. Mit Sicherheit hatte er registriert, dass Frauke erleichtert wirkte, nachdem er seine Bereitschaft zugesichert hatte.

Die nächsten Stunden verbrachte Frauke mit dem Aktenstudium, dem Schreiben von Berichten, dem Analysieren von Ergebnissen der Spurensicherung und den Auswertungen der Kriminaltechnik. Es war das mühsame Prüfen von Einzelheiten, das Abwägen von Aussagen und Erkenntnissen, die oft im Widerspruch zueinander zu stehen schienen, das zeitaufwendig war und dennoch zum Fahndungserfolg beitrug. Sie hatte aufgehört, die Anzahl der Tassen Kaffee zu zählen, die sie dazu getrunken hatte. Es war fast eine willkommene Unterbrechung, als sich ihr Telefon meldete.

»Knast. Mahlstedt. Treffer.«

Frauke wartete darauf, dass der »Beamte im Strafvollzugsdienst« weitersprach, aber Mahlstedt hatte eine Kunstpause eingelegt. Frauke tat ihm den Gefallen und fragte nach.

»Sie haben bei Richter etwas gefunden?«

»Ja.«

»Sind Sie verheiratet?«

»Jaaa … Wieso?«, fragte Mahlstedt erstaunt. »Das wissen Sie doch.«

»Dann sollten Sie Ihre Frau bitten, Ihnen Einzelheiten aus der Nase zu ziehen.«

»Wau – wau. Dobermänner beißen doch. Wir haben bei Richter ein Smartphone gefunden.«

»Wie konnte das passieren?«, schnauzte Frauke den Vollzugsbeamten an. »Das muss doch auffallen?«

»Ach«, sagte Mahlstedt ungerührt. »Haben Sie sich einmal den Zaun angesehen, der das Gelände umgibt? Da sind ganz große Maschen drin. Und ähnlich ist es mit der Abschottung des Knasts. Die Kollegen an den Eingängen und bei der Postkontrolle geben sich alle Mühe, aber ganz können Sie das Einschmuggeln nicht verhindern. Sie haben keine Vorstellung, was hier alles kursiert. Da wäre ein mittelgroßes Kaufhaus stolz darauf, was hier gehandelt wird. Gegen harte Währung können Sie im Bau fast alles bekommen. Nur die Freiheit nicht«, fügte Mahlstedt hinzu. »Was uns aber nachdenklich stimmt, ist, dass im Smartphone keine SIM-Karte eingelegt war.«

»Das macht doch keinen Sinn«, sagte Frauke. »Die hat Richter irgendwo anders verborgen. Bei Bedarf setzt er sie ein und kann kommunizieren.«

»Das würde ich auch vermuten«, stimmte Mahlstedt zu. »Sie können mir glauben: Wir haben alles durchsucht, jede Mauerritze, die Kleidung bis zur Hosennaht, alles. Wenn Sie lange genug im Knast arbeiten, kennen Sie auch die geheimsten Winkel. Nichts.«

»Das kann nicht sein«, beharrte Frauke.

»Wir haben einen jungen Kollegen, der etwas davon versteht. Er hat sich das Smartphone angesehen und meint, dass es keine Hinweise darauf geben würde, dass von diesem Apparat telefoniert oder das Internet genutzt wurde. Allerdings hat Richter das Smartphone als Minicomputer eingesetzt und Texte darauf verfasst, die wir sicherstellen konnten.«

»Es ist kaum vorstellbar, dass Richter die Kommunikationsfunktion nicht eingesetzt haben soll.«

»Ich kann nur die Fakten aufzählen. Wollen Sie wissen, welche Texte wir herausgefiltert haben?«

»Schicken Sie mir die«, forderte Frauke Mahlstedt auf. »Möglichst schnell.«

»Sie sind nicht in Hannover zur Schule gegangen?«, maulte der Vollzugsbeamte. »Hier lernen die Kinder in der ersten Klasse Wörter wie ›bitte‹ und ›danke‹.« Dann legte er auf.

Es dauerte eine Viertelstunde, bis die Textdatei eintraf.

»Aktion ... Ausgefallenes ... Aufmerksamkeit ... sonst nicht ernst genommen ... wirkungsvoll ... Wer? Wo? Wie? Eile geboten ... Depression ... Hände gebunden ... andere Schulter ... L? Vorbereiten ...«

Das war die Anleitung – in Fragmenten – für den Überfall auf das Landesfunkhaus. Richter hatte klar erkannt, dass die Organisation etwas unternehmen musste. Nur die Durchführung war dilettantisch gewesen. Mit der Verhaftung Richters schien der Polizei tatsächlich ein verheerender Schlag gegen die Organisation gelungen zu sein.

***

Frauke fand einen Parkplatz jenseits der Berliner Allee. Schon von außen sah sie Georg, der einen Fensterplatz belegt hatte. Er nickte ihr zu, stand auf und kam ihr entgegen, als sie das »Enrico Leone« betrat. Mit einem Seitenblick bemerkte sie Schwarczer, der mit einer attraktiven blonden Frau an einem Tisch im Hintergrund saß und ihr keine Beachtung schenkte. Trotzdem war sie sich sicher, dass der Kommissar sie gesehen hatte.

»Schön, dass du gekommen bist«, sagte Georg, nahm ihr die Jacke ab und reichte sie an einen dienstbeflissenen Kellner weiter. Er geleitete sie zu ihrem Platz und schob ihr den Stuhl zurecht, bevor er sich setzte.

»Das musst du mir erklären«, sagte Frauke unfreundlich. »Und eines ist klar: Ich habe dir kein freies Geleit zugesichert.«

Georgs Lächeln wirkte ein wenig verkrampft. »Mir wird nichts geschehen«, sagte er, griff über die weiße Tischdecke und forderte ihre Hand. Frauke verweigerte sie.

»Du erwartest nicht, dass ich Verbrechern die Hand reiche.«

»Auch du wirst mir nichts nachweisen können«, sagte Georg gequält. »Ich habe lange mit mir gekämpft, ob ich mich bei dir melden sollte. Ich weiß, ich habe dir viel zugemutet.«

»Du bist ein Heuchler, ein Lügner. Du hast mich benutzt«, fuhr sie ihn so laut an, dass die Gäste am Nachbartisch auf sie aufmerksam wurden.

Georg legte den Finger auf die Lippen. »Pst!« Es klang wie eine Bitte.

»Wer bist du wirklich?«

»Georg.«

»Ich habe deine Lügengeschichten satt.«

Er schüttelte traurig den Kopf. »Ich bin wirklich Georg.«

Sie wurden durch den Kellner unterbrochen, der ein Glas Champagner brachte.

»Das habe ich auf Verdacht bestellt«, erklärte Georg. »Hast du einen Wunsch? Möchtest du in die Karte sehen?«

Frauke übersah, dass der Kellner ihr die Karte reichen wollte.

»Ich möchte einen Salat«, sagte sie.

»Das wird heute nicht möglich sein«, erwiderte Georg. »Es ist ein besonderes Essen.«

»Das habe ich mir auch gedacht.«

Georg schien die Auseinandersetzung mit Frauke in Gegenwart des Kellners peinlich zu werden. »Zweimal das Menü«, sagte er zum Kellner.

»Mit wie vielen Gängen?«

»Allen.«

»Bist du verrückt, über mich bestimmen zu wollen?«

»Vielleicht.«

»Warum willst du mich manipulieren?«

Er bewegte den Zeigefinger. »Das nicht. Willst du nicht wissen, was es zum Menü gibt? Carpaccio vom Rind mit Sommertrüffeln, Zander auf Spargel-Bärlauch-Risotto an Chablissauce, Himbeersorbet, Rehkeule mit getrüffeltem Wirsing mit Selleriepüree auf Wacholder-Rhabarber-Jus und ein Dessert.«

»Willst du mich damit bestechen?«

»Ja«, gab er unumwunden zu und versuchte erneut, ihre Hand zu greifen.

»Bist du bescheuert?«

»Sonst drückst du dich gewählter aus. Das habe ich dir schon einmal gesagt.« Es klang wie ein leichter Tadel. »Aber wenn du es willst … Seit unserem Treffen auf dem Georgsplatz … Ich gestehe, bescheuert zu sein, wie du es nennst.«

»Wer hat das Treffen manipuliert?«

Georg zeigte mit dem Finger zum Himmel. »Der Chef.«

»Und wer ist der Chef?«

»Das solltest du wissen.«

So kam Frauke nicht weiter.

»Du bist Arzt?«, wechselte sie ihre Fragestrategie.

»Ja.«

»Du kennst Dr. Fehrenkemper?«

Georg nickte. »Selbstverständlich. Ein fähiger Mediziner. Aus dem kann etwas werden. Ich habe ihn zum Teil ausgebildet. Wir haben manche Operation zusammen ausgeführt.«

»Du behauptest, Chirurg zu sein?«

»Ich behaupte es nicht nur. Ich bin es.«

»Mischst du in Wolfenbüttel mit?«

»Wolfenbüttel? Was soll dort sein?«

»Die geheimnisvolle Klinik, im Haus der Bank, direkt neben der JVA.«

»Ich kenne nur das Städtische Klinikum Wolfenbüttel. Dort habe ich aber nie gewirkt.«

»Wo sonst?«

Georg nahm sein Champagnerglas, hielt es gegen das Licht, als würde er die Perlen zählen wollen, dann streckte er es andeutungsweise Frauke entgegen.

»Ist das ein Verhör?«

»Ja«, sagte Frauke mit Entschiedenheit.

»Cheers«, sagte Georg. Er versuchte es mit *»Vive«.* Als Frauke sich noch immer nicht rührte, kratzte er sich die Schläfe. »Ach, ich vergaß. Du magst es auf Italienisch. *Salute.*«

Frauke versuchte, ein Schmunzeln zu unterdrücken. Es gelang ihr nicht.

»Was hast du mit Italien zu tun?«, fragte sie.

Georg verdrehte die Augen. »Ein wunderbares Land. Kultur. Sonne. Eine großartige Landschaft. Reizende Menschen.«

»Hast du dort viele Freunde?«

Er legte die Stirn in Falten, als würde er angestrengt nachdenken.

»Ein paar. Möchtest du sie kennenlernen?«

»Mit Sicherheit.«

»Das lässt sich einrichten.«

Frauke setzte das Champagnerglas hart ab.

»Schluss jetzt. Welche Verbindungen hast du nach Italien?«

Georg merkte, dass sein Versuch, alles auf ironisch wirkende Weise darzustellen, erfolglos geblieben war. Er stellte sein Glas auf ähnliche Weise wie Frauke zurück.

»Gut. Dann pass auf, Frau Hauptkommissarin. Ich bin Arzt. Ich habe in Hannover, Heidelberg und Münster studiert. Dort habe ich zunächst als Assistent in der Raphaelsklinik gearbeitet und bin dann meinem Chefarzt, einem begnadeten Chirurgen, nach Weiden in die Oberpfalz gefolgt. Dank meines Gönners und Förderers war ich unter anderem in Kliniken in London, Birmingham und Boston tätig, bis man mich als Direktor der Klinik für Allgemein-, Viszeral- und Transplantationschirurgie an die Medizinische Hochschule rief.«

»Du? Direktor an der Medizinischen Hochschule?« Frauke konnte ihre Überraschung nicht verbergen.

Georg nickte. »Ja. Ich heiße wirklich Georg. Professor Dr. med. Georg von Benckendorff.«

»Dann habe ich schon einmal von dir gehört?«

Georg winkte ab. »Mag sein.«

»Daher kennt dich Dr. Fehrenkemper.«

»Richtig.«

»Und du bist … Transplantationschirurg?«

»Nicht nur, aber auf diesem Gebiet habe ich einen … nun ja … über Hannovers Grenzen hinausreichenden Ruf.«

»Dr. Fehrenkemper hat gesagt, dass Hannover führend wäre auf diesem Gebiet. Warst du das?«

Georg sah an Frauke vorbei. »Darüber mögen andere urteilen. Aber das ist genau mein Problem.«

»Du hast mit der Mafia zusammengearbeitet?«

»Mafia? So würde ich es nicht nennen.«

»Sondern?«

»Ich dachte, du hättest es lange herausgefunden.«

»Ich möchte deine Version hören«, wich Frauke aus.

Georg musterte sie skeptisch. Ob er wusste, dass Frauke im Dunkeln tappte? Bedächtig nippte er an seinem Glas.

»Zu einem guten Landarzt kommen die Leute auch aus den Nachbardörfern«, begann er vorsichtig. »Und was war ich anderes? Wie bei der stillen Post sprach es sich herum, dass wir in Hannover erfolgreich waren. Ich will es so formulieren: Geheilte Patienten bauschten es auf, und so kamen immer mehr. Und die Patienten kamen von weit her. Darunter auch Zahlungskräftige. Im Zeitalter der knappen Kassen hat sich auch die Klinik über diese Patienten gefreut.«

»Nur du warst ein barmherziger Samariter?« Der Spott in Fraukes Stimme war unüberhörbar.

»Das habe ich nie behauptet. Aber warum dürfen Ärzte nicht für ihre Arbeit angemessen honoriert werden? Wenn ein superreicher Potentat sich einen privaten Airbus umrüsten lässt, eine Jacht für vielleicht dreißig Millionen bauen lässt, dann verweigere ich ihm nicht deshalb die medizinische Hilfe.«

»Du hast deine Leistung an die Reichen verkauft, während Kassenpatienten auf der Warteliste standen?«

»Nein!«, sagte Georg mit Entschiedenheit. »Das fürstliche Honorar war ein angenehmer Nebeneffekt, den ich nicht abgewiesen habe. In erster Linie war ich aber Arzt.« Er sah geistesabwesend auf seine schlanken, gepflegten Hände. »Doch manchmal kommen auch wir an unsere Grenzen. Angehörige verstehen es – natürlich – nicht, wenn wir nicht weiterhelfen können. So hat ein unverständiges Familienmitglied einen Fall hochstilisiert, dass ich einem Kassenpatienten die Hilfe verweigert habe, weil ›der Herr Professor sich die Taschen vollstopfen musste‹. So stand es in der Boulevardpresse. Du hast keine Vorstellung, wie die Leben zerstören kann. Während ich einem siebenundvierzigjährigen Familienvater – übrigens AOK-versichert – eine Leber transplantiert habe, unterstellte man mir sonst was. Das war das Ende meiner Zeit als Klinikdirektor. Ich war froh, aus den Schlagzeilen verschwunden zu sein, bis du mir am Georgsplatz begegnet bist. Was hätten Teile der Presse aus dieser Geschichte gemacht? ›Der korrupte Professor als Gangsterarzt‹. Und die Schießerei in Isernhagen? So habe ich mich zurückgezogen. Du – Frauke. Ja! Die Öffentlichkeit – nein!«

»Und Dr. Fehrenkemper?«

»Der versucht, in meine Fußstapfen zu treten.«

Und weil die Klinik in Hannover für begüterte Patienten derzeit aus politischer Sicht ein zu heißes Pflaster geworden ist, ist die Organisation in diese Nische gesprungen und hat in Wolfenbüttel die ominöse Privatklinik eröffnet, dachte Frauke. Dr. Fehrenkemper ist als Arzt in diese Falle gelaufen, auch wenn auf seiner Seite alles rechtskonform und ordnungsgemäß abgewickelt wird.

Frauke streckte ihren Arm aus und hielt Georg den Zeigefinger entgegen. Er berührte ihn mit seinem und lächelte dabei.

»Wem gehört die Villa in Isernhagen, in die du mich entführt hast?«

»Ich würde es nicht ›Entführung‹ nennen. Ich habe eine tolle Frau dorthin gebracht. Das ist meine.«

»Aber Dr. Eigelstein ist als Eigentümer eingetragen?«

Georg nahm sein Glas zur Hand und drehte es gedankenverloren.

»Die Brüder Eigelstein sind alte Freunde von mir. Wir kennen uns aus jungen Jahren. Der Heinrich ist Arzt, ein sehr guter. Er lebt heute in Houston in Texas. Der andere ist Anwalt. Letzterer ist für mich als Treuhänder im Grundbuch eingetragen. Was hätte die Presse, die schmutzige, daraus gemacht, wenn man mich als Eigentümer identifiziert hätte? Stelle dir vor, als Überschrift über dem Bild vom Haus würde stehen: ›Mit Blutgeld bezahlt. Ist jeder Mauerstein ein armer Toter, den der Arzt nicht operiert hat?‹ Ich wollte, dass erst Gras über die Sache gewachsen ist. Das hätte auch geklappt, wenn du nicht am Georgsplatz aufgetaucht wärst.«

»Das war also wirklich Zufall?«

»Ein wunderbarer Zufall«, lächelte Georg, sah an ihr vorbei und sagte: »Unser Essen kommt.«

Auch Frauke lächelte, als sie später das Restaurant an Georgs Seite verließ. Sicher musste sie Schwarczer eine Erklärung dafür liefern, dass sie ihn zu diesem Treffen gebeten hatte. Doch darüber würde sie sich erst am folgenden Tag den Kopf zerbrechen.

ACHT

Der Regen hatte Hannover fest im Griff. Ob es zwischen der Rückkehr in ihre Wohnung und dem ersten Blick aus dem Fenster eine Niederschlagspause gegeben hatte, konnte Frauke nicht sagen. Ihre Aufmerksamkeit hatte in dieser Nacht Georg gegolten, der auf einfühlsame Weise seine Anatomiekenntnisse an ihr demonstriert hatte.

Sie konnte es bestätigen: Georg war ein hervorragender Arzt.

Mit einer schon lange nicht mehr erlebten Leichtigkeit betrat sie das Landeskriminalamt. Sie atmete auf, als sie feststellte, dass Schwarczer noch nicht anwesend war. Putensenf musterte sie über den Rand seiner Brille, als würde er nach einem Grund für ihre nach außen getragene Heiterkeit suchen wollen.

Madsack hingegen legte die Stirn in Falten und sagte mit entschuldigendem Unterton, dass ihm keine Neuigkeiten vorliegen würden.

Frauke versuchte es bei Ehlers. Der Kriminaloberrat saß in seinem Büro. Er ließ sich von ihr über den aktuellen Stand informieren, dann hörte er ihren weiteren Ausführungen aufmerksam zu. Sie bemerkte, wie Ehlers' Miene sich mehrfach änderte, vom höflichen über angeregtes Interesse, bis er zwar schwieg, seine Miene aber ungläubig aussah.

»Sie wollen mir nicht erklären, dass Sie das ernst gemeint haben?«

»Doch.« Sie nickte.

Der Kriminaloberrat lehnte sich zurück. Dann schüttelte er den Kopf.

»Das kann ich nicht akzeptieren. Die Idee ist so abwegig, dass ich dem nicht zustimmen kann.«

»Wir können alle daraus gewonnenen Beweise verwenden«, versuchte Frauke ihrem Vorgesetzten zu erklären.

»Daran habe ich meine Zweifel. Und dann würden wir einen wichtigen Trumpf aus der Hand geben. Dottore Carretta wird Ihre Vorgehensweise vor Gericht in der Luft zerreißen. Es dürfte schon bei einem anderen Anwalt nicht möglich sein, aber beim Advokaten der Organisation kommen Sie damit nie durch.«

»Ich glaube schon«, beharrte Frauke.

Doch Ehlers war nicht überzeugt. »Ich möchte gern, dass Sie Ihre Idee mit der Staatsanwaltschaft abstimmen. So wie Sie es mir vorgetragen haben, benötigen Sie ohnehin deren Unterstützung.« Er griff zum Telefon und rief Staatsanwalt Holthusen an. Dann erläuterte er Fraukes Plan, feixte dabei in ihre Richtung, als würde er sich diebisch freuen, dass der Staatsanwalt genauso überrascht reagierte wie er selbst ein paar Minuten zuvor.

»Die Entscheidung liegt bei Ihnen, Herr Holthusen«, schloss Ehlers. »Aber ich befürworte diese sehr unkonventionell klingende Idee.«

Nachdem der Kriminaloberrat aufgelegt hatte, sagte er: »Viel Erfolg. Herr Holthusen bittet um Ihren Besuch. Er möchte das Ganze direkt von Ihnen hören.«

Frauke umrundete die Anlage mit den Justizgebäuden in Hannover mehrfach, bis sie schließlich einen Parkplatz fand. Sie huschte durch den Regen und erstarrte, als sie im Eingang den Mann mit dem südländischen Aussehen bemerkte, der ihr schon öfter begegnet war und den sie vergeblich im Hauptbahnhof verfolgt hatte. Er unternahm diesmal keinen Versuch, ihr auszuweichen, nickte ihr freundlich zu und führte sein Telefonat übers Handy weiter. Er sprach so schnell, dass Frauke Mühe hatte, zwischen einzelnen Wortfetzen zu unterscheiden. Es hatte sie stets fasziniert, mit welcher Geschwindigkeit sich Südeuropäer verständigen konnten. Sie baute sich vor dem Mann auf, der sie verdutzt ansah, noch ein paar Sätze sprach, dann sein Handy vom Ohr nahm und sie betrachtete.

»Ja, bitte? Was kann ich für Sie tun?«, fragte er höflich.

»Warum verfolgen Sie mich?«

Er lachte herzhaft auf.

»Ich? Sie verfolgen? Wie kommen Sie darauf?«

»Sie sind mir oft begegnet. Und als ich Sie im Hauptbahnhof zur Rede stellen wollte, sind Sie spurlos verschwunden. Das ist kein Zufall.«

»Nein.« Er lachte und zeigte dabei zwei Reihen blendend weißer Zähne. »Das ist kein Zufall. Das liegt daran, dass Hannover nicht groß ist. Barcelona ist ein anderes Format.«

»Wie kommen Sie auf Barcelona?«, fragte Frauke.

Er strahlte. »Das ist meine Heimat.«

»Sie sind Spanier?«, fragte Frauke ungläubig.

»Sí. Aus Barcelona. Ich arbeite bei der Banco de España und bin hier, um bei unserem deutschen Partner zu lernen.«

»Nicht Italien?«

Er lacht erneut. »Nicht Italia. Ich heiße González Helguera.« Er fingerte seine Geldbörse aus der Gesäßtasche hervor. »Wollen Sie meinen Pass sehen?«

»Nein danke«, wehrte Frauke ab.

Belustigt betrachtete er sie. »Ich Sie – verfolgen? Aber warum denn? Sicher, Señora, Sie sind eine attraktive Frau. Sie sind mir aufgefallen. Seien Sie mir nicht böse, aber ich habe eine wunderbare Freundin. Deutsch. Blond. Mit sooo langen Haaren.« Er legte seine Hand gegen das Kreuzbein, um die Länge anzudeuten.

Frauke lächelte ihn an. »Dann wünsche ich Ihnen weiterhin viel Freude mit den langen blonden Haaren.«

Wenig später saß sie Holthusen gegenüber. Der Staatsanwalt fuhr sich durch sein schütteres Haar, zupfte sich am Ohrläppchen, kratzte sich den Bart und murmelte mehrfach hintereinander: »Hm. Hm.« Schließlich schien seine Überlegung ein Stück weiter gereift zu sein. »Interessant.«

Frauke unterbrach ihn nicht.

Holthusen gab sich einen Ruck. »So etwas Verrücktes habe ich noch nie gehört. Wo ist dabei der Haken?«

»Es gibt keinen«, antwortete Frauke selbstbewusst.

»Hm. Hm.« Erneut fuhr die Hand durch das schüttere Haar. »Ihr Vorschlag wäre eine ideale Aufgabenstellung in einem juristischen Seminar. Daran könnten sich die Studenten austoben.«

»Sie sind doch besser als jeder Student«, versuchte ihn Frauke zu bezirzen.

»Sicher nicht. Wie in allen Berufen wird es bei uns irgendwann Routine. Wir haben gar nicht die Zeit, uns mit theoretischen Fragen auseinanderzusetzen. Da war das Studium spannender.« Holthusen straffte sich. »Ich verrate Ihnen ein Geheimnis. Ich wohne in Derneburg, das liegt hinter Hildesheim. Jeden Freitag, wenn ich zum Bahnhof gehe, gebe ich einen Lottoschein ab in der Hoffnung, den Jackpot zu gewinnen. Wissen Sie was?« Er nickte heftig. »Diesen Lottoschein gebe ich jetzt auch ab. Der Einsatz ist es mir wert. Im Zweifelsfall bin ich gespannt, wie ein Richter seine gegen uns gerichtete Begründung formulieren wird. Ich werde alles veranlassen. Sie können dann so vorgehen, wie Sie es mir vorgeschlagen haben. Aber«, dabei streckte er Frauke den Zeigefinger entgegen, »Sie werden nicht leichtsinnig dabei. Es darf nichts schiefgehen.«

»Das versichere ich Ihnen«, sagte Frauke zum Abschied und kehrte zu ihrer Dienststelle zurück. Dort rief sie ihre Mitarbeiter zusammen.

»Das ist total plemplem«, ereiferte sich Putensenf und verschränkte die Hände vor der Brust wie ein kleines Kind, das dadurch seinen Trotz offenbaren will.

»Putensenf. Dieser Raum hat bei Weitem nicht die anheimelnde Atmosphäre eines englischen Klubs. Deshalb wird hier auch nicht debattiert wie bei britischen Landadeligen. Wir führen die Aktion wie von mir vorgetragen aus. Basta.«

»Mit ›Basta‹ hat es schon einmal jemand aus Hannover versucht. Er ist schließlich gescheitert«, knurrte Putensenf.

»Richtig. An einer Frau. Deshalb wird das gemacht, was ich für richtig halte.«

»Ist nicht mein Kopf, der da rollt«, zeigte sich Putensenf immer noch uneinsichtig.

Die Zwischenzeit nutzte Frauke, um weitere Vorbereitungen zu treffen. Zunächst rief sie die Kriminaltechnik an und stieß auf wenig Gegenliebe.

»So geht das nicht«, wurde sie beschieden. »Wir stehen hier nicht Gewehr bei Fuß und warten auf Ihre Anfrage.«

»Doch«, erwiderte Frauke knapp.

Und es ging.

Am frühen Nachmittag setzte sich ihr Team mit zwei Fahrzeugen in Bewegung und fuhr zur Justizvollzugsanstalt in der Schulenburger Landstraße. Frauke wies die drei Beamten ein und unterzog sich selbst des üblichen Prozedere, um Zugang zum Gefängnis zu erhalten. Ein Beamter führte sie durch endlose Gänge, öffnete und schloss Zwischentüren, bis sie schließlich in der zuständigen Abteilung ankamen.

»Besuch«, sagte der Beamte, der sie geführt hatte, und übergab sie einem Kollegen. Dem schlaksigen, groß gewachsenen Mann schlotterte die grüne Uniform um den dürren Körper. Die Ohren standen weit ab, die Wangenknochen stießen hervor. Aus seinen Basedow-Augen musterte er Frauke vom Scheitel bis zur Sohle. An seiner Stimme hatte sie ihn erkannt.

»Knast? Mahlstedt?«, fragte sie.

Er lachte und reichte ihr die Hand. »Dobermann? Und trotzdem Frau? Sie wollen zu unserem First-Class-Kunden? Kommen Sie.«

Sie folgte Mahlstedt, bis der vor einer Zelle haltmachte. Die launigen Kommentare und ihr geltenden Pfiffe der Insassen ignorierte sie.

In dem engen Raum roch es unangenehm nach menschlichen Ausdünstungen. Richter lag auf der Pritsche und hatte die Hände hinter dem Kopf verschränkt. Träge blinzelte er Frauke entgegen.

»Herr Richter. Sie haben Damenbesuch«, sagte Mahlstedt und trat zur Seite.

»Leck mich doch«, erwiderte Richter. Seine Wortwahl passte zu seinem ungepflegten Äußeren und dem Gestank in der Zelle.

»Würde ich gern, aber später. Sie glauben nicht, wie es mir gegen den Strich geht, aber ich muss Sie laufen lassen.«

»Hä?« Richter kam in die Höhe und stützte sich auf dem Ellenbogen ab.

Frauke nahm eine betont drohende Haltung ein. »Das kommt Sie teuer zu stehen. Das verspreche ich Ihnen. Ich hole Sie zurück.«

»Blöde Schnepfe.« Der ehemalige Polizist setzte sich jetzt ganz auf. Dann zog ein schäbiges Grinsen über die eingefallenen Wangen. »Hab ich doch gesagt.«

»Das ist kein Sieg, Richter, wenn Ihre Gang Sie durch Geiselnahme freipresst.«

»Meine Gang?« Er sah Mahlstedt an. »Tickt die Alte völlig aus?«

»Halten Sie die Klappe, Richter, bevor ich mich vergesse. Wenn es nicht um ein Menschenleben ginge, würde ich Sie in der Hölle schmoren lassen.«

»Mich? Nie wieder sehen Sie mich hier.« Er spuckte auf den Boden. »Ich habe es Ihnen prophezeit. Soll ich Ihnen noch mehr sagen? Ihr Requiem ist schon geschrieben. Haben Sie jemals Karl May gelesen? Dessen Schilderungen von den Foltermethoden am Marterpfahl waren human gemessen an dem, was Ihnen bevorsteht.«

»Ihr Geschwätz ekelt mich an. Was ich hier mache, geschieht gegen meinen Willen und meine Überzeugung. Man hat an anderer Stelle entschieden, das Leben von Herbert L'Arronge nicht aufs Spiel zu setzen, nachdem Ihre Leute uns erste Gliedmaßen als Drohung zugeschickt haben.«

Richter lachte. Es klang fast wie eine Befreiung, während er hastig seine wenigen Sachen wahllos in einen Plastikbeutel warf. »L'Arronge, diese Nullnummer? Ausgerechnet der? Da sehen Sie, wie weit Sie gekommen sind. Der ist nicht einmal ein Mitläufer. Der hatte keine Ahnung, für wen er gearbeitet hat.«

Frauke tat, als hätte sie Richters verbalen Ausbruch nicht gehört. Im Überschwang hatte der sonst so vorsichtig agierende Mann gleich zwei wichtige Informationen preisgegeben. Er kannte den Geschäftsführer. Das war ein weiterer Beweis dafür, dass Richter zum engen Führungszirkel der Organisation gehörte und über Interna informiert war. Außerdem hatte Frauke erfahren, dass der flüchtige L'Arronge kein Mitglied der Organisation war, zumindest wusste Richter nichts von einer möglichen Zugehörigkeit.

»Los, kommen Sie in die Hufe«, schnauzte sie Richter an. »Ihre Kumpel haben uns keine Zeit gelassen.«

Der ehemalige Polizist sah sich nicht um, als er die Zelle verließ. Frauke entging nicht, dass ihm andere Insassen Schmähungen und Drohungen hinterherriefen. Für Richter war der Aufenthalt in der JVA sicher keine angenehme Zeit gewesen.

Man händigte ihm seine persönlichen Wertgegenstände aus, darunter das Portemonnaie und sein Handy.

Richter fiel nicht auf, dass es frisch aufgeladen war.

Frauke begleitete ihn bis zur Doppelschleuse. »Bis zum nächsten Mal«, verabschiedete sie ihn.

Er lachte hämisch auf. »Wenn ich Sie das nächste Mal wiedersehe, dann sind Sie eine Leiche.« Richter musterte sie abschätzig. »Sie sind nicht einmal eine attraktive Leiche.«

»Laufen Sie, Richter, sonst lasse ich die Hunde frei.«

Er zeigte ihr den Mittelfinger. Dann öffnete sich das Tor, und der ehemalige Polizist trat ins Freie.

Frauke beobachtete, wie er nach wenigen Schritten stehen blieb, die Arme leicht anwinkelte, die Hände in Richtung Brustkorb führte und tief einatmete. Dann ging er im Schlenderschritt den Weg zwischen dem hohen Metallzaun auf der rechten und den Parkplätzen auf der linken Seite bis zum Gleiskörper der Straßenbahn, der seitlich der Landstraße verlegt war. Richter wandte sich nach links, folgte dem schmalen Fußweg und wartete nach wenigen Schritten auf die Straßenbahn. Argwöhnisch sah er sich um.

Das alles erfuhr Frauke über Funk von den Mitgliedern des Mobilen Einsatzkommandos, die sich rund um den Zugang zur Justizvollzugsanstalt getarnt positioniert hatten. Es war ein Gefahrenmoment, falls Richter einen der Beamten erkennen würde, die ihm aus seiner Zeit beim Landeskriminalamt natürlich bekannt waren.

Frauke wunderte sich, wie reibungslos ihr Plan bisher verlief. Sie hatte mit mehr Schwierigkeiten gerechnet, obwohl sie einkalkuliert hatte, dass die Haft Richters Aufmerksamkeit beeinträchtigen würde.

»Achtung! Er telefoniert«, meldete sich eine Stimme über Funk. »Das geht aber fix.«

»Funkdisziplin«, mahnte Frauke an, obwohl sie selbst überrascht war. Vielleicht bestellte Richter nur eine Taxe.

Nach zwei Minuten meldete sich der Beamte von der Kriminaltechnik. »Das war kein Telefonat. Er hat eine SMS geschickt. ›Wo soll ich hinkommen‹. Der Mann muss es eilig gehabt haben. Nur kleine Buchstaben und kein Fragezeichen.«

»Funkdisziplin!«

»Ist ja gut«, sagte der Beamte, der Richters Telefon überwachte. Doch der Vorsatz hielt nur drei Minuten.

»Donnerwetter. Das läuft wie geschmiert. Die Antwort liegt vor.«

»Und?«, fragte Frauke.

»Auch eine SMS. ›Schlossakaden foyr zehn uhr‹.«

»Mehr nicht?«

»Nein.«

»Die Bahn kommt«, meldete sich Putensenf. »Was jetzt?«

»Zugriff!«, befahl Frauke.

»Waas? Ist das wahr, oder habe ich mich verhört?«

»Verstanden«, fuhr eine ruhige, klare Stimme dazwischen. Es war der Einsatzleiter des Mobilen Einsatzkommandos. Nach weiteren zwei Minuten meldete sich der Leiter erneut. »Zielperson gefasst. Aktion abgeschlossen.«

»Bringen Sie ihn ins Gefängnis zurück«, sagte Frauke.

»Hören Sie mal«, bellte Putensenf in das Funkgerät. »Warum haben Sie alles versaut?«

»Klappe, Putensenf.« Dann schaltete Frauke das Funkgerät ab. Die ganze Aktion war gewagt. Sie spielte va banque. Sie wusste nicht, mit wem Richter die Nachrichten ausgetauscht hatte. Die Schreibweise der Antwort ließ zwei Möglichkeiten offen. Entweder war der Teilnehmer der deutschen Sprache nicht hinreichend mächtig, oder er war ungeübt im Schreiben von SMS. Nun galt es herauszufinden, wo der Treffpunkt sein würde. Schwarczer würde mit Sicherheit wissen, wo die Schloss-Arkaden waren. Um zehn Uhr im Foyer der Schloss-Arkaden. Auf wen würden sie dort treffen? Einen Mittelsmann? Oder stimmte es, dass der Organisation die Leute ausgingen? Darauf baute Frauke. Was hatte Staatsanwalt Holthusen gesagt? Er spielte Lotto.

Kurz darauf tauchte ein Trupp Männer auf. Vier Zivilisten umringten Richter, der sich heftig wehrte und unsanft von den Beamten des Mobilen Einsatzkommandos gestoßen wurde. Wie zornig der Verdächtige war, konnte Frauke daran erkennen, dass er sich trotz des noch geschlossenen Tores der Zugangsschleuse von seinen Bewachern losreißen und auf sie stürzen wollte – ein völlig unsinniges Unterfangen.

Langsam öffnete sich die Pforte, und Frauke nickte Richter zu. »So schnell haben Sie sich unser Wiedersehen nicht vorgestellt.«

Richter zerrte an seinen Bewachern. Er hatte jegliche Kontrolle über sein Handeln verloren. »Du Miststück, du verdammtes Miststück«, schrie er außer sich vor Zorn.

Frauke ließ sich nicht beeindrucken.

»Für so dumm hätte ich Sie nicht gehalten«, sagte sie. »Sogleich Ihren Paten anmorsen und ihm die frohe Botschaft zu verkünden, dass Sie frei sind. Ach – übrigens. L'Arronge geht es gut. Er befindet sich nicht in den Händen Ihrer Kumpane. Und dank Ihrer tätigen Mithilfe haben wir jetzt auch Ihren Boss überführt. Wir haben sein Handy überwacht.«

»Den bekommst du nicht, du Dreckstück«, schrie Richter. »Glaubst du wirklich, du könntest sein Handy orten?«

Frauke nickte bedächtig. In seinem unkontrollierten Zorn hatte Richter soeben zwei Dinge verraten. Die SMS galt tatsächlich dem Paten. Und Richter kannte ihn. Wenn er direkten Kontakt zum Kopf der Organisation aufnehmen konnte, musste Richter eine hohe Position innegehabt haben. Das erklärte auch, weshalb er fast panisch reagiert und den jungen Kollegen Lars von Wedell so brutal ermordet hatte, auch wenn es womöglich immer ein Geheimnis bleiben würde, was der Kommissar herausgefunden hatte.

Frauke ignorierte Richters Fluchen und die Beschimpfungen. Um ihn würden sich die Vollzugsbeamten kümmern. Sie bedankte sich bei den Männern des Mobilen Einsatzkommandos und kehrte mit ihrem Team zum Landeskriminalamt zurück. Sie fuhr mit Schwarczer in einem Auto. Unterwegs musterte sie den Kommissar, dessen Schweigen ihr fast unheimlich war.

Auf der Dienststelle rief sie ihre Mitarbeiter im Besprechungsraum zusammen.

»Was sollte die ganze Aktion?«, ereiferte sich Putensenf. »Welche Erkenntnisse hat sie uns gebracht? Glauben Sie wirklich, dass jemand wie Richter so blöde ist und uns auf die richtige Fährte setzt?«

»Ja«, sagte Frauke. »Auch jemand mit viel Erfahrung wie Ihr ehemaliges Idol Richter wird durch die Haft zermürbt, durch die Ungewissheit, was werden wird. Er weiß, dass er wenig Aussichten hat, davonzukommen. Und es spricht sich herum, dass Richter von der Schmiere ist. Ein ehemaliger Greifer ... Wie groß mag der Hass mancher Insassen auf solche Leute sein? All das ist Richter bewusst. Er lag vierundzwanzig Stunden am Tag auf seiner Pritsche, scheute aus Angst den Kontakt zu anderen Mithäftlingen. Und so wird es weitergehen. Jahr um Jahr. Und plötzlich ist er frei. Da gehen alle Vorsichtsmaßnahmen über Bord. Er hat nur das eine Ziel vor Augen. Weg! Und nur einer kann ihm dabei helfen. Richter weiß, dass Teile der Organisation von uns zerschlagen wurden, dass neue Köpfe nicht so schnell nachwachsen.«

»Und woher wollen Sie das wissen? Bauchgefühl? Bei Frauen kann es sich doch nur um eine Schwangerschaft handeln, wenn sie vom Bauchgefühl reden.«

»Und bei Männern um einen angesoffenen Bierbauch. Aber wenn es Sie interessiert, Putensenf: Es ist Erfahrung.«

»Erfahrung! Pah! Wo denn? In Flensburg?«

»Jakob!«, mischte sich Madsack ein. Selten hatte Frauke den Hauptkommissar so bestimmt sprechen hören. »Niemandem in dieser Runde können deine ewigen Sticheleien imponieren. Vermutlich hat die Chefin mehr Erfahrung als wir alle zusammen.«

Putensenf wandte sich ab und kehrte den anderen den Rücken zu.

»Chefin«, sagte er. Es sollte abwertend klingen.

»Ja, Jakob. Chefin! Und eine verdammt gute. Oder, Thomas?«

Schwarczer sah Madsack an. Das Nicken war kaum wahrnehmbar.

»Lass den Iwan aus dem Spiel«, murmelte Putensenf.

Jetzt reichte es Frauke.

»Putensenf! Sie verlassen augenblicklich den Raum.«

Mit einem Ruck sah Putensenf sie an. »Was haben Sie gesagt? Sie wollen mich hinauswerfen?«

»Ja. Und nicht nur aus dem Raum. Ich will Sie auch aus dem Team entsorgen.«

»Entsorgen?« Putensenf war sprachlos.

»Ich bediene mich nur Ihrer Ausdrucksweise. Ein notorischer Störenfried wie Sie ist hier unerwünscht.«

Schwarczer räusperte sich. »Ich glaube, der Kollege ist nur ein wenig angespannt und überarbeitet. Er meint es nicht so, wie er es gesagt hat. Ich fühle mich jedenfalls nicht angegriffen.«

»Putensenf!« Frauke zeigte mit ausgestrecktem Finger Richtung Tür.

Der Kriminalhauptmeister stand auf. Im Vorbeigehen legte er Schwarczer die Hand auf die Schulter.

»Verzeihung, Thomas«, sagte er leise. »War nicht so gemeint.« Dann verließ er den Raum.

Frauke räusperte sich. »Wo sind die Schloss-Arkaden?«

Madsack und Schwarczer wechselten einen raschen Blick. Beide schwiegen.

»Wir haben ein sachliches Thema«, mahnte Frauke. »Sie kennen sich in Hannover aus.«

Madsack zog die Schultern in die Höhe. »Ich kenne keine Schloss-Arkaden.«

Frauke sah Schwarczer an. Der schüttelte den Kopf. »Gäbe es sie, würde ich sie kennen.«

Mauerten die beiden Mitarbeiter, um sie vorzuführen?

Schwarczer stand auf. »Ich besorge uns einen Laptop.« Wenig später kehrte er zurück, loggte sich ins Internet ein und suchte nach dem Begriff.

»Vermutlich Braunschweig«, sagte er.

»Das könnte Sinn machen. Hannover ist den Leuten mittlerweile zu heiß geworden«, sagte Frauke. Sie versuchte, aufkeimenden Zweifel zu verbergen. Was wäre, wenn Richter das Spiel durchschaut hätte und sie hereingelegt hätte? War Braunschweig der richtige Ort? Wollte sich Richter dort wirklich mit dem Paten treffen? Frauke war sich bewusst, dass ihre kurze Karriere beim LKA Niedersachsen an einem seidenen Faden hing.

Schwarczer hatte weitere Eingaben getätigt. »Die öffnen um halb zehn morgens«, sagte er. Dann erklärte er, dass es sich um ein Einkaufscenter in der Braunschweiger City handelte. Er zählte einige der Ankermieter auf, darunter einen Elektronikmarkt, einen Lebensmittelsupermarkt, eine Buchhandlung und Textilketten.

»Es reicht«, unterbrach ihn Frauke. »Madsack, nehmen Sie Kontakt zum Centermanagement auf. Wir müssen vor Geschäftseröffnung hinein und uns die Örtlichkeiten ansehen. Informieren Sie das Mobile Einsatzkommando. Wir wissen nicht, ob der Pate nicht mit Leibwächtern auftritt. Ein Blutbad unter den Kunden wäre das Schlimmste, was passieren kann.«

»Sollten wir unter diesen Bedingungen die Aktion nicht abblasen?«, fragte Madsack zaghaft.

»Eine solche Reaktion hat der Pate vielleicht einkalkuliert. Deshalb hat er einen belebten Ort gewählt. Nein. Wir müssen die Sache durchziehen. Das Finale!« Hoffentlich, fügte sie in Gedanken an.

Alle sahen zur Tür, die sich leise öffnete. Putensenf steckte seinen Kopf herein.

»Ich möchte nicht stören«, sagte er, »aber eben ist eine Information über Mail eingetroffen. Ich dachte, die ist für die morgige Planung wichtig.« Er wedelte mit einem Computerausdruck. Dann reichte er ihn Frauke und blieb neben ihr stehen wie ein Hund, der nach dem Apportieren auf seine Belohnung wartet.

»Das ist wirklich eine Überraschung«, sagte Frauke und gab den Ausdruck an Madsack weiter, der ebenfalls sein Erstaunen bekundete. Schwarczer las die Information ohne jede erkennbare Regung.

Putensenf schlich auf leisen Sohlen zu dem Platz, den er zuvor hatte verlassen müssen. Unhörbar hob er den Stuhl an, zog ihn zurück und nahm Platz. Niemand hinderte ihn daran.

»Ich glaube, die Chefin hat recht«, sagte Putensenf kleinlaut und zeigte auf das Papier. »Wie gehen wir vor?«

Madsack erklärte es ihm, wurde aber durch sein Handy unterbrochen.

»Ja – ja. Schade. Wirklich nicht? Danke.« Dann sah er Frauke an. »Das waren die Kollegen von der Technik. Das Telefon, zu dem Richter Kontakt aufgenommen hat, war ein nicht identifizierbares Prepaidhandy.«

»Mich hätte alles andere verwundert«, unterbrach ihn Frauke.

»Man konnte aber die Zelle ermitteln. Der Teilnehmer hat sich im Zentrum Wolfenbüttels aufgehalten.«

»Das überrascht nicht«, kommentierte Frauke. »Geht es genauer?«

»Ich vermute nicht«, gestand Madsack. »Sonst hätte man es uns gesagt.«

»Dort ist die Klinik. Und in der liegt Don Mateo, angeblich nicht ansprechbar. Das wird ein spannender Tag morgen.«

Den Rest des Tages verbrachte das Team mit den Vorbereitungen.

NEUN

Frauke hatte die üblichen Sicherungsmaßnahmen ergriffen, um sich in ihrer Wohnung vor unliebsamen Überraschungen zu schützen. Sie war erstaunt, dass man keine Versuche mehr unternahm, sie einzuschüchtern oder gar ein Attentat auf sie auszuüben.

Georg fiel ihr ein. Er hatte ihr alles zu erklären versucht. Seine Begründungen waren plausibel, und sie würde es prüfen. Doch bisher hatte sie keine Zeit dazu gefunden. Es war merkwürdig, dass sie seit ihrem Treffen mit Georg und der – zugegeben – wunderbaren Nacht keinen Übergriffen mehr ausgesetzt gewesen war. Konnte sie ihm wirklich vertrauen? Wenn er doch etwas mit der Organisation zu tun hatte, dann hätte er in dieser einen Nacht Gelegenheit gehabt, sie zu töten. Andererseits machten sich die Bosse die Finger nie selbst schmutzig. Davor scheuten sie zurück. Auch wenn Georg Arzt und mit dem Tod vertraut war … Jemanden mit Vorsatz zu töten war etwas anderes.

Es war eine kurze und unruhige Nacht. Frauke wunderte es nicht. Die Anspannungen waren zu groß, die Erwartungen an den Folgetag, an das Finale zu hoch.

Sie fand sich zur verabredeten Zeit im Landeskriminalamt ein und war nicht überrascht, dass die Mitglieder ihres Teams schon anwesend waren. Auf der Fahrt gingen sie noch einmal den Aktionsplan durch. Madsack meldete sich zu Wort und erklärte, er habe mit dem Centermanagement gesprochen.

»Die wollten uns ihre Sicherheitsleute zur Unterstützung bereitstellen«, sagte der Hauptkommissar.

»Die sollen sich heraushalten«, sagte Frauke. »Wir können keinen Aktionismus gebrauchen. Helden sind hier fehl am Platz. Was haben Sie dem Centermanager erzählt?«

»Ich habe vage angedeutet, dass wir eine Observation planen. Natürlich wollte der Mann Details wissen. Ich habe ihn im Unklaren gelassen, auch als er selbst zu phantasieren begann und vermutete, wir würden einen Rauschgiftdeal überwachen. Er war entsetzt. ›So etwas darf es bei uns nicht geben‹, hat er immer wieder erklärt.

Zu gern hätte ich ihn beruhigt, dass sein Center sauber ist und er und seine Mitarbeiter alles vorbildlich im Griff haben.«

Madsack wies Putensenf, der am Steuer saß, ein und erklärte ihm, durch welchen Eingang sie unbemerkt Zugang zum Komplex erhalten würden. Sie wurden von einem aufgeregt wirkenden Mann im grauen Anzug empfangen, der sich als Markus Baumgarten vorstellte.

Es bedurfte nochmals einer ausdrücklichen Erklärung Fraukes, dass der Betrieb im Einkaufszentrum wie gewohnt ablaufen sollte.

»Ich würde mir gern die Örtlichkeiten ansehen«, sagte Frauke. »Und der Kollege auch.« Sie wies auf den Leiter des Mobilen Einsatzkommandos, dessen Gruppe in Zivil erschienen war.

Baumgarten führte sie durch das Zentrum. »Es handelt sich um das rekonstruierte Braunschweiger Schloss«, erklärte er dabei. »Wir haben hier nicht nur einhundertfünfzig Geschäfte, sondern auch kulturelle Einrichtungen. Von der Schloss-Lounge haben Sie einen schönen Blick über die Stadt, von der Quadriga-Plattform können Sie sogar bis in den Harz blicken.« Der Rundgang führte sie durch das Basement und das Obergeschoss. Den Beamten vom Mobilen Einsatzkommando interessierten besonders die Ausgänge und möglichen Fluchtwege.

»Haben Sie Personenbeschreibungen möglicher Bodyguards für uns?«, fragte der MEK-Leiter Frauke.

»Leider nicht«, erwiderte sie. »Da müssen wir uns auf die Erfahrung und Intuition Ihrer Mitarbeiter verlassen.«

»Wir können nicht das ganze Areal abriegeln. Nicht unter den gegebenen Bedingungen.«

»Das wird nicht notwendig sein«, erklärte Frauke, obwohl sie selbst nicht sicher war.

Der MEK-Hauptkommissar wies seine Mitarbeiter ein.

»Madsack, Sie setzen sich ins Foyer. Ihr Gesicht dürfte noch unbekannt sein. Schwarczer und Putensenf müssen sich im Hintergrund halten.«

Dem korpulenten Hauptkommissar war anzusehen, dass ihm diese Rolle nicht behagte. Er gab aber keinen Widerspruch von sich.

Alle Vorbereitungen waren getroffen. Selbst der Kommunikationstest war reibungslos verlaufen. Frauke sah auf die Uhr. Die Minuten verstrichen unendlich langsam. Immer wieder galt ihr Blick dem Sekundenzeiger, der an seiner Stelle zu kleben schien. Sie begann zu zählen, merkte aber, dass sie schneller als die Uhr war. Dieser Trick klappte nicht.

Endlich war es halb zehn, und ein Uniformierter des Sicherheitsdienstes öffnete die Tür. Frauke hatte sich neben dem Eingang in einen Young-Fashion-Shop zurückgezogen und beäugte die Ständer in der Nähe des Zugangs. Eine kritische Verkäuferin beobachtete sie dabei und kam nach wenigen Minuten auf sie zu.

»Kann ich Ihnen helfen?«

»Danke, ich möchte nur schauen.«

Die junge Angestellte musterte sie. Ihr war anzumerken, dass sie der Meinung war, eine Frau in Fraukes Alter und die auf dem Ständer präsentierte Ware würden nicht zueinanderpassen. Sie wuselte in Fraukes Nähe herum. Nach fünf Minuten erschien sie erneut.

»Kann ich wirklich nichts für Sie tun? Dahinten haben wir noch andere Ware.«

»Vielen Dank, ich suche hier.«

Demonstrativ blieb die junge Frau neben Frauke stehen. Jetzt wurde es zu auffällig. Frauke zog ihren Dienstausweis hervor, hielt ihn der Verkäuferin hin und sagte: »Ich beobachte etwas. Es wäre nett, wenn Sie mich allein ließen.«

»Oh«, sagte die Frau und zog sich in den Hintergrund des Ladens zurück, um dort angeregt mit einer Kollegin zu tuscheln. Frauke registrierte, wie die beiden Angestellten angeregt in ihre Richtung sahen.

Immer mehr Kunden betraten das Einkaufszentrum. Frauke war überrascht, dass nicht nur ältere Besucher oder Mütter mit kleinen Kindern, sondern auch zahlreiche Leute an ihr vorbeipromenierten, von denen man annehmen sollte, dass sie um diese Zeit an ihrem Arbeitsplatz tätig sein würden.

»Lage?«, fragte Frauke leise in das Mikrofon, das versteckt am Revers ihrer Jacke angeklemmt war.

»Alles ruhig. Keine verdächtigte Person«, meldete sich der Leiter des Mobilen Einsatzkommandos. Keine zwei Minuten später hörte Frauke eine andere Stimme. »Am Eingang Ritterbrunnen hat ein südländisch aussehender Mann das Center betreten. Ungefähr vierzig Jahre alt.«

»Ich seh ihn auch«, fuhr eine andere Stimme dazwischen. »Manni, deine Augen lassen nach. Der ist fast sechzig. Sollen wir ihm folgen?«

»Nein. Alles bleibt auf den Plätzen. Verhaltet euch unauffällig«, wies der MEK-Leiter an. »Gibt es noch weitere verdächtige Personen?«

Niemand meldete sich.

»Er kommt in eure Richtung. Gleich müsste er im Foyer erscheinen.«

»Seh ihn«, meldete sich der Beamte, der im Eiscafé auf der Galerie saß und sich hinter der Braunschweiger Zeitung versteckt hatte. »Jetzt nimmt er die Rolltreppe nach oben.«

Wie in einer Live-Übertragung wurden die Positionen des Mannes durchgegeben. Er blieb im Obergeschoss stehen, beugte sich über das Geländer und suchte das Foyer ab. Frauke hatte sich ein Stück in den Laden zurückgezogen. Sie sah, wie der Blick des Unbekannten bei Madsack haften blieb, der scheinbar desinteressiert den das Center betretenden Kunden nachsah.

In dieser Situation kam ihnen Madsacks Leibesfülle gelegen, dachte Frauke. Niemand vermutete in dem behäbig wirkenden Hauptkommissar einen Polizisten. Sie schmunzelte, als Madsack demonstrativ eine Tüte Gummibärchen aus seiner Sakkotasche angelte und mit spitzen Fingern einzelne davon in den Mund schob.

Schließlich ging der Mann weiter. Er schlenderte gemächlich durch die Schloss-Arkaden, streifte durch das Basement, warf sporadisch einen Blick in einige der Geschäfte, schien aber nichts Auffälliges zu bemerken. Das war ein Beweis, dass die Kollegen des Mobilen Einsatzkommandos ihren Job verstanden. Schließlich griff der Unbekannte zum Handy und telefonierte. Es war ein kurzes Gespräch. Er kehrte zum Foyer zurück und positionierte sich im Obergeschoss vis-à-vis dem Hauptportal, stützte sich auf dem Geländer ab, verschränkte die Beine und sah scheinbar gelangweilt dem Treiben zu. Frauke hatte erkennen können, dass der Mann eine Waffe trug. Sie wollte es gerade durchgeben, als sich einer der Beamten meldete.

»Vorsicht. Der Typ ist bewaffnet.«

»Habe ich schon bemerkt«, sagte der Einsatzleiter.

Der Mann blieb beharrlich auf seinem Posten, ohne dass etwas geschah. Die vereinbarte Zeit war bereits um eine Viertelstunde überschritten. Mehrfach hatte der Leiter des MEK nachgefragt, ob es weitere verdächtige Personen gebe. Niemand war aufgefallen.

»Wenn ich noch mehr Cappuccino trinken muss«, beklagte sich der Beamte mit der Zeitung im Eiscafé, »platzt mir bald die Blase. Wie lange dauert es noch?«

»So ʻnen Job möchte ich auch haben«, beschwerte sich ein Kollege. »Ich steh hier in einem Geschäft für Damendessous und werde von allen Leuten dumm angegafft.«

»Schon etwas Passendes in deiner Größe gefunden?«, unkte ein anderer.

Frauke sah, wie sich der Körper des Mannes auf der Galerie straffte, ohne dass er die Position veränderte. Dann bemerkte sie den Mann, auf den sie warteten. Er sah weder nach links noch nach rechts, schlurfte über den Boden und blieb vor dem kleinen Wasserbecken stehen. Der helle Sonnenstrahl, der durch das Oberlicht auf die Gestalt fiel, wirkte wie ein Scheinwerfer.

»Er ist da«, sagte sie.

»Guido«, hörte Frauke die Stimme des Einsatzleiters. »Jetzt kommt deine große Stunde.«

»Immer ich«, maulte jemand gespielt. Gleich darauf tauchte ein gebeugt gehender Mann in einem blauen Overall auf, der einen Wischeimer in der einen Hand und einen Mopp in der anderen trug. Der Beamte erfüllte seine Aufgabe gut. Er säuberte den Boden an dieser Stelle, dann an einer anderen Stelle und näherte sich vorsichtig dem Beobachter auf der Galerie, dessen Hand vorsichtig in Richtung der Waffe wanderte. »Guido mit dem Wischeimer« beachtete ihn nicht, sondern entfernte sich wieder. Jetzt tauchte eine Frau mit einem Softeis auf und begab sich in Richtung der abwärtsführenden Rolltreppe. In der Nähe des Mannes auf der Galerie rutschte ihr das Eis aus der Hand und landete auf dem Fußboden. Hilflos sah sie sich um.

»Ach, Sie da«, rief sie Guido zu. »Wie gut, dass Sie da sind. Mir ist ein Missgeschick passiert.«

Guido kam näher, stellte den Wischeimer ab und nahm den Mopp in die Hand. Plötzlich schnellte er vor, überwand die Distanz von etwa drei Metern zum Beobachter und hatte ihn mit Hilfe der Kollegin, die nicht mehr ihrem verlorenen Eis nachtrauerte, überwunden, bevor der Mann reagieren konnte. Das alles war in Sekundenschnelle geschehen, sodass die wenigen Kunden des Centers, die sich in der Nähe aufhielten, die Aktion erst nach dem Abschluss registrierten.

Auch der Mann, auf den sie gewartet hatten, benötigte Zeit, bis er sich umdrehte und in Richtung Ausgang aufbrach. Madsack war aufgestanden und hatte sich ihm in den Weg gestellt. Dann war Frauke hinzugetreten, verfolgt von den beiden Verkäuferinnen des Ladens, in dem sie Deckung gesucht hatte.

Endlich stand sie ihm gegenüber, dem Mann im Hintergrund, der die Fäden gezogen hatte, dessen Hirn die teuflischen Pläne entsprungen waren und der zahlreiche Menschenleben auf dem Gewissen hatte.

»Guten Morgen«, sagte sie.

Er nickte müde.

Frauke zeigte auf ein paar schwarze Ledersessel, die um eine in einen Trog gepflanzte Palme gruppiert waren. »Wollen wir uns nicht setzen?«

»Wie immer, wenn wir miteinander geplaudert haben?«

Der Pate war nicht aufgeregt, er wirkte in keiner Weise angespannt. Frauke war überrascht, wie äußerlich unberührt er sich der Situation stellte. Überhaupt schien ihr das Ganze irreal. Wie oft hatte sie an den Moment gedacht, in dem sie dem Verbrecherhirn gegenübertreten würde, dem Mann, der kaltblütig Mörder auf sie angesetzt hatte, der sie vernichten wollte. Jetzt überkam sie keine kalte Wut, kein unkontrollierbarer Zorn. Nüchtern und emotionslos begleitete sie ihn zu einem der Sessel.

Er rückte einen zweiten so zurecht, dass sie dicht nebeneinanderstanden.

»Irgendwann musste es so kommen«, sagte er und legte seine Hand auf ihre. Es war eine vertrauliche Geste. Im ersten Moment wollte Frauke sie zurückweisen, dann gestattete sie es, obwohl ihr ein kalter Schauder den Rücken hinunterlief. Wie oft hatte sie diese Hand berührt, ohne zu ahnen, dass es die des Teufels war.

»Kein Leugnen? Kein Bestreiten?«, fragte sie.

»Beweise?«, fragte er im Gegenzug.

»Die SMS von Richter war ein Fehler. Ein anderer die Liebe.« Merkwürdig, dachte sie, dass ein solcher Mensch Liebe empfinden konnte. Man mochte es nicht glauben.

»Ja, von tiefer Liebe kann sich niemand befreien. Auch keiner wie ich.«

Es war seltsam, diese Worte aus seinem Mund zu hören.

»Und wie verträgt es sich, mit diesem Gefühl im Herzen solche Verbrechen zu begehen?«

»Verbrechen?« Er lachte bitter auf. »Wenn man nicht den Normen folgt, die die Gesellschaft willkürlich formuliert hat, gilt es als Verbrechen. Wer definiert, dass zum Beispiel Prostitution oder der Genuss von Betäubungsmitteln ein Verbrechen ist?«

»Das verstehe ich nicht«, sagte Frauke. »Der Kopf einer Verbrecherorganisation hat auf der bürgerlichen Seite einen ehrenwerten Beruf, der dem Wohl der Menschen dienen soll, in dem er der Ethik verpflichtet ist.«

Er nickte. »Du hast recht, mein Mädchen.«

Erneut erschauderte Frauke, dass er sie »mein Mädchen« nannte. Ihr war die Vertraulichkeit in dieser Situation unheimlich. Doch wenn sie dagegen aufbegehren würde, würde er möglicherweise schweigen. Frauke spürte, dass er sprechen wollte. Was hatte Georg gesagt, als er mit seiner Arzttasche neben dem angeschossenen Mörder Özden hockte und ihr erklärte, dass *sie* und nicht er im Fokus der Täter stand? »Wie ich darauf komme? Logik, *meine Liebe*.«

»Wir haben ein umfangreiches Register von Straftaten. Muss ich die jetzt alle aufzählen?«

Er schüttelte müde den Kopf. »Nein. Ich weiß, wann es zu Ende ist.« Er tätschelte leicht ihren Handrücken. Frauke schien es, als würde jemand glühend heißes Eisen auf ihre Haut gießen. Sie duldete es trotzdem. »Ich habe nicht viele Fehler gemacht. Es war das Faszinierende daran, auf eine ganz besondere Weise Macht auszuüben, Menschen zu manipulieren und zu wissen, dass die da«, dabei beschrieb seine Hand einen Halbkreis, als würde sie die ahnungslos vorbeigehenden Passanten einfangen wollen, »Angst haben, wenn ich es gewollt habe.«

»Richter –«

Er unterbrach Frauke. »Mein größter Coup. Ein Polizist, der ernsthaft an seine Aufgabe geglaubt hat, der dem Recht dienen wollte. Für mich war es eine persönliche Herausforderung, Richter für unsere Zwecke zu gewinnen, ihn abhängig zu machen von Geld und seine Gier nach Dingen zu wecken, von denen er als Beamter nur hatte träumen können. Ich war selbst erstaunt, wie Richter in den Armen von Frauen alle guten Vorsätze vergaß. Geld! Das war nur ein Nebeneffekt. Er war süchtig nach den weiblichen Wesen, die wir ihm zuspielten. Für mich gab es nichts Größeres, als zu sehen, wie ein Mensch seine Seele verkauft. Das hat Goethe im wohl bedeutendsten Werk deutscher Sprache dargestellt. Und das klappt heute noch.«

»Das war das Motiv für all die Verbrechen?«

Er lachte bitter auf. »Das war faszinierend. Aber nicht der Kern.«

»Was denn? Geld?«

»Dann hätte ich mich schon lange zurückziehen können. Nein. Es war der Reiz, zu manipulieren, Macht auszuüben, Herr über Leben und Tod zu sein, wenn du so willst. Wie war das mit manchem Feldherrn, manchem Diktator? Warum hat Hitler zuerst die Juden, dann sein eigenes Volk und schließlich ganz Europa ins Unglück gestürzt?«

Frauke schüttelte angewidert den Kopf.

»Sie müssen krank sein.« Bewusst hatte sie das distanzierende Sie gewählt. Sie konnte diesen Mann nicht duzen. »Ein gesunder Geist kann sich so etwas nicht ausdenken.«

»Das wirst du nie verstehen, weil deine Empfindungen nicht so weit reichen.« Er tippte sich auf die Brust. »Hier drinnen, da fehlt dir etwas.« Dann führte er den Zeigefinger an die Schläfe. »Dafür hast du hier mehr, als ich es je für möglich gehalten hätte. Ich habe das Spiel –«

»Spiel?!« Frauke unterbrach ihn. Jetzt keimte Wut in ihr auf. Der Tod so vieler Menschen war für sie kein Spiel.

Der Mann zögerte. Fraukes Regung hatte ihn beeindruckt. Er suchte nach Worten, die vorsichtiger klangen. »Ich habe die geistige Auseinandersetzung als größte Herausforderung meines Lebens angesehen. Ich gestehe, es genossen zu haben, Katz und Maus zu spielen.« Die Hand auf Fraukes Unterarm übte einen leichten Druck aus. »Verzeih, wenn ich wieder diese Vokabel ›spielen‹ verwende. Es ist wie beim Schachspielen. Es macht keinen Spaß, stets zu siegen. Man sucht immer größere Gegner, möchte an bedeutenderen Turnieren teilnehmen, strebt Meisterehren an. Das klappt nicht, wenn man sich nur mit Gelegenheitsspielern misst. Ich habe mich vergeblich nach adäquaten Kontrahenten umgesehen. Gratulation. In dir habe ich meinen Meister gefunden. Zunächst hatte ich es nicht für möglich gehalten. Es war immer ein eigenartiges Kribbeln, wenn wir uns begegnet sind, aber ich hatte immer den Eindruck, dass *ich* auf dem Pilotensessel saß, auch wenn ihr bemerkenswerte Erfolge erzielt habt. Wäre ich ein General, würde ich anerkennen müssen, dass mir ganze Bataillone verloren gegangen sind, dass wir erhebliche Geländeverluste erlitten haben.« Er fasste sich ans Herz, als müsse er etwas bekunden. »Das wäre der Zeitpunkt gewesen, an dem ich hätte aufhören und mich zurückziehen müssen.«

»Das ging nicht«, erwiderte Frauke und ließ für einen Moment ihren Blick in die Ferne schweifen, als sie daran dachte, dass auch einen Verbrecher Sentimentalität erfassen kann. »Wie sagten Sie? Die Liebe hat Ihnen einen Strich durch die Rechnung gemacht?«

Er nickte ernsthaft. »Daran ist die Organisation zerbrochen.«

Frauke warf einen Blick auf die Galerie. Der Zwischenfall mit dem Bodyguard war unspektakulär abgelaufen. Niemand im Einkaufszentrum registrierte, dass sich die Beamten des Mobilen Einsatzkommandos und Fraukes Mitarbeiter unauffällig im Foyer verteilt hatten. Madsack stand hinter dem kleinen Wasserbecken. Ein Stück entfernt saßen Putensenf und Schwarczer. Frauke schien es, als würde der Kriminalhauptmeister unentwegt auf den jungen Kommissar einreden.

»Bevor wir näher auf das Thema Liebe eingehen, das Ihnen zum Verhängnis geworden ist, würde mich interessieren, welche Bedeutung Stupinowitsch und Don Mateo in der Organisation hatten.«

»Ich werde zu beiden eine Aussage machen«, sagte der Mann. »Don Mateo hatte gute Verbindungen nach Italien. Er war ein idealer Stellvertreter. Ein loyaler und zuverlässiger Partner. Aufrecht. Er war schon lange im Geschäft, wie du es formulieren würdest. Für die Expansion habe ich nach weiteren Teilhabern Ausschau gehalten. So ist Igor Stupinowitsch dazugestoßen. Er verfügte über Verbindungen und die nötige Skrupellosigkeit. Aber beide hatten nicht das Potenzial, die ganze Organisation zu leiten.«

»Sie haben Sie als Paten akzeptiert?«

Er schüttelte den Kopf. »Mir ging es um das Ziehen an den Fäden. Ich habe es genossen, wenn die Marionetten tanzten. Stupinowitsch war eine der Figuren. Nein. Mich kannten nur zwei.«

»Don Mateo und Bernd Richter?«, riet Frauke.

Er nickte. Wieder einmal verspürte sie den verstärkten Druck auf ihrem Unterarm.

»Und Vittorio Gasparone?«

Er winkte ab. »Der war Geschäftsführer. Ein durchsetzungsstarker Kaufmann, aber mit viel Herz.« Frauke erinnerte sich an die begeisterte Zustimmung der beiden älteren Angestellten in der Wolfenbüttler Lucky Holding, die sich lobend über ihren Vorgesetzten ausgesprochen hatten.

»Gasparone gehörte nicht zur Organisation.«

»Was ist mit Herbert L'Arronge?«

»Ein Immobilienfachmann. Der hat vielleicht etwas geahnt, hat dann aber Angst bekommen und ist untergetaucht.«

»Ich verstehe nicht, weshalb Sie mir hier in dieser Offenheit alles beichten?«, sagte Frauke.

Er sah sie lange an. »Ich hatte doch alles. Ein erfülltes Leben. Ich war eine anerkannte Persönlichkeit, ein Ehrenmann. Ich durfte meinen Traum leben. Kann man sich mehr wünschen? Wer von denen …«, erneut ließ er seinen Arm im Halbkreis herumwandern und zeigte auf die Passanten, »hat ein solches Glück haben dürfen?«

»Und die Liebe«, kam Frauke auf seinen Schwachpunkt zurück.

»Ja«, gestand er. »Darüber bin ich gestolpert. Aber jetzt, wo die Liebe unwiederbringlich ein Ende gefunden hat, lohnt auch der Rest nicht mehr. Und darum, mein Mädchen, habe ich dich mit vollem Hass verfolgt, wollte dich töten lassen, so wie du meine Zukunft zerstört hast.« Er sackte in sich zusammen. Sein Blick glitt ins Unendliche, als würde dort das Bild seiner Liebe erscheinen. Es hatte lange gedauert, bis die Polizei diese Frage gelöst hatte. Frauke hatte immer geahnt, dass es ein Schlüssel des ganzen Falls sein könnte. Und sie hatte recht behalten.

»Sie hingen sehr an Ihrem Neffen, Dottore Carretta?«, fragte sie.

Der alte Anwalt nickte müde. »Wie ein Sohn. Nachdem die Polizia di Stato meinen Bruder erschossen hatte, habe ich meinen Neffen an Kindes statt angenommen. Er war mein Blut, nachdem mir keine eigenen Kinder vergönnt waren. Er war das Einzige, was ich noch hatte. Man muss die italienische Seele kennen, um das verstehen zu können.«

Der Anwalt nahm die Hand von Fraukes Unterarm. Zunächst begann er zu schluchzen, dann flossen die Tränen aus dem faltenreichen Gesicht. Frauke schien es nicht gespielt. Dottore Carretta zeigte echte Trauer.

Das war der Grund, weshalb er sie auf die Todesliste gesetzt hatte und weshalb er jetzt resignierte. Michele Carretta war von der Organisation in einer bedeutsamen Mission nach Saudi-Arabien geschickt worden. Wenn Marcello Manfredi nicht auf eigene Rechnung Geschäfte mit dem gefälschten Parmaschinken unternommen hätte, wäre der Rauschgifthandel nicht aufgeflogen. Dafür hatte Manfredi sterben müssen. Bis dahin hatte die Organisation im Verborgenen gewirkt. Doch den Befehl zum Töten hatte Dottore Carretta, der sonst so nüchtern die Fäden aus dem Hintergrund zog, allein aus persönlichen Gründen erteilt.

Durch die Ermittlungen der Polizei wurden die Saudis gewarnt. Dafür gab der Advokat Frauke die Schuld. Als erfahrener Jurist wusste er, dass es für seinen Neffen keine Gnade gab. Wer in diesem arabischen Land beim Rauschgifthandel erwischt wurde, dem drohte die Todesstrafe, die zudem auf eine besonders schmähliche Weise nach dem Gesetz der Scharia vollstreckt werden würde. Daraus resultierte sein Hass gegen Frauke.

Sie hatte kein Mitleid mit dem alten Mann, der zusammengesunken im Nebensessel kauerte und dessen Leben hier endete. Es war auch kein Gefühl des Triumphes. Die Polizei hatte das Recht durchgesetzt.

Frauke nickte unmerklich zur Galerie empor. Mehrere Beamte des Mobilen Einsatzkommandos kamen mit der Rolltreppe abwärts.

»Abführen«, sagte sie in geschäftsmäßigem Ton.

Zwei Beamte hakten Dottore Carretta unter, der sich widerstandslos aus den Schloss-Arkaden abführen ließ, ohne Frauke noch eines Blickes zu würdigen. Sie sah dem alten Mann nach, der gebeugt davonschlich, dessen aberwitziger Lebenstraum von Macht gebrochen war.

»Dank Ihres Mikrofons haben wir das ganze Gespräch aufgezeichnet«, sagte der Einsatzleiter und gratulierte Frauke.

Sie gab das Lob gern zurück. Die Beamten des MEK hatten den Einsatz vorbildlich gemeistert.

Ihre drei Mitarbeiter waren herangetreten. Putensenf streckte ihr die Hand entgegen. »Großartig, Chefin«, sagte er, und es klang ehrlich. »Obwohl Sie eine Frau sind«, fügte er leise an und zeigte dabei ein schelmisches Lächeln.

Es war allen anzumerken, dass die Spannung von ihnen abgefallen war.

Putensenf stupste Madsack in die Seite.

»Los, Nathan. Davon kommst du nicht los.«

Madsack zierte sich; als Putensenf ihn aber am Sakkoärmel packte und mitzog, folgte ihm der schwergewichtige Hauptkommissar. Sie umrundeten das rote Seil, das den Zugang zu dem Podest mit dem Flügel versperrte. Putensenf öffnete den Deckel, schob den Hocker an den Flügel heran und drückte Madsack darauf nieder.

Der Hauptkommissar zuckte mit den Schultern, streckte seine Arme vor, dass die Ärmel hochrutschten, verbog seine Finger, dass es knackte, zählte lautlos drei-vier und begann, ansatzlos in die Tasten zu hämmern.

Sofort blieben alle Leute stehen und bildeten einen Kreis um das Podest, auf dem Madsacks Finger in atemberaubendem Tempo über die Tasten zu huschen schienen. Wer war nicht von seinem Boogie-Woogie gefesselt?

Frauke schloss die Augen. Sie ahnte, dass ihre Mitarbeiter sie dabei beobachteten. Vielleicht hielt Putensenf es für einen Akt der

Erschöpfung. Madsack war so sehr in sein Spiel vertieft, dass er nichts um sich herum wahrnahm. Schwarczer würde seine eigenen Gedanken anstellen. Doch niemand würde erraten, weshalb ein leises Lächeln ihre Lippen umspielte.

Sie wusste jetzt, wer Georg war!

Dichtung und Wahrheit

In meinen Romanen begegnen sich Fiktion und reale Orte. Die Geschichte, alle handelnden Personen und Unternehmen sind frei erfunden. Wenn ich Örtlichkeiten oder Einrichtungen nenne, die es wirklich gibt, stehen sie in keinem Zusammenhang mit der ausschließlich meiner Phantasie entsprungenen Handlung, sondern begleiten durch ihre herausragende Stellung oder Bedeutung meinen Roman. Das gilt insbesondere für die im Text genannten gastronomischen Einrichtungen, die in Hannover eine anerkannte Spitzenposition innehaben und ausschließlich deshalb in meinem Buch Erwähnung finden.

Mein besonderer Dank gilt der Kulturredakteurin Margarete von Schwarzkopf vom NDR-Niedersachsen, die mich durch das Landesfunkhaus in Hannover geführt und mir »das Radiomachen« kompetent erklärt hat. Dank ihrer Hilfe durfte ich die Redaktionen und Studios besuchen und mich mit den »Radioleuten« unterhalten, die meiner Wissbegierde nicht nur aufgeschlossen gegenüberstanden, sondern auch kreative Vorschläge zur Gestaltung des »Bösen« unterbreitet haben.

Die beliebte Moderatorin Martina Gilica gestattete mir einen Besuch in ihrem Studio während der laufenden Sendung.

Zu meiner großen Freude haben Margarete von Schwarzkopf und Martina Gilica eingewilligt, dass ich ihre Namen in meinem Roman verwenden darf, ohne allerdings von den schändlichen Taten zu wissen, die ich im Landesfunkhaus angesiedelt habe. Herzlichen Dank.

Stammlesern sind weitere Namen bekannt, ohne die ein Roman von mir kaum oder nur unvollständig fertiggestellt werden könnte. So danke ich erneut Dr. Christiane Bigalke, Dr. Ulrich Ruta und meinem Sohn Malte für ihren fachmännischen Rat in medizinischen Fragen.

Was wäre dieser Text ohne Lektorat und Verlag?

Mein Dank gilt meiner Lektorin Dr. Marion Heister und dem Verleger sowie allen Mitarbeitern des Emons Verlags, ohne deren Können und engagiertes Mitwirken dieses Buch nie erschienen wäre.

Hannes Nygaard
TODESHAUS AM DEICH
Broschur, 240 Seiten
ISBN 978-3-89705-485-1

Hannes Nygaard
KÜSTENFILZ
Broschur, 272 Seiten
ISBN 978-3-89705-509-4

Hannes Nygaard
TODESKÜSTE
Broschur, 288 Seiten
ISBN 978-3-89705-560-5

Hannes Nygaard
TOD AM KANAL
Broschur, 256 Seiten
ISBN 978-3-89705-585-8

www.emons-verlag.de

Hannes Nygaard
TOD IM KOOG
Broschur, 240 Seiten
ISBN 978-3-89705-855-2

Hannes Nygaard
SCHWERE WETTER
Broschur, 256 Seiten
ISBN 978-3-89705-920-7

Hannes Nygaard
EINE PRISE ANGST
Broschur, 240 Seiten
ISBN 978-3-89705-921-4

Hannes Nygaard
MORD AN DER LEINE
Broschur, 256 Seiten
ISBN 978-3-89705-625-1

www.emons-verlag.de